Stephan Abarbanell

Paula oder Die sieben Farben der Einsamkeit

W0204348

Stephan Abarbanell

Paula oder Die sieben Farben der Einsamkeit

Roman

Blessing

Dies ist ein Roman. Mit Ausnahme einiger historisch belegter Personen, die ihren wirklichen Namen tragen, sind die geschilderten Personen, Namen, Episoden und Ereignisse vom Autor erfunden.

Der Verlag behält sich die Verwertung der urheberrechtlich geschützten Inhalte dieses Werkes für Zwecke des Text- und Data-Minings nach § 44 b UrhG ausdrücklich vor. Jegliche unbefugte Nutzung ist hiermit ausgeschlossen.

MIX
Papier | Fördert gute Waldnutzung
FSC® C014496

Penguin Random House Verlagsgruppe FSC® N001967

1. Auflage, 2024
Copyright © 2024 by Stephan Abarbanell
Copyright © 2024 by Karl Blessing Verlag, München,
in der Penguin Random House Verlagsgruppe GmbH,
Neumarkter Str. 28, 81673 München
Umschlaggestaltung: FAVORITBUERO, München
Umschlagabbildung: © Hajna Nemeth/Arcangel;
© Finn Stock/Shutterstock.com
Satz: satz-bau Leingärtner, Nabburg
Druck und Bindung: GGP Media GmbH, Pößneck
Printed in Germany
ISBN: 978-3-89667-757-0

www.blessing-verlag.de

Für Noa, Jonah und Jakob

I

In den Morgenstunden schlugen die Hunde an.

»Das war's«, sagte sie.

Es müsste ein Wunder geschehen, damit sie noch einmal in den Schlaf finden würde.

Aber Wunder gab es nicht. Oder ihre Zeit war abgelaufen. Sie hatte es nur zu spät bemerkt.

Sie sank zurück auf die Kissen und lauschte. Mit einem Quietschen öffnete sich die Fliegentür, fiel, wumms, zurück ins Schloss. Auch ihn hatten die Hunde geweckt. Seit sie denken konnte, hatten sie und ihr Mann getrennte Schlafzimmer, ob in der Stadt oder hier am Ende der Welt.

Sie sah ihn vor sich, wie er vor dem Haus unter dem Wüstenhimmel stand, die schlackernden Gummistiefel an seinen nackten Füßen, das Hemd über der Hose, die Haare links und rechts am Kopf bettzauselig in die Höhe ragend, ein Wald voll weißer Antennen (wenn es denn so etwas gäbe). Das blauschwarze Firmament und der Schattenriss der fernen Berge machten ihn noch kleiner, als er ohnehin schon war.

Manchmal tat er ihr leid. Eine Empfindung, die er als unpolitische Gefühlsduselei abgetan hätte.

»Die Zeiten, in denen Juden auf das Mitleid anderer

angewiesen waren, sind ein für alle Mal vorbei«, hätte er gesagt, für einen Moment wieder ganz der Staatsmann.

Noch war es dunkel. Unter der im Mondlicht schimmernden Glasplatte des Tisches hatte sie die Bilder ihrer Liebsten ausgelegt, ihre Tochter Geula, ihr Sohn Amos (einmal als Baby, einmal in Uniform) und die Jüngste, Renana, alle in Schwarz-Weiß. Dazu die Enkel.

Als würden die Lebenden eine Tote bewachen, hatte sie einmal zu Amos gesagt und sich über die Bitterkeit in ihrer Stimme gewundert. Oder als müsse sie sich beim Erwachen jeden Tag wieder vergewissern, dass es ein Leben mitten im Leben einmal gegeben hatte. Auch für sie.

Einen Schrank, einen Tisch, zwei kleine (eigentlich nie genutzte) Sessel und das Bett hatte sie in ihrem Zimmer zugelassen. Und einen alten, durch viele Leben mitgeschleppten halbseitig aufklappbaren Frisiertisch mit greisenhaft dünnen Beinen, der in dem kleinen Raum einen letzten Auftrag als Nachttisch übernommen hatte, Tag und Nacht in weltvergessener Untätigkeit neben ihrem Bett verharrend. Ein Privileg, das sie nur den Dingen zugestehen konnte, niemals sich selbst. So alt sie auch war.

Das Haus eine Hütte aus Holz, umgeben von der Wüste und dem weiten, schattenlosen Land. In den Nächten, wenn die Hunde am Rande des Kibbuz schliefen, spürte sie die Stille wie eine kalte Hand auf ihrer Haut.

Sie tastete durch das Dunkel nach der schweren schwarzen Brille, bekam sie zu fassen, schob sie sich auf die Nase.

»Sehen aus wie zwei beschwipste Quallen im Toten Meer«, hatte sie einmal zu Geula gesagt und vor dem Spiegel ihre Augen hinter den dicken Gläsern betrachtet. Wenige Wochen vor ihrem siebzigsten Geburtstag, als es ihr noch besser ging oder sie sich es zumindest noch einreden konnte.

»Ima, im Toten Meer gibt es keine Quallen«, hatte ihre Tochter geantwortet.

»Dann eben das Schwarze Meer, wenn dir das so wichtig ist.«

Die phosphorgrünen Finger über den matt leuchtenden Ziffern des Weckers salutierten, meldeten kurz nach vier. Es war Mai, und doch waren die Nächte kühl, ein Fuß lugte unter der Decke hervor, sie zog ihn zurück in die schützende Höhle.

Von den Hunden kam nur noch ein Jaulen. Meist waren es ohnehin nur sich der Siedlung nähernde, Nahrung witternde Schakale, die die Hunde anschlagen ließen.

Die jungen Leute würden weiterschlafen in ihrer aus dünnwandigen Hütten zusammengehämmerten Siedlung, von der aus sie die den Kibbuz umgebende Wüste in ein Eden verwandeln wollten. Neues, fruchtbares Land sollte unter ihren Händen entstehen, der Natur abgerungen. Und sie mitten unter ihnen.

Sie hatte mit dieser letzten Wendung ihres Lebens nicht gerechnet, war nach ihrem Umzug in die Wüste in das, was die Menschen Alter nennen, lautlos hineingeschlittert. Niemand hatte sie gewarnt. Auch nicht ihre innere Stimme, auf die bislang Verlass gewesen war.

Wie sollte man auch erkennen, was man nicht kennt?

Wenn sie die Hütte verließ, kam es ihr immer öfter so vor, als sei sie ein aus der Zeit gefallenes Faktotum, ein *spuk* unter all den biegsamen, sonnengebräunten, von der

Arbeit und der Zukunft geformten Körpern. Ohne diesem neuen Seelenzustand schon einen medizinisch fasslichen, gar scharfkantigen Namen geben zu können, was sie manchmal ebenso bedrängte wie der noch namenlose Zustand selbst.

Bis auf die Zeiten mit Shoshana, mit ihr war es etwas anderes.

Jedes Mal, wenn sie an die Neue in Sde Boker denken musste oder hoffte, sie noch einmal wiederzusehen, spürte sie, wie ihr Herz höherschlug.

Aber auch dieses Wunder würde verblassen. Jeden Tag erwartete sie, dass die Hütte am Ende des Dorfes verlassen wäre, vielleicht von neuen Pionieren bewohnt, und Shoshana endgültig gegangen.

Es war nicht ihre Idee gewesen, in diesen menschenleeren Teil des Landes zu ziehen, der weit über die Hälfte des von löcherigen Grenzen umschlossenen Staatsgebietes ausmachte.

Sie wohnten in Tel Aviv, als sie ihren Mann in seinem Arbeitszimmer im ersten Stock ihres Hauses aufgesucht hatte, gelegen am von knorpeligen Bäumen gesäumten, aufs Meer zuführenden Keren-Kayemeth-Boulevard im Norden der Stadt. Nicht weit von der sich mit jedem Sommer mehr und mehr aufrüschenden Strandpromenade entfernt. In den Nächten lauschte sie hinter dem halb geöffneten Fenster ihres Zimmers dem leisen, einem geheimen Taktstock gehorchenden Kommen und Gehen der Wellen; es erfüllte sie mit einer ziellosen Sehnsucht, und sie sah sich mit Sonnenhut und wehendem Schal an der Reling eines Ozeandampfers stehen und in die verheißungsvolle Ferne blicken.

Er sah auf, als sie ihm eine Karaffe mit Wasser und ein Glas hinstellte. Sie konnte in seinen Augen lesen, dass er etwas auf dem Herzen hatte, oder besser: wieder einmal in ihm etwas gärte, was sie (oft mit dunklen Vorahnungen) seine *Ideen* nannte. Was würde es diesmal sein?

Noch war im Raum alles wie immer, und sie hätte diesen Moment der (ja, trügerischen) Stille gern festgehalten. Notizbücher, empfangene oder niemals abgeschickte Briefe bedeckten seinen Schreibtisch, dazu Bücher, Landkarten, Broschüren, Pamphlete, Kampfschriften, Akten, Fotobände und wie immer die neueste Ausgabe des Katalogs der Oxforder Buchhandlung Blackwell, bei der er oft und zu viele Bücher bestellte, meist hinter ihrem Rücken und mit Geld, von dem sie nicht wusste, wo es herkam. Kaum eine freie Fläche war zu erkennen, sie fragte sich wieder einmal, wo er eigentlich schrieb, wenn er schrieb.

Das ihm angetragene Projekt, eine Schreibmaschine zu bändigen und für den Zweck des Verfertigens von Sätzen zu nutzen (hatte sie ihm einst doch eine schwarze, eigentlich jeden Textbesessenen demütig werden lassende amerikanische Underwood-Maschine ins Haus geschleppt), war umgehend gescheitert. Nach wenigen Tagen entdeckte sie das Gerät, einem sterbenden Tier gleich, auf dem Boden unter einem großen Karton wieder. Sie hatte die Maschine daraufhin einer jungen Mitarbeiterin Ben-Gurions gegen Abtransport überlassen mit der Auflage, gelegentlich für sie Schreibarbeiten zu übernehmen. Gekommen war es dazu nie.

Nur ein menschliches Wesen hielt sich aufrecht und erhobenen Hauptes in den weißen Wogen aus Papier, der große (und von ihm fast kindlich verehrte) Albert Einstein, in einem hölzernen Bilderrahmen hinter Glas in Sicherheit gebracht, mit ergrauender Mähne die längst weiße Mähne Ben-Gurions betrachtend, wenn dieser sich an den Schreibtisch setzte. Und stets vor seinen wachen Augen das, was einem geordneten Geist wie dem seinen einem Verrat an der Schönheit des von ihm entschlüsselten Kosmos gleichkommen musste.

Dann kam, was kommen musste, wenngleich sie mit der Größe und Wucht dieser neuen *Idee* nicht gerechnet hatte.

»Das ist es«, sagte er und hielt eine von ihm mit dünnem Bleistift angefertigte Skizze über Einsteins Schopf hinweg in die Höhe.

»Was soll das sein?«

Sie trat näher. Auch wenn sie die Ahnung überkam, dies könne der Grundriss eines Hauses sein (und nicht, wie sie für einen Moment hoffte, der Schaltkreis einer neuartigen Waschmaschine oder der Konstruktionsplan für ein Gerät zur Herstellung von Kunstdünger), beschloss sie, sich für einen weiteren rettenden Moment unwissend zu stellen.

»Kann nichts erkennen, was der Rede wert wäre«, sagte sie.

»Das ist unser Haus.« Noch immer hielt er das Papier in die Höhe.

Sie schob die Brille hoch, beugte sich über den Zettel, den ihr Mann jetzt vor sich auf den Tisch legte und mit der flachen Hand glatt strich.

»Ich sehe kein Haus«, sagte sie (auch wenn es nicht stimmte). »Und wenn da eines sein soll, möchte ich darin nicht wohnen.«

»Es wird dir gefallen.«

»Es gefällt dir. Alles, was ich auf dem Zettel mit etwas Fantasie ausmachen kann, ist ein Arbeitszimmer und eine Bibliothek. Und ein paar Hühnerkäfige drum herum.«

Vielleicht sollte sie einfach wieder gehen, hielt aber noch einmal inne.

»Wo soll denn dieses Haus stehen?«

Er schien auf dieses Stichwort gewartet zu haben.

»Im Negev, unserer Wüste.«

»Nix da.«

Aber jetzt war er bei seiner Sache, und wie ein Flugzeug, das ab einem bestimmten Punkt den Start nicht mehr abbrechen kann, trug es auch ihn, wieder einmal den Auftrieb einer *Idee* unter den Flügeln seines Geistes (und seines unbändigen Willens), in die Höhe und von ihr davon.

»Die Zukunft des Landes liegt genau dort, in der Wüste. Wir werden einen Garten daraus machen. Der Kibbuz Sde Boker nimmt uns auf. Nur noch Paula und David werden wir dort sein, Gleiche unter Gleichen. Wir werden auf dem Land arbeiten und für alle jungen Leute ein Beispiel sein.«

»Ich will aber kein Beispiel sein«, sagte sie.

In nahezu jedes Land hätte man sie schicken können, solange es über fließend Wasser, Heizungen, Kühlschränke und eine vernunftgesteuerte Regierung verfügte (also eigentlich keines). Aber nicht in die Wüste. Und nicht in einen Kibbuz am Ende der Welt, wo es im Winter kühl und im Sommer zu heiß war, wo sich Schakal und Geier Gute Nacht sagten und ihre Kinder und Freunde fern waren.

»Noch bist du der erste Angestellte dieses Landes.«

Sie wusste, es war der Versuch eines letzten Ausfallschrittes.

»Mit dem Regieren bin ich durch. Ich will nicht mehr. Dort liegt mein Rücktrittsschreiben«, sagte er und wies mit dem Finger auf ein Papier, das er neben dem Schreibtisch auf einen Stuhl gelegt und mit drei wund gelesenen Bänden von Heinrich Graetz' elfbändiger *Geschichte der Juden* beschwert hatte (von denen er immer einmal wieder Exemplare als Briefbeschwerer oder Türhalter durchs Haus schleppte, irgendwo deponierte und dann ihren Ort vergaß).

»Ohne mich«, sagte sie und machte auf dem Absatz kehrt.

Er seufzte, faltete das Papier wieder zusammen, und doch war ihr klar, für ihn war die Sache beschlossen.

In den vergangenen Wochen hatte sich in ihrem Inneren ein Wort eingeschlichen, das zu bannen ihr nicht mehr gelingen wollte: Verrat.

Verrat an sich selbst, an ihren Kindern, ja, an der Frau, die sie einmal gewesen war. Sie hatte am Ende (wieder einmal) Ja gesagt, wo sie hätte Nein sagen sollen.

Wann hatte all das begonnen? Und warum drang all das Gewesene, Vergangene, Nicht-mehr-Veränderbare gerade jetzt mit solcher Vehemenz auf sie ein, in dieser späten Etappe, dem Epilog ihres Lebens? Einer Phase, in der sie sich – ja, sie! – plötzlich wehrlos fühlte wie kaum zuvor. Oder war diese Empfindung nur als ein Warnzeichen zu lesen, gab es einen Weg hinaus, den zu finden es noch immer möglich war? Aber wohin würde er sie führen?

Sie hätte vielleicht die Zeichen früher lesen sollen.

Es war kaum eine Woche her, da war sie nach einer weiteren schlaflosen Nacht vor dem Telefon im Flur hin- und hergelaufen, hatte schließlich die Nummer gewählt, die ihr als erste einfiel. Sie hätte jedes ihrer drei Kinder anrufen können, auch Amos oder Renana. Aber es war Geulas Nummer, die sie wählte, und während sie darauf wartete, dass ihre Älteste abnahm, wurde ihr klar, dass es kein Zufall war. Bei jedem anderen hätte sie einen Grund nennen müssen, warum sie so mitten am Tag zum Hörer griff (wo sie doch das Telefon, von den Kibbuzniks hier draußen immer noch als Segen gefeiert, inzwischen als »eine Erfindung zu viel in meinem Leben« bezeichnete).

Sie hätte keinen nennen können. Oder wenn doch, hätte sie vielleicht nicht wieder aufhören können zu sprechen.

»Schalom«, hörte sie nach einem Knacken am anderen Ende der Leitung.

Sie spürte einen Kloß im Hals.

Als sie nicht sofort antwortete, sagte Geula:

»Ima? Bist du es?«

»Dich wollte ich eigentlich gar nicht anrufen«, sagte sie.

»Wen denn?« Wieder die vertraute Stimme, gefolgt von einem kurzen Lachen.

»Rahel, ich wollte sie nach einem Rezept fragen … aber jetzt, wo ich dich …«

Sie brach ab, hörte nur das dunkle Surren der Leitung.

»Ist alles in Ordnung, Ima?«

Dann hatte sie den Moment verpasst, für den sie doch zum Hörer gegriffen hatte.

»Ja, mein Kind. Alles ist in Ordnung«, hörte sie sich sagen.

Sie hob den Kopf, lauschte. Noch immer war ihr Mann nicht zurück. Sollte sie aufstehen und ihn wieder in sein Zimmer lotsen? Aber es war klüger, mit der ihr verbliebenen Kraft hauszuhalten. Der Tag würde noch lang werden.

Die Hunde hatten sich endlich beruhigt. Warum kam er nicht wieder ins Haus? Vielleicht würde sie dann doch noch einmal Schlaf finden.

Wumms. Die Tür. Er werde die Haustür ölen, hatte er immer wieder gesagt, die Feder nachjustieren, heute noch. Heute noch, nur nicht heute. Sie hätte die Sache selbst in die Hand nehmen sollen. Dann Schritte im Flur. Der Klodeckel ging hoch. Sie hörte die Spülung, den Wasserhahn. Den schlurfenden Schritt.

Sie drehte sich auf die Seite, jetzt zur Wand hin, eine Hand nach vorne gestreckt, als fände sie dort Halt.

»So ein Quatsch«, dachte sie noch. Dann war sie wieder eingeschlafen.

Gegen sechs wachte sie wieder auf. Zwei Traktoren verließen mit scheppernden Anhängern den Hof. Aus dem gemeinschaftlichen Speisesaal wehte der Geruch von schmalbrüstigem Kaffee und gebratenen Eiern herüber. Im Haus war es noch still und kühl. Die Sonne kletterte am Fenster hoch, zeigte sich hinter den Vorhängen, es war Anfang Mai, an sich die schönste Zeit des Jahres.

An sich.

Sie hätte sich auf die Zehenspitzen stellen müssen, um aus dem Fenster blicken zu können. Aber dazu hieß es: aufstehen. In ihrem Haus waren die Fenster höher angebracht als in all den anderen Häusern im Kibbuz. Jehoshua, Ben-Gurions

Bewacher, und die Leute vom Ministerium und der Polizei hatten das festgelegt, niemand sollte hineinblicken können. Zu ihrem Schutz, hatten sie behauptet.

»Hätte man auch ein Gefängnis draus machen können«, hatte sie zu ihrem Mann gesagt, an jenem Tag vor vielen Jahren, als sie das erste Mal vor dem noch im Bau befindlichen Haus gestanden hatte, wenige Wochen vor dem ersten Umzug und den langen Monaten der Einsamkeit. Bis es Ben-Gurion doch wieder nach Tel Aviv zog, er erneut die Regierung übernahm.

Sie schlug die Decke zurück, mit etwas zu viel Schwung, aber mit weniger Effet wäre die Decke liegen geblieben, und sie auch.

Irgendwann hatte sie für sich die Regel aufgestellt, nicht nach Wecker und selbst gesetzten (und damit nach Willkür riechenden) Zeitvorgaben aufzustehen, sondern nur einer einzigen zu folgen, nämlich vor ihrem Mann in der Küche zu sein

»Mit mindestens einer sollte man den Tag beginnen, sonst wird er nichts«, hatte ihre Antwort gelautet, wenn jemand sich bei ihr (mitleidig oder bewundernd) nach dieser ersten Regel des Tages erkundigte. Wobei sie das Mitleid stets für schlecht getarnte Verachtung hielt, Bewunderung hingegen grundsätzlich für eine Lüge oder bestenfalls für Berechnung.

Niemand bewunderte sie, und sie bewunderte niemanden. Das war die Wahrheit.

Nur hatte diese Regel, die über so viele Jahre nichts von ihrer Macht eingebüßt hatte, so als hätte sie sich ein für alle Mal in Körper und Seele und diesem ganzen Kuddelmuddel dazwischen eingebrannt, in letzter

Zeit zu schwächeln begonnen. Um es genauer zu sagen: Sie kam morgens nicht aus dem Bett. Oder nur mit einer Kraft, von der sie sich fragte, wo sie zukünftig noch herkommen sollte.

Sie stellte beide Füße parallel auf den Boden. Immerhin, sie saß. Im Zimmer nebenan war noch Stille. Jetzt vernahm sie das Klappern von Geschirr, hörte in der Ferne Stimmen, Lachen. Die Leute, die aufs Feld hinausgingen, hatten ihr Frühstück beendet und brachen auf.

Im Anschnitt entdeckte sie ihr Profil in dem aufgeklappten kleinen Spiegel des Frisiertisches. Er war ein Witz gegenüber dem großen Spiegel in ihrem Elternhaus, damals in Minsk.

»Bin ich schön?«, hatte sie eines Abends Raisa, ihre ältere Schwester, gefragt und sich mit klopfendem Herzen im Schlafzimmer ihrer Eltern in dem neuen Kleid vor dem großen Spiegel gedreht. (Für sie war es neu und aufregend gewesen. Für Raisa, die in den vergangenen Monaten unaufhaltsam gewachsen war, war es das alte; Mutter hatte Raisas Kleid an sie, die jüngere, brillenschlangige Penina, weitergereicht.)

Die Fahrt zum Fest im Haus von Onkel Mordechai war nicht weit. Die Juden in Minsk wohnten dicht beieinander. Es war vom Staat festgelegt, wo Juden sich niederlassen durften, vor allem in den Städten des Landes. Selbst bei größeren Festen trafen meist Juden nur auf Juden.

Onkel Mordechai war zu Geld gekommen und hatte ein großes Haus. Musiker würden auftreten, der Onkel würde eine seiner schwermütigen Reden über das Leben und die Zukunft der Juden in Weißrussland und seiner Hauptstadt Minsk halten, es würde trotz des Onkels düsteren Prophezeiungen viel gelacht werden und an einer langen Tafel Dinge zu essen geben, die sie noch nie gekostet hatte. So jedenfalls hatte Raisa sie auf das Ereignis eingestimmt und sich nach dem Ankleiden neben sie vor den Spiegel gestellt.

»Das Kleid steht dir besser als mir«, sagte sie und betrachtete ihre jüngere Schwester. »Dreh dich einmal.«

Sie tat es und machte am Ende einen Knicks oder was sie dafür hielt. Sie stemmte die Arme in die Taille. Ihre Wangen glühten.

»Vielleicht bekomme ich auch so schöne Brüste wie du. Wenn ich es nur häufig genug trage«, sagte sie.

»Ach, Peni, wünsch dir was Besseres.«

Sie ging näher an den Spiegel heran, schob die aus Draht gefertigte Brille zurecht.

»Wenn nur dieses Miststück nicht wäre. Ein Stacheldraht mitten in meinem Gesicht.«

Es war die Zeit vor dem Aufbruch, Dimitri würde bereits vor dem Haus angespannt haben. Aus dem Flur wehte das Eau de Toilette ihrer Mutter herein, sie hörte, wie sie der Kinderfrau für die kleinen Geschwister, die zu Hause bleiben würden, letzte Anweisungen gab. Vater war schon auf dem Weg nach unten.

Vor ein paar Tagen noch hatte er beim Onkel für die Familie Munweis, für sie, ihre Eltern und die beiden Töchter, absagen wollen. Es hatte wieder Pogrome gegeben, diesmal in Gomel, Retschyza, Orscha, Polozk und sogar in Minsk. Juden wurden geschlagen, aus ihren Häusern gezerrt, auf offener Straße ermordet. Er wollte die jüngeren Kinder nicht im Haus mit der Behüterin allein lassen, auch die Aussicht auf die nächtliche Heimfahrt hatte ihm nicht behagt.

»Immerhin haben sich die Juden gewehrt und selber Waffen in die Hand genommen. Sonst wäre es noch schlimmer gekommen«, hatte er beim Mittagessen gesagt, und mit diesem Satz war wieder Hoffnung aufgekommen, dass sie doch fahren würden. Am Ende hatte Onkel Mordechai auf dem Besuch bestanden, und so war dieser Abend für sie gerettet.

Raisa legte ihr die Hand auf die Schulter, in der anderen die Haarbürste.

»Wenn man so klug ist wie du, muss man eine Brille tragen«, sagte sie.

»Ich will aber nicht klug sein.«

»Das kann man sich nicht aussuchen, Peni. Wie die Brüste.«

Raisa legte die Haarbürste weg, hob das Kinn.

»Ich halte mich an das, was ich mir aussuchen, was ich selbst bestimmen kann. Das ist immer noch genug. Und wenn wir Frauen uns anstrengen, wird es immer mehr werden. Wenn ich mir das vorstelle, geht es mir gleich besser.«

»Meinst du das im Ernst?«

»Klar. Du siehst auch schon aus wie eine kleine Revolutionärin.«

»Eine was?«

»Erklär ich dir später. Jetzt gehen wir feiern. Komm, Peni, setz ein anderes Gesicht auf. Du bist hübsch und klug, und jeder wird es heute Abend sehen.«

Gleich würde Ben-Gurion auftauchen. Die erste Mahlzeit des Tages konnte nur sie richtig zubereiten, und dies zu Hause. Wie eigentlich und bei Licht besehen in Angelegenheiten des Essens nur sie wusste, was gut und vor allem gesund für ihn war. (Wie oft hatte sie bei Staatsbesuchen ihres Mannes im Ausland das von ihr zubereitete, stets schlichte wie kraftvolle Essen ins Flugzeug bringen lassen, damit er nicht mit der die Menschen krank und wirr machenden Bordküche in Berührung kam; einmal musste sie den Chefpiloten der EL AL wenige Stunden vor dem Abflug am Telefon bedrohen, damit er für Ben-Gurion noch frischen Salat an Bord bringen ließ, den sie vergessen hatte, ohne dass ihr Mann jemals ihre geheime und dennoch dem Staatswohl dienende Regie mitbekommen hätte. Aß dieser doch unbesehen, was auf den Tisch kam. Es war zum Verzweifeln.)

Gegessen wurde an dem kleinen Tisch in der Küche der Hütte, der gerade mal zwei Menschen Platz bot. Eigentlich saß da am Morgen nur einer, ihr Mann.

»Man kann nicht gleichzeitig dahocken und Verantwortung übernehmen«, hatte sie einmal zu ihm gesagt, aber er war auf diese Stichelei nicht eingegangen.

Manchmal jedoch ließ es sich nicht umgehen, dass sie für die Mahlzeit den Gemeinschaftssaal aufsuchten, vor allem wenn ihr Mann der Auffassung war, dass sie sich den Genossen und Genossinnen wieder einmal zeigen müssten.

Meist am Abend suchten sie den Weg zum Speisesaal, der ebenso Festsaal, Tanzsaal, Versammlungssaal und Kultursaal war. Oder auch Saal heftiger politischer Debatten über die Zukunft des Landes, seine unklaren Grenzen, seine nicht vorhandene Verfassung, seine Armee, das verpfuschte Wahlrecht, die Rolle der Minderheiten, der Einfluss der Ultrareligiösen und des allzu mächtigen

Rabbinats, die Rechte der Araber und die Rolle des geteilten Jerusalem in diesem wackeligen, winddurchlässigen Konstrukt, das sich Israel nannte, auf die Kante genäht zwischen Europa und dem Orient.

Eigentlich war in diesem Land nichts wirklich geklärt, und oft beschlich sie der Verdacht, dass dies noch lange so bleiben würde.

Immerhin hatte man damit genug Themen, über die man sich die nächsten einhundert Jahre streiten konnte.

Es war erst wenige Tage her, da hatten sie am Abend in dem Saal gesessen, der nichts anderes war als ein langer, schlichter, von wenigen Fenstern durchbrochener, mit einfachen, weiß gescheuerten Holztischen ausgestatteter Raum. Sie waren die Letzten im Saal. Ben-Gurion stocherte in seinem Salat und einem mit der Gabel zerdrückten, hart gekochten, mit Tahini beträufelten Ei, dazu hielt er ein von ihr mit der Hand abgewogenes Stück Brot in der Hand. Sie selber wollte nichts essen.

Mürrisch hockte er vor seinem Teller, weil sie zu spät aufgebrochen waren, um sich und ihren Gemeinschaftssinn wirksam zu präsentieren. Und weil auch das Essen für ihn kaum mehr war als eine lästige Unterbrechung seiner nicht enden wollenden Lektüre und seines neuen Vorhabens, das ihn auszufüllen und zu besetzen schien wie schon so viele Vorhaben zuvor: sein Leben aufzuschreiben und dieses irgendwann zwischen zwei Buchseiten zu kleben. Nur sah sie ihn fast nie schreiben, immer nur Papiere sammeln, horten, stapeln, lesen, sie von einer Ecke in die andere tragen, Briefe, Protokolle, Zeitungsausschnitte, Tagebuchnotizen, Fotos, Statistiken zu Militär,

Landwirtschaft und Ökonomie dieses kleinen Landes, das es ohne ihn nicht gäbe. (*So* nicht gäbe, hatte sie einmal zu ihm gesagt, auch ohne dich wäre dieser Staat nicht zu verhindern gewesen. Sie sah, wie sich seine Augenbrauen zusammenzogen, während er ihr mit der über die vielen Jahre erlernten Routine, auf bestimmte Äußerungen nicht zu antworten – nicht antwortete. Aber sie hatte es gesagt.)

Irgendwann auf halber Strecke legte er die Gabel auf den Tisch und blickte zur Tür.

»Mir reicht's«, sagte er.

Er solle ruhig schon gehen, sagte sie. Sie würde sein Geschirr zum Becken für das schmutzige Geschirr tragen, das, wie immer nach dem Essen der Kibbuzniks bereits übervoll, kaum noch Platz bot. Also Direkttransport in die Küche.

Und danach, wenn er schon wieder in Richtung seines Refugiums unterwegs war, würde sie (fast kam es ihr vor, als hätte sie vor, fremdzugehen) einen Gang durch die Siedlung machen, die die Tageswärme noch in sich trug und über der sich ein rötlich schimmernder Abendhimmel spannte.

Sie wusste, wohin sie dieser Gang führen würde, ganz an den südlichen Rand dieses sozialistischen Dorfes. Zu der Hütte, in der die Neuen wohnten, die auf Probezeit hier waren, bevor sie wieder gingen oder – was ebenso oft vorkam – blieben und Mitglied der Gemeinschaft wurden.

»Alles gerammelt voll«, sagte sie zu Dov, der in dieser Woche Küchendienst hatte, stellte das Tablett mit Teller und Besteck ihres Mannes auf die freie Fläche neben dem Herd. Dov, der eigentlich ein Experte für Bewässerung war, dort draußen eine Art Chef, wenn es hier so etwas gäbe, blickte kurz und etwas sauertöpfisch auf. Auch wenn er so miesepetrig, *brudik*, guckte, sie mochte ihn. Vielleicht gerade deswegen. Vielleicht auch nur, weil dieser Grimm so gar nicht zu seinem Äußeren passen wollte. Er war klein wie sie, voller Muskeln, blies sich immer wieder den dunklen, dichten Haarschopf aus dem Gesicht und war so lachhaft jung, dass sie ihn fast gefragt hätte, ob seine Eltern von seinem Leben hier wüssten und dazu Ja gesagt hätten.

»Du hast nichts gegessen, Paula?«

»Da ist schon genug schmutziges Geschirr.«

»Auf eins mehr oder weniger kommt es auch nicht mehr an. Deines hätte ich gern genommen.«

Fast wäre sie errötet. Dov war einer der wenigen jungen Pioniere, die mit ihr sprachen wie mit einer nahezu Gleichaltrigen, nicht wie viele der anderen, die ihrem Mann und ihr mit einer fast komischen, in diesem rohen Land völlig unüblichen Distanz begegneten. So, als würden sie jeden Tag wieder mit der Tatsache aufwachen, dass der alte Staatsgründer und seine Frau sich in ihrer Mitte niedergelassen hatten, nun zwei von ihnen waren und sein wollten. Ob sie ihrerseits es wollten oder nicht.

»Hab keinen Appetit«, sagte sie. Ein Satz, den sie an vielen Abenden hätte sagen können.

»Oder ist es die Aufregung?«, sagte Dov und sah sie mit einem wissenden Lächeln an.

»Blödsinn, wieso das?«

Sie hatte schnell verstanden, worauf er anspielte, aber sie wollte nicht zu erkennen geben, dass er vielleicht recht hatte. Zudem wäre Aufregung auch dann das falsche Wort.

»Geht es dir nicht auf den Senkel, schon wieder dieses ganze Brimborium, die Polizisten, Assistenten, Journalisten, Fotografen, dieser ganze Tross, der da bald heranwalzt?«

Dov hatte nicht lockergelassen und tatsächlich den Nagel auf den Kopf getroffen, wenngleich sie sich nicht sicher war, was das mit ihren Senkeln zu tun hatte (die sie ohnehin kaum trug).

Sie seufzte.

»Nach dem letzten großen Besuch aus dem Ausland war alles hin. Habe die Blumen neu pflanzen, die Beete richten und den Rasen neu anlegen müssen. So ein Schlamassel. Als hätte man eine Herde Maultiere durch meinen Garten gescheucht, einmal hin und einmal zurück.«

»Verstehe«, sagte Dov und stieg in seinen Gummistiefeln in einen der großen Töpfe, um von innen einen der Griffe festzuschrauben, der sich gelöst hatte.

»Der nächste Gast ist natürlich wieder ein ganz besonderer«, sagte er.

»Das denken sie alle.«

Dov sah sie an, als erwartete er noch einen weiteren Satz von ihr. Sie wollte ihn nicht enttäuschen.

»Wieso soll der nun so besonders sein?«, sagte sie. Jetzt wollte sie doch wissen, was der junge Mann mitbekommen und was der ihre vielleicht erzählt hatte. Wo er doch eigentlich nie etwas erzählte.

»Deborah hat den Mund nicht halten können. Der Warmal-Kanzler aus Dunkel-Deutschland, der alte, lange. Kommt aber nur für einen Tag. Es ist der letzte auf seiner Reise«, sagte er.

Klar, Deborah war in diesem Jahr die Sekretärin des Kibbuz, zuständig für allen Schriftkram, die Buchhaltung, die Finanzen (stets dürr wie ein ausgetrockneter Wadi), Versammlungsprotokolle und die Wochenplanung, natürlich musste sie mitbekommen haben, was ins Haus stand. Nur, dass es vor allem ihr ins Haus stand.

Sie hatte es immer wieder wegschieben können, jetzt stellte der kleine Dov es ihr vor die Augen.

Es war Zeit, das Gespräch zu beenden und sich auf die Socken zu machen.

»Wer zu uns kommt, muss auch wieder gehen«, sagte sie und watschelte aus der Küche.

Warum hatte sie diesen Satz gesagt? Sie hätte wissen müssen, dass man, jedenfalls sie, ihn nicht ungestraft aussprechen konnte.

Sie beschleunigte den Schritt. Ihr Herz pochte.

Die Dunkelheit begann sich herabzusenken und tauchte die schroffen, wie aus Bernstein gegossenen Berge in ein sanftes, alle Konturen abschleifendes Licht. In der Ferne blökten die Schafe, aus den Häusern drangen Stimmen, Lachen, aus der offenen Tür kam der Geruch von Zigarettenqualm. TIME hieß die neue Marke, die zu ergattern noch immer etwas Besonderes war, hatte sie sich berichten lassen. Und einmal, bei einer größeren Versammlung, war sie fast versucht gewesen zu sagen, ich probier mal eine. Ebenso schnell war ihr klar geworden, dass zwischen Wunsch und Wunscherfüllung ein tiefer, breiter Graben lag, den zu überspringen nicht ungefährlich war. Vor allem dann, wenn der Wunsch ein lächerlicher, ohne große Anstrengung zu enttarnender war. Aber auf dem Weg durch den Kibbuz sog sie den neuen Duft ein, und ja, sie mochte ihn.

Unmittelbar vor dem um die Siedlung gezogenen Zaun,

abseits von den anderen, stand die Hütte, die ihr Ziel war. Als eine der ersten vor vielen Jahren gebaut, wirkte sie inzwischen ein wenig ramponiert und schäbig. Die Farbe war abgeblättert, die Fensterrahmen abgestoßen, das vom Dach herunterführende Abflussrohr endete auf halber Strecke, um den kleinen Streifen Grün vor dem Haus schien sich keiner zu kümmern.

Nur eine von kundiger Hand angelegte Sonnenuhr vor dem Haus fiel aus dem Ensemble der Achtlosigkeit heraus und erweckte ihre Neugierde. Sie vermochte nicht zu ergründen, was es mit dieser Uhr im Sand auf sich hatte. Sie würde Shoshana bei nächster Gelegenheit darauf ansprechen.

In der Hütte am Rande des Kibbuz wohnten diejenigen jungen Männer und Frauen, bei denen noch offen war, welchen Status sie einst haben würden. Ob man sie in die Arme nehmen sollte (um sie dann in den Schafstall zu schicken) oder nie wiedersehen würde, weil sie die Gemeinschaft verließen. Ein Provisorium im Provisorium, hatte sie oft gedacht.

In den vergangenen Tagen, meist wie jetzt in den Abendstunden, war sie immer wieder hierhergelaufen. Unbeobachtet, hoffte sie, und jedes Mal überkam sie eine mit jedem Schritt wachsende Angst, die abstreifen zu können nahezu der einzige Grund war, warum sie sich in diesen letzten Winkel aufmachte.

Nun war sie auf Höhe des Hauses, es galt jetzt, es zu passieren, ohne stehen zu bleiben, um sich nicht der Frage auszusetzen, was die angejahrte, vom Atem der Geschichte umwehte Frau nur bei diesen ganz Jungen, Unausgegorenen und am Ende gar Unzuverlässigen suchte.

Auch ein Kibbuz, strich man all seine Ideale und laut vorgetragenen Selbstzuschreibungen einmal ab, war ein Dorf, lebte von Klatsch, Tratsch und Stille-Post-Nachrichten, die mit jeder Station weiterwuchsen, oft ins Unermessliche. So erzählte man sich die Geschichte, ein von vorbeiziehenden Beduinen an einem langen, bunt gewirkten Strick mitgeführtes, zweifellos männliches Dromedar habe an einer Wasserstelle vor den Augen einiger Schaulustiger einen Esel bestiegen, sich jedoch nach vollbrachter Tat nicht wieder aus dem Tier lösen können. Trotz aller Versuche, die zuerst zum Geschrei des Esels (Schmerz), dann des Dromedars (Verzweiflung), dann der Umstehenden geführt hätten, was schließlich in Ermunterungsrufe übergegangen sei. Und als auch diese nicht geholfen hätten, habe nur der beherzte Griff eines jungen Hirten die beiden Opfer der Lust voneinander trennen können.

Sie hatte die Geschichte nie geglaubt, und als beim Abendessen im Gemeinschaftssaal wieder mal einer diese einigermaßen unappetitliche Episode rausposaunen wollte (jetzt war es ein mitgeführter Elefant und ein Hund, was ihre Unglaubwürdigkeit endgültig dokumentierte), hatte sie geschnaubt und gesagt: »Ihr habt doch alle einen Vogel.«

Sie verlangsamte den Schritt und atmete mit einem Seufzer der Erleichterung aus. Das Fenster, dem ihre Blicke galten, war geöffnet, dahinter funzelte das Licht einer Petroleumlampe. Aus dem Zimmer wehte der Klang einer Gitarre heraus. Dann gesellte sich eine Stimme dazu, hell, warm und klar.

Sie wusste nicht, was sie da hörte, nur dass es Musik war, die ihr, warum auch immer, gefiel. Vielleicht nur deshalb, weil sie so sehr gehofft hatte, diese Stimme noch einmal zu hören. Fast wäre sie nun doch stehen geblieben und hätte auf das Fenster gestarrt und den Klängen gelauscht.

Einmal hatte Shoshana nur für sie gespielt, ein Stück aus England. Ganz neu, hatte sie gesagt, einen Song, in dem das Wort Wolke vorkam. Sie mochte das Stück nicht, aber das mit der Wolke gefiel ihr. Und da sie Englisch so gut sprach wie Jiddisch oder Russisch, noch immer besser als Hebräisch, hatte sie sich den eigenartigen Text gemerkt (wobei sie es sich zu eigen gemacht hatte, in ihrer eigenen Rede aus all diesen Sprachen das jeweils Beste und Passendste aufzunehmen – oder auch nur das, was ihr als Erstes einfiel – und so in den Fluss ihrer Worte einzubinden, sodass einmal ein von Unkenntnis geschlagener Gast in ihrem Haus von ihr wissen wollte, wo sie auf so vorzügliche Weise Esperanto, die Spracherfindung eines Juden aus dem russischen Bjelostock, erlernt habe).

I live in an apartment on the ninty-ninth floor of my block
And I sit at home looking out the window
Imagining the world has stopped …
hatte Shoshana gesungen.

Die Zeilen hatten sie an New York denken lassen, und jedes Mal, wenn sie an New York dachte, tat es weh. Aber bei diesem Song von Shoshana war es irgendwie erträglich gewesen, und sie hatte sich das ganze Stück angehört, ohne mit den Füßen zu scharren. Dann war der Satz mit der Wolke gekommen, den Shoshana ein paarmal wiederholte. *Get off of my cloud.*

Noch immer versuchte sie, das geöffnete Fenster im Blick zu behalten und diese wunderbar schäbige, morsche, von Musik und Sehnsucht erfüllte Hütte. Wie gern hätte sie hier noch ein wenig ausgeharrt.

Die Gitarre setzte ab, es kam ihr wie ein Weckruf vor. Dann begann ein neues Stück.

Sie wandte sich ab und ging schnellen Schritts weiter.

Shoshana war noch da, sie war nicht abgereist.

Sie hätte vor Freude singen mögen.

Kein Morgen glich dem anderen, und doch waren alle gleich. Nur schien es ihr bei allem, was ihr vor wenigen Wochen noch leicht von der Hand gegangen war, als wälze sie jeden Tag wieder einen großen Stein. Die Verrichtungen in Haus und Garten, eine Geburtstagspostkarte an eins der Kinder oder Enkel schreiben, nähen, bügeln, kochen, ihren Mann vor die Tür scheuchen, damit er mal an die Luft kam und sich den Bücherstaub aus den Klamotten schütteln konnte, ein Angang. Wie auch die Antwortentwürfe durchzusehen, die ihr einmal in der Woche noch immer von der Schreibabteilung des Ministerpräsidentenbüros, zusammen mit all den Schriftstücken für ihren Mann, von einem Boten auf vier Rädern gebracht wurden. An sich musste sie die Entwürfe nur mit einem Haken versehen, oft aber hatte sie bei diesen vorgefertigten Briefentwürfen sogar noch eingegriffen, den mäandernden Sermon verkürzt oder eine Herzlichkeitsformel hineingeschoben. Vor allem wenn es wieder einmal eine alleinerziehende, mittellose Mutter war, die sich bittend an sie, die Frau des Staatsgründers und einstigen Ministerpräsidenten, wandte.

Ob Bitte um Hilfe bei der Suche nach Überlebenden, ungewollter Schwangerschaft, bleibender Arbeitsunfähigkeit eines Mannes nach einem Unfall, Frage nach dem Kleid, das sie vor ein paar Jahren beim Besuch des französischen Staatspräsidenten de Gaulle in Paris getragen hatte, das Rezept für russischen Blaubeerkuchen oder welchen Optiker sie in Haifa empfehlen könne (diese Anspielung auf ihre große, allein der Notwendigkeit geschuldete Brille hätte sie am liebsten übergangen, hatte sich dann immerhin zu der Antwort *keinen* hinreißen lassen. Schließlich waren all diese Brillenschleifer Gangster oder Scharlatane oder beides zusammen). Jetzt saß sie oft vor diesen Papieren, und kaum mehr als ein Haken wollte ihr aus der Feder kommen.

Noch einmal versuchte sie, sich zur Ordnung zu rufen. Sie wuchtete sich vom Bett hoch, stand. Zog die Vorhänge auf. Holte Luft.

»Alles Blödsinn«, schnaubte sie heraus, so laut, dass es ihr Mann in seinem Bett im Zimmer nebenan hören musste. Die Antwort kam prompt.

»Recht hast du, was immer es ist«, rief er hinter der dünnen Zimmerwand. Er war also wach.

»Du hast doch gar keine Ahnung«, gab sie zurück, »wenn ich einmal sterbe, merkst du es gar nicht.«

»Wenn ich vor dir sterbe, könntest du recht haben.«

Dann war wieder Stille, und sie konnte sich dem Projekt des Ankleidens widmen. Es war kein großes. Und es wurde immer kleiner, nachdem sie nahezu all die Schuhe, Kleider, Stolen, Blusen, Strumpfhosen, Stützkorsette, Ballkleider, Halstücher, Handschuhe und Hüte, die sie als Frau eines Staatsmannes hatte anschaffen müssen, einer Hilfsorganisation für rumänische Juden überlassen hatte, deren Mitarbeiterinnen zunächst ratlos in die gut gefüllten

Kisten blickten (nur die weiße, in New York an der 5th Avenue erworbene große Schmetterlingssonnenbrille lag wie die Konterbanden ihres früheren Lebens in der Schublade des Frisiertisches, und wenn sie sie nach langer Zeit unerwartet einmal wieder entdeckte, wurde sie stets wehmütig).

Nachdem sie all das Staatsgemäntel abgegeben hatte, war sie sich sicher, dass am 14. Adar, dem Purimfest, das ein oder andere Teil als Verkleidung an Kindern, die für den Staatsgründer und sie in einem Heim in Herzlya singen durften, vor ihren Augen wieder aufgetaucht war. Ihre einstige Galagarderobe nun Kostüm für Clowns, Waldungeheuer, Maikäfer und Schlossgespenster.

»Gut so«, hatte sie zu ihrem Mann gesagt, »da haben die Sachen von Anfang an hingehört.«

Heute trug sie am liebsten Hosen, weit und aus solidem Stoff gefertigt, oder ein schlichtes, aber durables, allenfalls mit Punkten versehenes Kleid, dazu offene Sandalen. Ohne Socken und Strümpfe, sobald es das Wetter zuließ.

Der Mensch wurde nackt geboren, es wurde irgendwann Zeit, sich daran zu erinnern und sich auf den letzten Gang einzustimmen.

Um 6:30 Uhr erschien Ben-Gurion in der Küche. Kurzärmeliges Hemd, eine weite, etwas zu lange Hose, die weißen Haare links und rechts hochgekämmt. Aber etwas zu lang. Sie würde ihn heute noch zu Ruben, dem Schafscherer, schicken, der auch den Kibbuzbewohnern die Haare stutzte. Sie würde ihn auf dem Weg zum Haarschafott begleiten, sicher war sicher. Schließlich sollte Ben-Gurion auch am morgigen Tag noch aussehen wie

Ben-Gurion (nie hatte sie ihn anders genannt als bei seinem Nachnamen).

Er schien gute Laune zu haben. Dieser Tag, es ließ sich nicht länger verleugnen und verdrängen, war ein besonderer. Zumindest für Ben-Gurion. Es war der Tag vor dem großen Besuch aus Deutschland. Die Verantwortung für einen gelingenden Ablauf lag wieder einmal bei ihr. Und was morgen ein Staatsbesuch des deutschen Ex-Kanzlers in diesem Niemandsland sein würde, wäre am heutigen Tag noch einmal mit allen Beteiligten im Kibbuz abzuschreiten und mit letzten Festlegungen von ihrer Hand zu versehen. Auch wenn es längst ein offizielles Protokoll gab und in den vergangenen Tagen, sehr zu ihrem Missfallen, der eine oder andere Regierungsbeamte samt Assistenten oder Leute vom Sicherheitsdienst aus dunklen Limousinen gestiegen und mit ernster Miene durch den Kibbuzsand gestapft waren, ihre Nase in dies oder das gesteckt hatten, vor allem aber in ihre Hütte, die sie als Epizentrum der israelisch-deutschen Wiederbegegnung ausgemacht hatten. Nur war es noch immer ihr Haus, und was hier geschah, oder auch nicht, lag allein in ihrer Zuständigkeit. Das hatte sie auch den mit Steuergeldern angereisten Wichtigheimern umgehend klargemacht, sobald sie ihr Staatsgebiet betreten hatten.

Neunzig Jahre hin oder her, der alte Mann vom Rhein wollte es sich partout nicht nehmen lassen, bei seinem ersten Besuch in diesem Land Ben-Gurion in der Wüste aufzusuchen. Wenn auch nur für einen Tag. Am Ende war er nur deswegen aufgebrochen. (Da hatte es schon andere gegeben, etwa den Obersten der UNO, Dag Hammarskjöld – Gott hab ihn selig –, der sich gleich für ein paar Tage bei ihnen eingenistet und ihr häusliches Spielfeld auf den Umfang eines Handtuchs verkleinert hatte. Ihr eigenes Bett hatte sie in der Besenkammer aufgestellt. Wenngleich der Mann Manieren hatte, ganz von Welt, das hatte ihr gefallen.)

Am kommenden Tag würde also der Mann samt Entourage anreisen, den Ben-Gurion in den vergangenen Tagen immer wieder (und wie sie fand, etwas zu nachdrücklich) seinen *Freund* genannt hatte. Einen Freund, den sie noch nie gesehen hatte und über den sie doch (spätestens nach dem Gespräch mit Dov vor einigen Tagen hatte ihr die ganze Affäre keine Ruhe gelassen) eine ganze Menge wusste.

In einer der Nächte, als sie wieder einmal nicht in den Schlaf finden konnte, hatte sie sich in Ben-Gurions Arbeitszimmer geschlichen und in dem Dossier des Geheimdienstes über diesen *Freund*, welches ihr Mann auf dem Schreibtisch hatte liegen lassen, zu lesen begonnen. Auf der von einer blauen Kordel gehaltenen Mappe stand *Konrad Adenauer*. Dazu der Stempel *Strikt vertraulich*.

Keine Lebensphase dieses merkwürdigen, stets staatsmännisch gekleideten, hoch aufgeschossenen Mannes mit dem Gesicht eines Häuptlings der Cherokee hatte das sorgfältig zusammengetragene Konvolut ausgelassen.

Sie vermochte am Ende nicht zu sagen, was sie von dem Deutschen halten sollte. Nur dass sie ihm misstraute, was ihr auf eigenartige Weise gefiel (vielleicht auch nur, weil ihr Mann ihn mochte). Fest stand, dass dieser Besuch und das ganze Tohuwabohu zur falschen Zeit am falschen Ort geschahen, in einer Phase ihres Lebens, in der sie sich bodenlos (und vielleicht diesmal endgültig) erschöpft fühlte.

»Dein Freund? Sei nicht albern. Wie lange habt ihr euch im Laufe eures hundertjährigen Lebens gesehen? Eine Stunde, zwei? Oder weniger als eine Stunde?«, hatte sie vor ein paar Tagen noch zu ihm gesagt, als er wieder ein Loblied auf den alten Mann aus Deutschland anstimmte, dessen Anreise den Horizont verfärbte.

»Ich habe ihm von der ersten Minute an getraut. Das will etwas heißen«, hatte er gesagt, ohne von seinem Buch aufzublicken.

»Du vertraust ihm? Er ist Deutscher, und er hat alles gewusst.«

»Ich auch, und auch du«, gab er zurück.

»Das ist etwas gänzlich anderes, und das weißt du genau.«

Sie setzte nach:

»Er hat uns Geld gegeben, damit er und seine famosen Landsleute wieder gut schlafen können.«

»Auch ich schlafe besser, seitdem ich weiß, dass wir dieses Geld haben.«

»Du schläfst auch ohne Geld gut«, hatte sie noch gesagt, aber er schien schon gar nicht mehr hinzuhören.

Sie wusste, er und dieser Freund hatten sich nur ein einziges Mal gesehen, in New York. Beide damals noch im Amt, beide bereits alt, die letzten noch zu umschiffenden Klippen des Lebens in Sicht. Männer, die eigentlich keine neuen Freunde mehr aufzunehmen bereit waren. Waren sie überhaupt zu wirklicher Freundschaft fähig?

Wieso konnte er diesen Deutschen so einfach seinen Freund nennen, wo sie lange suchen musste, um jemanden zu finden, für den sie diese Bezeichnung wählen konnte? Und dann noch diesen gerissenen, katholisch-preußischen

Knochen? Diesen Mann, der schon wieder und trotz all der Verbrechen seiner Landsleute einen richtigen Staat zusammengezimmert hatte, während Israel, bedroht und nur von wenigen geachtet, jeden Tag um sein Leben bangen musste und die Diskussion, was dieser Staat nun eigentlich sein solle, nachdem man ihn zweitausend Jahre später plötzlich wiederhatte, niemanden ruhen ließ.

Wie jeden Morgen stellte sie eine Schale mit Kutsch-Mutsch vor ihn auf den Tisch, legte einen Löffel dazu. Sie war stolz auf diese farblose Kraftmahlzeit, allein ihre Erfindung, einschließlich des eigenwilligen *nom de guerre*, überaus gesund, breiig und nicht allzu einladend, damit niemand zu viel davon nahm. Was in diese Mahlzeit hineingehörte, wurde auf dem Tisch im wuchtigen, aus Amerika mitgebrachten und sie nie im Stich lassenden *Osterizer Deluxe* Mixer der Vollendung zugeführt. Die Kutsch-Mutsch-Formel (das Wort Rezept wäre in diesem Zusammenhang allzu billig gewesen) hatte für sie lange Zeit den Status der Geheimhaltung gehabt, wie etwa die des zweifelhaften Gesöffs Coca-Cola (immerhin musste man auch hier bereit sein, etwas zu sich zu nehmen, von dem man nicht wusste, was es war). Oder die nicht minder gewichtige des israelischen Atomprojektes in Dimona, in das nicht einmal die Amerikaner ihre Nase stecken durften und das es eigentlich gar nicht gab, so geheim war es.

Ben-Gurion blickte erst auf die Uhr, dann auf das Radio. Sein kleines schwarzes Zenith-Transistorgerät mit goldschimmernden Knöpfen, auf dessen Rückseite noch immer die Typenbezeichnung Royal 500 zu lesen war und an dem ein inzwischen fast durchgescheuerter Tragriemen hing.

Sie hatte, keinem hatte sie dies je verraten, noch eine zweite Regel, die dem Morgen nach dem Aufstehen Struktur gab oder, besser, die verhindern konnte, dass die Struktur in Gefahr geriet: Niemals gab es an dem kleinen Küchentisch eine Mahlzeit zur vollen Stunde. Denn die gehörte dem Radio. Oder besser: den Nachrichten von Kol Israel.

So wie die Mönche, von denen sie nur wenig Ahnung hatte, das Stundengebet einhielten, war ihr Mann ein Observant der neuesten Neuigkeiten, die jedoch nur im Stundentakt bereit waren, sich einzustellen. Alle sechzig Minuten wollte und musste er wissen, ob sein Land in Gefahr war, überhaupt noch existierte und welche Dummheiten seine Nachfolger im Amt wieder einmal begangen hatten (hatten sie doch zuletzt die Gebeine des rechtsnationalen Gegners ihres Mannes, dieses alles-gehört-uns-besessenen Vladimir Jabotinsky nach Eretz Israel geholt und ihn mit Staatspomp und Steuergeldern beigesetzt. Das verhieß für die Zukunft des Landes nichts Gutes).

Auch wenn er sich immer noch an den Stundentakt der Nachrichten gefesselt sah, das kleine, neue Gerät machte ihn immerhin zum Souverän über den Ort. Wenn die Batterie geladen und der Empfang ausreichend gut war, konnte er mit dem krächzenden Kasten vor dem Bauch durch den Kibbuz oder um ihn herumlaufen, und nichts würde ihm entgehen. Nicht einmal der Weltuntergang. Und sie konnte in aller Ruhe aufräumen.

(Nur gelegentlich wurde er von Ahnungslosen, die mit dem Segen der Technik und dem Fortschritt der Menschheit und somit Israels nicht vertraut waren, gefragt, was er denn mit diesem Gerät zu fotografieren gedenke.)

»Ich habe heute Nacht über etwas nachgedacht«, sagte er und wischte sich den Mund ab. »Es geht um den morgigen Tag.«

»Neue Aufträge?«, sagte sie und sah weitere schwarze Wolken aufziehen.

»Wir müssen die Sache verkürzen.«

»Was verkürzen? Den Besuch? Nichts lieber als das. Nur, das Protokoll für den Ablauf steht, jede Fuge verlötet und verschweißt.«

Als wenn er ihr nicht zugehört hätte, fuhr er fort:

»Es ist besser, wenn wir die Strecke halbieren.«

Jetzt meinte sie, begriffen zu haben, was er ihr sagten wollte. Täglich mindestens ein Mal, kurz nach den Sechzehn-Uhr-Nachrichten, machte er seinen ausführlichen Gang, begleitet von dem keuchenden Jehoshua, seinem Bewacher Tag und Nacht, oder dessen Leuten, einen Rundweg durch den Kibbuz oder manchmal hinaus in die Wüste und zurück.

»Als renne ein Esel nach zwei Hornissenstichen um sein Leben«, hatte sie ihm einmal vorgehalten.

Mit dem Steinaltkanzler aus Deutschland wäre so ein Gang nicht zu machen.

»Du hast schon größere Probleme gelöst«, sagte sie.

Als er nicht antwortete, fügte sie hinzu:

»Bleib einfach morgen zu Haus. Genug zu bereden werdet ihr schon haben.«

»Man kann auch beim Laufen reden.«

»Aber nicht bei deinem Tempo.«

Sie sah, dass ihm diese Antwort nicht gefiel.

»Ihr werdet euch morgen ganz schön anstrengen müssen. Viele wollen den Mann aus Deutschland hier nicht haben. Und das Geld von dort schon gar nicht. Es hat bereits in vielen Städten Proteste gegeben, *aoyfshtand*. Du hast es selbst erlebt.«

Er schien zu überlegen, ob er auf das Thema einsteigen sollte. Aber es war schließlich *sein* Thema.

»Er kommt aus einem anderen Deutschland, und dieses ist vor allem sein Werk.«

»Könnte es sein, dass du dir die Sache schönredest? Es sind immer noch dieselben Menschen.«

»Wir können die jungen Menschen doch nicht in Haft nehmen für die Taten ihrer Väter und Großväter.«

»Und Mütter und Großmütter, wenn schon, denn schon. Und so jung ist dein Freund nun auch nicht mehr.«

Auch nach der nächtlichen Lektüre mochte sie diesen Adenauer nicht, obwohl er von den Nazis rausgeworfen worden war, mehrfach in Gestapohaft gesessen hatte.

»Trotz alledem, kann es nicht auch reine Berechnung sein, dass Adenauer Israel so sehr unterstützt? Damit die Deutschen wieder auf der großen Weltbühne herumtanzen können.«

»Warum nicht? Auch wir können und müssen rechnen, und ohne dieses Geld aus Deutschland wären wir vor zehn Jahren pleite gewesen. Oder zumindest hat es uns sehr, sehr geholfen. Ich bin kein Freund der Deutschen, sondern der Menschheit. Aber wenn die Deutschen sich wie Menschen benehmen, warum dann nicht mit ihnen reden?«

»Verstehst du, dass andere anders denken und empfinden?«

»Wer in Auschwitz war, muss anders denken. Aber Maßstab meines Handelns war immer meine innere Überzeugung sowie das Wohl und die keineswegs selbstverständliche Zukunft dieses Landes. Wer anders empfindet, sollte nicht Politiker werden.«

»Was dann?«

»Das gehört hier nicht zur Sache.«

»Woher weißt du, was nicht zur Sache gehört?«, sagte sie.

»Kein Mensch muss Politiker werden. Es gibt so viel bessere, vernünftigere Arten, sein Leben zu verbringen. Ich kann mir ein Leben auch als buddhistischer Mönch in einem Kloster in Burma vorstellen. Oder als Besitzer eines Zeitungsgeschäfts an der Herzl Street in Haifa.«

»Du würdest vor lauter Lesen keine einzige Gazette verkaufen.«

»Mag sein. Aber ich wäre glücklich.«

»Und ich?«

»Du auch.«

»Du würdest nur noch über die Dinge lesen, ohne sie gestalten, verändern zu können.«

»Was willst du damit sagen?«

»Dass du am Ende doch unglücklich wärest, und ich auch.«

Er sah sie an, als könne er ihr nicht folgen.

»Du könntest glücklicher sein, wenn du an mehr glauben würdest.«

»Hab es versucht«, sagte sie und griff nach dem Wischtuch, um erst die Anrichte, dann den (heute nur mäßig bekleckerten) Tisch zu reinigen.

»Und was ich mal geglaubt habe, das habe ich vergessen. Oder es mir wegnehmen lassen«, sagte sie leise, wie zu sich selbst.

Genug: Es würde sie ohnehin genug Kraft kosten, diesen Tag vor dem Tag zu überstehen und all das zu tun, was sie schon so viele Male getan hatte. Die Köche in der Gemeinschaftsküche und die Gärtner auf Trab bringen, Dov auffordern, den Speisesaal zu fegen und die Fenster zu wischen, den Sicherheitsleuten, Jehoshua und seinen Männern, die tagsüber neben dem Haus herumlümmelten, sagen, dass sie sich rasieren sollten und dass sie am morgigen Tag keine Schwitzflecken unter ihren Armen sehen wolle. Das Haus lüften, die Küchenkacheln polieren und den Staub von den Büchern blasen, der sich in der Wüste mit einer Hartnäckigkeit durch Ritzen und Fugen seinen Weg in ihr Reich suchte, als wolle er das Haus wie in einem lautlosen Feldzug besetzen.

Am Ende des Tages würde sie sich wieder auf den Weg machen. Würde Shoshana noch da sein? Sie hoffte es, und doch hatte sie Angst um diese Hoffnung, die ihr wie ein später, sie einzig noch tragender Trost vorkam.

Es war kein halbes Jahr her, ein seltener Regen hämmerte kleine Nägel in das dünne Dach ihres Hauses, der Himmel war grau, in der Nacht hatte der Wind an den Wänden gezerrt, da hörte sie, wie jemand an ihre Tür klopfte. Oder besser, sie hatte es nicht gehört (und auch nicht ihr Mann, der in Tel Aviv war und noch einmal eine neue Partei gründen wollte, eine solche gegründet hatte, zwei Parteien vereinen wollte oder eine alte zu beerdigen sich anschickte, Mapai, Mapam, Achdut HaAwoda, Rafi, sie hatte den Überblick verloren, wusste nur, dass er mit seinen alten Parteileuten jeden Tag mehr über Kreuz lag). Sie horchte erst auf, als sie das vertraute Jaulen, dann das Wumms der Eingangstür hörte. Wer kam so einfach in ihr Haus? Der schießwütige Jehoshua, der das hätte verhindern können, war mit dem Mann nach Tel Aviv gefahren. Wer immer es war, er (oder von ihr aus eine Sie) war nicht willkommen. Sie würde dem Eindringling mit aller Macht entgegentreten. Ein Messer, das lange, scharfe, war in der Küche schnell zur Hand, und sie ließ es in der großen Tasche ihrer Schürze verschwinden. Wollen doch mal sehen, sagte sie sich und spürte Wut und Kampfeswillen.

Sie hatte die Küche noch nicht verlassen, da vernahm sie ein »Hallo, ist da wer?«. Die Stimme klang fest, und doch ein wenig schüchtern. Es war die einer Frau, vielleicht die eines Mädchens.

In dem Windfang stand ein vor Nässe triefendes Wesen, neben sich einen kleinen, abgestoßenen Koffer und einen zweiten, der aber gar nicht wie ein Koffer aussah, mit Griff, langem Hals und einer deutlich erkennbaren Taille. Es war nicht auszuschließen, dass es sich um ein Musikinstrument handelte.

Die junge Frau zog die pitschnasse Mütze vom Kopf, und zum Vorschein kam halblanges, nussbraunes, zu einem lockeren Pferdeschwanz gebundenes Haar. Ansonsten war die Frau grün. Zumindest war das die Farbe, die ihr später in Erinnerung geblieben war. Das Hemd grün kariert mit dünnroten Streifen, die Hose grün und weit, die Jacke weit und grün. Die fremde Frau war nicht groß und nicht klein, aber ihre Augen würde sie später immer wieder betrachten, in ihnen entdeckte sie Verwegenheit, Neugier und eine gewisse Verstörung. Auch sie waren grün.

»Ich soll mich bei Deborah in der Verwaltung des Kibbuz melden«, sagte sie. »Ich fürchte, ich bin hier nicht richtig.«

Die Stimme der Frau versetzte ihr einen Stich. Ihr Hebräisch schien fehlerfrei (soweit sie dies beurteilen konnte), aber es hatte eine Beimischung, die ihr Herz hüpfen ließ. Noch ein weiterer Satz dieser Frau, und sie würde die Bestätigung bekommen, da war sie sich sicher.

»Da sind Sie gänzlich falsch hier«, sagte sie und wartete.

»Ich dachte, weil es das größte Haus im Ort ist und vielleicht das Büro sein könnte.«

Sie hatte sich nicht geirrt, die Frau musste aus Amerika kommen, vielleicht gar aus New York.

»Wir verwalten hier nichts, außer uns selbst«, sagte sie.

»Vielleicht können Sie mir sagen, wo ich Deborah finde.«

»Bestimmt nicht hier, aber auch nicht dort, wo sie sein könnte, in ihrem Büro da drüben«, sie wies mit der Hand auf das Fenster und irgendwie über die Siedlung, »denn um diese Zeit ist da kein Mensch.«

»Dann werde ich dort warten.«

»Nix da, Sie scheinen sich ja jetzt schon vor meinen Augen aufzulösen wie ein Stück Zucker. Kommen Sie erst einmal rein, der Samowar ist an, und es gibt Tee.«

Die junge Frau legte die Jacke ab und folgte ihr, setzte sich nach kurzer Aufforderung auf den Stuhl am kleinen Küchentisch, der Ben-Gurions Stuhl war. Um ihre Füße herum bildete sich ein kleiner See.

»Mit oder ohne Zucker?«

»Ohne, bitte.«

Richtig so, dachte sie, zu viel Zucker macht krank.

»Wollen Sie länger bleiben?«

»Ich weiß es noch nicht, wohl ja. Aber erst mal muss ich hier ankommen.«

»Vor wem oder was sind Sie denn geflohen?«

Sie merkte, dass die Frau kurz nachdenken musste oder mit dieser Frage nicht gerechnet hatte.

»Ich bin aus freien Stücken hier«, sagte sie, »zumindest bilde ich mir das ein.«

»Keiner ist das«, sagte sie.

»Vielleicht haben Sie recht.«

»Das Leben hier ist hart, man muss das wollen. Oder man will es, weil einem alle anderen Wege versperrt sind.«

»Hui«, sagte die junge Frau, »vielleicht bleibt mir hier trotz aller Härte Zeit, über diese Dinge nachzudenken. Sie scheinen da schon ein ganzes Stück weiter zu sein.«

»Bin ja auch schon fast scheintot.«

Das erste Mal sah sie einen Anflug von Lächeln auf dem Gesicht der jungen Frau.

Der Regen hatte nachgelassen, und als sei sie sich diesen Akt der Selbstbehauptung schuldig (schließlich war man in der Wüste), zeigte sich hinter dem Fenster die Sonne.

Die Frau hatte den Tee ausgetrunken und machte Anstalten, aufzubrechen.

»Sie leben hier allein?«, sagte sie, während sie sich erhob.

»Nein, mit meinem Mann. Zumindest leben wir unter einem Dach.«

»Ich habe Sie gar nicht nach Ihrem Namen gefragt.«

»Paula«, sagte sie, so, wie sie sich damals ihrem Mann vorgestellt hatte, in Amerika, und nicht etwa Pola, wie die meisten hier zu ihr sagten, oder gar Penina, wie sie von ihren Eltern in Minsk genannt worden war, bevor sie sie völlig allein, eher Mädchen als junge Frau, auf ein Schiff gesetzt und nach New York geschickt hatten.

»Shoshana«, sagte die Fremde und sah sich nach den beiden Koffern um. »Eigentlich Suzanna, aber das läuft ja im Grunde auf dasselbe hinaus.«

Als die Außentür hinter der jungen Frau in den Rahmen gerumst war und sie sie davonziehen sah, musste sie tief Luft holen.

Irgendetwas war gerade mit ihr geschehen, aber sie vermochte nicht zu sagen, was.

Oder war es die plötzlich vor ihr aufscheinende Erinnerung an Minsk und den Abend, als ihre Eltern sie zu sich gerufen hatten?

Der Winter hatte seine Macht verloren, die in vielen Gegenden der Stadt noch ungepflasterten Straßen Minsks, das vom fernen St. Petersburg aus regiert wurde, waren voll Matsch und tief ausgefahrenen Löchern. Aber der graue Schmodder und an die Straßenränder geschobene schmutzige Schnee verhießen Gutes: Es würde bald Frühling werden. Und mit dem Frühling würde ein neues Leben beginnen. Vor allem für sie. In wenigen Wochen läge die Schule hinter ihr, und sie, Penina Munweis, würde studieren und endlich Ärztin werden. Die würden immer und überall gebraucht.

Trotz aller Aufbruchsstimmung spürte sie seit einigen Wochen so etwas wie eine schwere Decke über den Ereignissen liegen. Ihre Eltern sprachen immer öfter gedämpft miteinander. Nadja, die Haushälterin und ihre Kinderfrau, hatten sie vor wenigen Tagen nach vielen Jahren (treuen Diensts) entlassen. Vater kam oft erst spätnachts aus dem Geschäft, schweigsam und von Sorgen besetzt.

Zum Mittag gab es oft Aufgewärmtes vom Vortag, Gäste im Haus sah sie so gut wie gar nicht mehr.

Als Mutter sie am Abend vor dem Essen in den Salon rief, spürte sie Angst und doch auch die Hoffnung, endlich verstehen zu können, was hier im Haus vor sich ging. War Vater krank, gingen die Geschäfte schlecht, waren neue Pogrome zu erwarten oder gar ein Krieg? Es war erst wenige Jahre her, da hatte das Russische Reich, zu dem auch Belarus gehörte, den Krieg gegen Japan verloren. Käme nun ein neuer, größerer?

Sie hatte längst verstanden, dass es den Juden nie besser ging, wenn Veränderungen anstanden. Dass Regierung und Staat, welche auch immer, selbst wenn sie alles verspielten, immer noch die Juden hatten, als Ball, den man beliebig hin und her werfen konnte. Und einen richtigen Ball trat man am besten mit den Füßen.

Die Dielen knarzten, im Hof hörte sie Kinderstimmen, als sie sich in den Salon aufmachte. Nur im Haus war es still. Die Standuhr im Flur taktete im ewigen Gleichmaß die ewig erscheinende Kindheit, aus der sie dennoch herausgefallen war.

Als sie klein gewesen war, hatte sie oft die Tür der großen Uhr geöffnet, in deren Schloss stets der Schlüssel steckte, war in das Gehäuse hineingeklettert und hatte sich vor den anderen versteckt. Unter den Ketten und Gewichten hatte sie sich hingekauert und versucht, die Tür von innen zuzuziehen. Immer hatte sie die Fantasie gehabt, ganz weit weg zu sein, auf einer großen Reise. Und ebenso konnte sie sich darauf verlassen, dass nur eine Fingerbewegung an der Tür der Uhr sie wieder zurück in die vertraute Welt bringen würde.

Vater stand mit dem Rücken zu ihr vor dem Fenster, als sie den Salon betrat. Das letzte Licht des Tages wollte gerade verschwinden, und er schien sich in dem Grau hinter dem Fenster aufzulösen. Mutter saß auf dem Sofa, die Hände im Schoß zusammengefaltet wie zum Gebet. Kein Licht brannte. Warum sieht sie mich nicht an? Was habe ich getan?, war ihr erster Gedanke.

»Peni, wir müssen mit dir reden«, sagte ihre Mutter und hob den Kopf, ohne ihr in die Augen zu blicken.

Vater wandte sich um, er hatte ein Taschentuch in der Hand.

»Die Zeiten sind schlecht, und sie werden noch schlechter«, sagte er. »Wir sind deine Eltern, und es ist unsere Pflicht, für das Wohl unserer Kinder zu sorgen. Aber wir können es nicht. Können es nicht mehr, jedenfalls nicht so, wie es sein müsste. Und nicht für alle von euch in gleicher Weise.«

Sie hörte einen Schluchzer ihrer Mutter, als Vater diesen Satz sagte.

Was würden sie ihr gleich sagen wollen? Dass es mit der Ausbildung nichts werden würde? Dass Juden nicht studieren durften? Dass sie, als einfache Kraft, in Vaters Handelsgeschäft würde arbeiten müssen?

Wenn es so wäre, sie könnte es und würde es tun.

»Aber du sollst eine Zukunft haben, die wir nicht all unseren Kindern eröffnen können«, sagte ihre Mutter.

»In Amerika geht es den Juden besser. Dort kann man aufsteigen, Geld verdienen. Sicher leben. Irgendwann so viel verdienen, dass etwas übrig bleibt für die, die in der Heimat geblieben sind.«

Die Stimme ihres Vaters vernahm sie nur noch wie durch eine Wand, versuchte zu erfassen, was er ihr sagen wollte.

Ihr war nicht entgangen, dass viele Juden aus dem Osten und auch aus Weißrussland auswanderten. Freundinnen aus benachbarten Familien hatte sie in den vergangenen Wochen verloren, im letzten Schuljahr hatten sich in ihrer Klasse die Reihen gelichtet.

Aber dann verließ der Vater oder gleich die ganze Familie das Land. Die meisten von ihnen zog es nach Amerika. Einige wenige jedoch, meist junge wilde Männer, von Vater zionistische Träumer und irregeleitete Sozialisten genannt, in das von den Türken gehaltene, am Ende der Welt vor sich hindämmernde Palästina.

Aber das war das Leben der anderen und hatte mit dem ihren nichts zu tun. Sie war Penina Munweis, Tochter des angesehenen Händlers Schlomo Munweis, sie alle aus altem jüdischem Geschlecht, verwandt mit dem polnischen Graf Munves und dem zum Judentum übergetretenen mesopotamischen König Monobaz. Vielleicht sogar mit König David. Jedenfalls wollte sie das glauben.

»Wir haben das Geld zusammengelegt. Es wird für eine Überfahrt unter Deck und für die ersten Monate reichen«, sagte ihr Vater.

Ihre Augen füllten sich mit Tränen. Mutter erhob sich, nahm sie in den Arm.

»Wir haben Sorgen, Peni, große. Wir werden das Geschäft nicht halten können. Die Zukunft sieht düster aus. Wir wollen, dass es einem unserer Kinder besser geht. Und vielleicht holst du dann die anderen irgendwann nach. Du wirst Medizin studieren, wie du es gewollt hast.«

»Aber warum ich?«, brachte sie unter Tränen heraus. »Warum nicht Raisa? Sie ist die Ältere. Oder Pessia, oder einer von den Jungs, wenn ihr noch ein paar Jahre wartet.«

Vater löste sich vom Fenster.

»Nicht jedes Kind kann das, was vor dir liegt, Peni. Wir als Eltern haben Verantwortung für euch alle, und wir haben sie abgewogen. Wir sind zu einem Entschluss gekommen, nach Nächten des Wachens, des Rechnens und des Grübelns.«

Dann sagte er den Satz, den sie nie wieder vergessen konnte:

»Vielleicht wird unsere starke Penina in Amerika eine Paula werden und uns alle stolz machen. Unsere Familie wird in New York einen neuen Anfang erleben. Und du, Peni, gehst voran.«

Sie hörte, wie Ben-Gurion im Eingangsbereich des Hauses seine Füße in die Gummistiefel zu bugsieren versuchte, die nach dem nächtlichen Ausgang noch immer vor der Tür standen.

Gleich würde er, für die jungen Kibbuzniks unübersehbar, mit den schweren Schritten eines Landarbeiters quer über das Gelände in den Stall laufen, dort ein wenig das Vieh tätscheln, den Schafen und Kälbern Futter hinwerfen, nach einer Forke greifen, sie wenig später wieder wegstellen. Anschließend würde er an der in der Mitte des

Kibbuz aufgestellten Wetterstation haltmachen, schließlich hatte er nach kurzer Aussprache im Kibbuzrat die Zuständigkeit für deren Wartung und Eichung ergattert. Das Alter hat auch Vorteile, hatte sie sich damals gesagt. Nur nicht für alle.

Sie sah ihn vor sich, wie er sich vor dem Gerät auf die Zehenspitzen stellte und an das Glas des Barometers klopfte, hinter dem die Zeiger auch heute das Nahen eines weiteren Hochs anzeigten, als freuten sie sich jeden Tag wieder über den hohen Besuch.

»Schalom«, würde er dann zu dem Gerät sagen und für den Rest des Tages und meist bis spät in die Nacht hinein in seinem mit Büchern vollgestellten Arbeitszimmer verschwinden, um zu lesen, zu korrespondieren und an dem täglich wachsenden Projekt *Mein Leben* weiterzuarbeiten. Um dann wieder zu lesen. Sie kannte seine Themen, diese wechselnden Liebesaffären.

Eigentlich gab es im Laufe seines Lebens nichts, was nicht sein Thema war oder in einem Anflug fast kindlicher Begeisterung zu einem erhoben wurde. Ob Buddhismus, Bewässerungstechnik, platonische Staatskonzepte, das Leben Benjamin Disraelis, der afrikanische Aufbruch, der (falsche) Krieg der USA in Vietnam, die Rolle der Schrift im Judentum, Verbesserungsvorschläge für die Maschinenpistole Uzi (von diesem Leutnant Uzi Gal bereits 1949 zusammengebastelt, so hatte sie es in dem Dossier gelesen, und bereits zehn Jahre später von der runderneuerten Armee dieses Adenauers, gleichsam unter dem Ladentisch, in großer Zahl angekauft), die Vorsokratiker oder die Heilpraktiken von diesem Mr Hokuspokus Moshe Feldenkrais, alles konnte er sich einverleiben und vor jedermanns Ohren in den Status von sollte-man-eigentlich-wissen heben.

»Wenn einer im Haus liest, reicht das«, hatte sie geantwortet, wenn wieder jemand nach ihren eigenen Leseerlebnissen fragte, die schließlich keinen etwas angingen. (Waren doch vor allem Romane mit leicht geschriebener Hand für sie so etwas wie ein Rückzugsort; für ihren Mann hingegen rangierte diese Art der Lektüre gleich nach der ebenso unsinnigen wie volksverdummenden Erfindung des Fernsehens.)

»Ben-Gurion liest schon für mindestens drei«, schnaubte sie dann heraus, um hinter diese Angelegenheit einen Punkt zu setzen.

Irgendwann allerdings liest dieser Mann nur noch, hatte sie in den vergangenen Monaten gedacht.

»Ich wundere mich, dass du zwischendurch die Zeit gefunden hast, einen Staat zu gründen. Wenn auch nur einen kleinen«, hatte sie einmal zu ihm gesagt.

»Für einen großen fehlte mir die Zeit«, seine Antwort.

»Das sollen dann andere machen?«

»Für das, was wir brauchen, ist er groß genug.«

Die Küche befand sich nach kurzer Zeit wieder in Werkseinstellung. Jehoshua, den sie gern als Ersten einvernommen hätte, war jetzt mit ihrem Mann auf dessen bühnenreifer Morgenroutine unterwegs, nicht einmal in den Schafstall konnte er unbegleitet gehen. Immerhin hatte er jemanden an seiner Seite, der ihm ohne Widerspruch zuhörte. Was umso verwunderlicher war, als diese beiden Männer, hätten sie nur einmal den Mut aufgebracht, es anzusprechen, politisch wie Feuer und Wasser waren.

Vielleicht würde ein Plan helfen. Eigentlich hatte sie einen, aber der war ihr in den vergangenen Tagen wieder aus dem Blick geraten. Also musste ein neuer her, umwerfen konnte man ihn immer noch. Zudem wäre er ein Schutz vor dem Abgrund, der sie seit einigen Tagen, wenn sie am Morgen das Haus verließ, zu umgeben schien. Tief unten in dessen dunklen Wassern schien sich ihre Vergangenheit zu spiegeln, Bruchstücke, Fundstücke, Fragmente, Scherben, Glas und das salzige Sediment nutzloser Tränen.

War diese Frau heute Morgen vor dem Spiegel dieselbe wie damals in Minsk, derselbe Körper, derselbe Mensch, einst wie heute? Wie konnte das sein? Aber war man überhaupt von einem auf den anderen Tag dieselbe? Die vergangenen Wochen hatten da bei ihr Zweifel aufkommen lassen. Sie fühlte sich anders als je zuvor, auch wenn sie dieses »anders« nicht richtig fassen konnte. Von all den äußeren Veränderungen einmal abgesehen, die hinzunehmen sie sich längst verordnet hatte. Aber war sie deswegen gleich eine andere? Steckte nicht alles in einem, das gesamte Leben über, das Glück und der Schmerz, die Dumpfheit und das Aufbegehren, Verstand und Herz und Mut, Liebe und Schrecken? Und purzelte nur auf die eine oder andere Weise (ohne dass man sagen konnte, wann und warum) plötzlich aus einem heraus? Und dann hatte man *die gantse balagan*.

Die Sache wurde kompliziert, und sie beschloss, diese Frage den Philosophen zu überlassen. Oder Männern wie Joseph Livni, der in Avdat weiter südlich in der Wüste eine Musterplantage betrieb, alte wie neue Bewässerungsmethoden erkundete und ein Professor war. Fast immer schaute er bei ihnen vorbei, bei ihrem Mann und dann bei ihr, wenn er auf dem Weg nach Jerusalem oder an die Universität von Tel Aviv zu einer seiner Vorlesungen an Sde Boker vorbeikam. Oder spätestens auf dem Heimweg zurück in seine Einsiedelei. Sie mochte die Gespräche mit ihm, weil es für ihn nichts Kompliziertes gab. Alles ließ sich beschreiben und erklären. Vielleicht auch die Frage, ob man immer dieselbe war und doch auch nicht. Joseph Livni, der Professor, würde auch darauf eine Antwort wissen.

»Ein Professor für was?«, hatte ihre jüngere Tochter Renana einmal von ihr wissen wollen, die selber Wissenschaftlerin war.

»Er ist Professor. Ich denke, das reicht«, hatte sie geantwortet.

»Man ist nicht einfach Professor, Ima, wie Friseur oder Verkehrspolizist. Man braucht dazu ein Fachgebiet. Und meist ein sehr spezielles.«

Sie überlegte kurz, dann sagte sie:

»Er hantiert mit Wasser.«

»Dann ist er Hydrologe.«

»Von mir aus auch das«, hatte sie geantwortet.

2

Es war klug, als Erstes Nissim aufzusuchen. Auch wenn sie ihn nicht mochte.

Wumms. Wieder die Tür. Es war zum Verrücktwerden. Aber genau genommen war sie es schon. Nur dass es keiner außer ihr bemerkt hatte.

Sie ließ die Hütte hinter sich, ging quer über den Hof. Die Sonne begann bereits ihre Kraft zu entfalten, vielleicht hätte sie einen Hut oder eine Mütze aufsetzen sollen. Niemand hätte was davon, wenn sie mittags schon wie Dörrobst herumkullerte.

Nissim war zurzeit der Vorsitzende des Kibbuzkomitees, ihn zu übergehen, hieße, schon zu Beginn Wüstensand in das Getriebe des Tages zu streuen.

Nissim war einer der Älteren im Kibbuz. Aus Rumänien geflohen, als er fast noch ein Kind war, hatte er sich in den Norden des Landes durchgeschlagen. Er war einer der Ersten, als es um das Wüstenprojekt Sde Boker ging und ein paar verrückte junge Leute mit Zelten bewaffnet in die Wüste zogen, als läge hier das Gelobte Land.

Ben-Gurion wurde nicht müde, diese Geschichte zu erzählen.

Er war mit seinen Leuten auf dem Weg vom äußersten

Süden zurück nach Tel Aviv durch die Wüste Negev, saß im Fond des Wagens, versuchte, ein wenig die Augen zu schließen, denn bei all dem Gerumpel (bis irgendwann wieder eine befestigte Straße in Sicht sein würde) war an Lesen nicht zu denken. Sie näherten sich dem Gebiet um den Wadi Zin.

Durch die halb geöffneten Augen meinte er plötzlich, nicht fern der Straße, einer Vision gleich, junge Menschen auszumachen. Was trieben sie hier? Er sah genauer hin, erkannte, dass sie mit grobwandigen Zelten hantierten, die sie offenbar zu errichten versuchten.

Er forderte den Fahrer auf zu halten. Erst bei der zweiten Aufforderung begriff dieser, was sein Chef, der Ministerpräsident, wollte. Die ganze Kolonne aus Limousinen und Jeeps kam zum Stehen, der Wind wirbelte Sand auf. Die ihn begleitenden Polizisten sprangen aus den Wagen, blickten nervös nach links und rechts.

Er stieg aus dem Fond, stapfte durch das Gestrüpp, den Kopf schützend nach unten geneigt, baute sich vor den jungen Leuten auf.

»Wie heißt du?«, fragte er den Ersten, den er zu fassen bekam.

»Nissim«, antwortete der junge, kräftige, ihn um zwei Köpfe überragende Mann.

»In wessen Auftrag seid ihr hier?«

Der Mann schien ihn nicht zu verstehen.

»Kein Auftrag«, sagte er.

»Aber wer hat euch geschickt, für wen wollt ihr das hier aufbauen? Welche Organisation?«

Eine junge Frau kam dazu, in einem kakifarbenen Arbeitsanzug und hellem Haar.

»Wir werden uns hier niederlassen und die Wüste fruchtbar machen«, sagte sie. »Niemand schickt uns, außer wir uns selbst. Wir beginnen ein neues Leben.«

Sie hatte schnell erkannt, wer der Mann war, der vor ihr stand und sie befragte. Aber keinen Moment schien sie verlegen oder befangen zu sein.

»Wir schaffen hier eine neue Gemeinschaft und nutzen das weite, unerschlossene Land. Der Ort wird Sde Boker heißen, Feld des Hirten.«

»Deborah hat recht«, sagte der Mann, der Nissim hieß und offenbar froh war, dass seine Genossin für ihn eingesprungen war.

Ben-Gurion betrachtete die beiden, ließ den Blick über das halb errichtete, improvisierte Feldlager gleiten.

»Und wer bist du?«, fragte er einen weiteren Mann, der, ein Gewehr über der Schulter, dazukam.

»Jehoshua«, sagte er.

»Und wie weiter?«

»Jehoshua Cohen.«

»Funktioniert das Gewehr auch?«

»Mit Sicherheit.«

»Gut so«, sagte er, »sehr gut so«, sagte er, hob die Hand zum Gruß und stapfte zurück zur Wagenkolonne.

Kaum in Tel Aviv angekommen, sagte er, nachdem er ihr von dem Erlebnis im Negev berichtet hatte:

»Ich werde den jungen Pionieren schreiben. Heute noch.«

»Was willst du ihnen schreiben?«

»Dass sie mutig sind und ein Vorbild für unser Land.«

»Sie sind jung und verrückt«, entgegnete sie. »Vielleicht solltest du ihnen diese Tatsache vor Augen führen.«

Ben-Gurion zeigte keine Reaktion. Sie begriff, dass er noch etwas anderes mit sich herumtrug und dies in seinem Brief unterbringen wollte.

»Und, was noch?«, sagte sie. »Raus damit.«

Er zögerte, versuchte, in möglichst beiläufigem Ton zu sagen, was zu sagen er nicht zurückhalten konnte:

»Ich werde sie fragen, ob sie uns in ihre Gemeinschaft aufnehmen wollen. Ihnen sagen, dass wir zu ihnen stoßen möchten, irgendwann, vielleicht gar bald.«

Sie hatte sich auf einen Stuhl sinken lassen.

»Ich sehne mich nach einer Zeit, wo du mal keine Ideen mehr hast.«

Stets musste sie an diese Geschichte denken, wenn sie Nissim traf. Kaum anders als mit einer stillen Wut ging sie auch jetzt auf seine Hütte zu. Hatte doch mit ihm und all den jungen Leuten und ihrem Zeltlager am Wegesrand ihr neues Elend begonnen.

Nun war er ihr Vorsitzender des Kibbuz, da war nichts zu machen. Außer es mit zusammengebissenen Zähnen hinzunehmen.

Immerhin, Nissim konnte zupacken, wusste in allen praktischen Dingen Rat. Auch wenn die Gabe der Rede um ihn einen weiten Bogen gemacht hatte – die Leute hatten sich gesagt, dass man auch seine Leitung, begrenzt wie alles im Kibbuz und das Leben selbst, eine Zeit lang hinnehmen müsse.

Nissim lebte mit Dana zusammen. Seine Frau war still, selten zu sehen, als Transmissionsriemen für Klatsch und Tratsch im Dorf ein völliger Ausfall. Sie arbeitete im Kindergarten des Kibbuz für die ganz Kleinen.

Sie klopfte an die Tür.

»Was ist?«, hörte sie seine Stimme. Dann flog die Tür auf.

Nissims Augen waren gerötet. Hatte er geweint?

»Hab keine Zeit«, sagte er und stand breitschultrig da, als wolle er ihr den Weg versperren.

»*Red nisht narishe zakhn*«, sagte sie. »Hab auch keine Zeit. Lass mich rein.«

Er seufzte und machte den Weg frei.

»Wir haben etwas zu bereden«, sagte sie.

»Warum kommst du nicht ins Office? Der Tag ist noch lang.«

Irgendetwas war heute anders, sie würde schon herausbekommen, was es war. Kein Mensch konnte sich vor ihr verstecken, nicht der eselstörrische Nissim, nicht einmal *der lebediker got*, wenn sie ihn einmal zu packen bekäme (falls man ihn zu packen bekommen konnte, denn an seine Existenz vermochte sie nicht zu glauben).

»Wir bekommen Besuch. Morgen. Ich werde mit den Leuten reden und noch einmal Aufträge verteilen. Das ist eigentlich deine Aufgabe, aber heute ist es meine.«

Nissim zeigte keine Regung.

»Die Wege müssen gebohnert werden, die Hausdächer geschmirgelt, die Kühe bekommen bunte Schleifen an die Hörner. Verstehst du, Nissim? Großer Besuch aus Deutschland.«

»David schleppt wieder einen an, Deborah hat es mir erzählt. Soll er doch.«

Nissim ließ die Hände sinken und wies mit dem Kopf auf die Tür zu dem einzigen weiteren Zimmer der Hütte, in dem Dana und er schliefen. Die Tür war einen Spalt weit geöffnet, dahinter war es dunkel.

»Dana«, sagte er. Hob die Schultern und ließ sie wieder sinken.

»*Vas iz?*«

Er ging zur Tür, öffnete sie mit einer langsamen, für sie unerwartet behutsamen Bewegung.

»Nicht gut.«

Sie ging hinein, versuchte, sich in dem Halbdunkel des kleinen Raumes zu orientieren. Es war stickig und roch nach Schweiß und vergorenem Atem.

Mit einem kurzen Griff schob sie den Vorhang auf.

»Aus dem Hospital in Be'er Sheva ist ein Wagen unterwegs« sagte er.

»Was hat sie?«

»Weiß nicht. Fieber. Schläft und schläft.«

»Seit wann?«

»Gestern.«

»Kann ich sie mir ansehen?«

Als sie an das Bett der schlafenden, dabei den Kopf unruhig hin- und herwerfenden Dana trat, spürte sie plötzlich eine innere Ruhe und Sicherheit, die sie verloren zu haben geglaubt hatte. Mit der Hand berührte sie die Stirn der Kranken, hielt ihr Ohr an deren Mund und lauschte. Dann blickte sie in den halb geöffneten Mund und tastete Danas Hals ab.

»Was machst du?«, sagte Nissim, der noch immer neben der Tür stand.

»Das Fieber ist zu hoch«, sagte sie. Schob den Vorhang auf und öffnete das Fenster. Frische, noch immer ein wenig kühle Luft kam herein.

»Bring Wasser in einem Eimer, aber nicht zu kalt. Und zwei Tücher, aus der Küche.«

Nissim rührte sich nicht.

»*Eyl zikh tsu.* Deine Frau ist sehr krank. Ich vermute, sie hat Diphtherie.«

Sollte sie ihm erklären, dass sie eigentlich Krankenschwester war, ausgebildet in New York, später sogar *chief nurse* in einer großen Klinik in Lower Manhattan? Dass sie dort, in ihrer Stadt, hatte bleiben wollen, in Amerika, mit ihrem neuen, von allen Minsker Kindheitstagen befreiten Leben? Dass sie sich bald neuen Ideen hingegeben hatte, die in ihr herumzuschwirren begannen, für sie ein großes Erwachen und ein Aufbruch in eine neue Welt? Und dass man die Arbeit einer Krankenschwester so wenig verlernte wie die Sehnsucht?

Nissim stellte einen Eimer mit Wasser neben das Bett und reichte ihr zwei Tücher. Sie hielt eine Hand hinein. Nissim hatte verstanden, das Wasser war lauwarm, gerade richtig.

Dann geschah alles wie von selbst, sie schlug die Decke der Kranken zurück, die Schienbeine lagen jetzt frei. Sie tränkte die Tücher, wrang sie aus und wickelte sie, erst eines, dann das andere, um Danas fast glühende Waden. Währenddessen sprach sie mit ihr, sie wusste später nicht mehr, was, aber es waren Worte der Beruhigung und Zuwendung.

»Paula«, sagte sie. »Ich bin's, Paula. Wir werden das Fieber packen, und dann hinaus damit, Dana. Wenn du ordentlich hilfst. *Nor a bisl geduld.*«

Nach ein paar Minuten, sie hatte die Prozedur noch zweimal wiederholt, öffnete Dana die Augen und sah sie staunend an.

»Guck nicht so. Oder hast du noch nie eine Krankenschwester gesehen?«

Dana versuchte zu lächeln.

»Und du, Nissim, gehst vor die Tür, scheuchst den Wagen aus Be'er Sheva heran. Na los.«

»Bist krank«, sagte sie und wandte sich wieder Dana zu, »aber daran stirbt man nicht.«

Sie nahm ihre Hand und sagte:

»Ich warte mit dir, bis der Wagen kommt«.

Dana schloss die Augen, jetzt ganz ruhig, und auch sie ließ die Lider sinken, lauschte den Geräuschen des Hofes, den Vögeln, spürte an Armen und Gesicht die milde Luft, die von draußen hereinkam. Ja, sie hatte nichts verlernt.

Vielleicht hatte es genauso kommen müssen, wie es dann geschah.

Der Abschied von den Eltern und den Geschwistern hatte ihr das Herz zerrissen Die Überfahrt hatte sie, meist unter Deck, irgendwie überstanden. In New York angekommen, lag all das wie hinter einer dichten Wand aus Nebel. Über einen Neffen dritten Grades von Onkel Mordechai hatte sie von einem freien, bezahlbaren Zimmer gehört, das von einer jungen Frau bewohnt wurde und Platz für zwei bot.

Seitdem teilte sie sich in der Ludlow Street, Lower Eastside von Manhattan, ein Zimmer mit Lena. Lena stammte aus Kowno, das zum Russischen Reich gehörte.

Noch nie zuvor hatte sie so viele Juden an einem Ort gesehen wie jetzt hier in New York. Wie überhaupt fast alle jüdischen Einwanderer aus Osteuropa in diesem Viertel fern vom schmucken Uptown mit seinem Gold und Glitzer und dem Central Park, egal aus welcher Ecke und welchem Land im Osten sie angereist waren, zum

Russischen Reich gehörten und von dort geflohen waren. Die wenigsten sprachen hier Russisch, weit eher Jiddisch, Deutsch oder ein wenig Englisch, sofern sie es hier aufgeschnappt hatten. Oder alles gleichzeitig, manche gar zusätzlich mit ein paar Versatzstücken Hebräisch. So war es auch bei ihr, und sie begann, das zu entwickeln, was sie ihre *zeyer ishun*, ihre Sprache, nannte. (Nutzen doch Menschen in der Regel mal die eine, mal die andere Sprache, kaum aber mehrere gleichzeitig. Was später ihr schmackhafter Speisemix Kutsch-Mutsch wurde, hatte sich in ihrem nicht minder kraftvollen Kutsch-Mutsch-Idiom längst erprobt. Warum sich auf eine Sprache beschränken, wenn drei zusammen die Sachen oft besser zu fassen wussten?)

Mehr und mehr jüdische Einwanderer waren in den vergangenen Jahren in die Lower Eastside gezogen, die Wohnungen waren überfüllt, oft teilten sich Familien ein Zimmer und auch das Bett. Das Elend war groß, aber auch die Heiterkeit und die Kraft zu etwas Neuem. Das Leben spielte sich auf den Straßen ab, hier wurde gehandelt, debattiert, verkauft, geliebt, gestohlen, geschrien, stolziert und geschleppt; Pferdefuhrwerke drängten sich zwischen den Ständen hindurch, Fässer wurden gerollt, Hühner gackerten, Kinder spielten und mussten doch oft in den Läden oder an den Ständen der Eltern arbeiten, schleppen, putzen, verpacken, anliefern, oft zehn Stunden am Tag.

Oder sie waren verbannt in die Nähereien und Schneidereien, arbeiteten dort neben den und für die Älteren, damit diese ihre Familien über Wasser halten konnten. Hinter den Fenstern im ersten oder zweiten Stock surrte und ratterte es unablässig, das Tackern der Singer-Nähmaschinen hatte sie oft heute noch im Ohr. Die Angestellten schufteten in stickigen, wenig Frischluft hereinlassenden Räumen gegen kümmerlichen Lohn; oft wurde ihnen noch ein Betrag für die Nutzung der Maschinen und das Material vom Lohn abgezogen. Eine moderne Sklavengesellschaft, die Besitzer der Betriebe oft Einwanderer, die selber einmal in diesen Höllenreichen angefangen und sich aus dem Elend herausgeschuftet hatten und nun ihre Untergebenen auspressten und drangsalierten. Sie hatten gelernt, wie es geht.

»Diese Leute haben die Lektionen des Kapitalismus schneller gelernt als die flaumbärtigen Jungbosse von Carnegie und Rockefeller in Uptown«, hatte Lena einmal gesagt und geschnaubt.

»Wenn du Medizin studieren und Ärztin werden willst, fang gar nicht erst da unten auf der Straße an. Da kommst du nie wieder weg. Ich hoffe, du hast Geld genug mitgebracht, um die Ausbildung zu bezahlen.«

Sie hatte nichts anderes vorgehabt. Ja, sie würde Ärztin werden, an einem Krankenhaus in Midtown oder Uptown, oder irgendwann eine eigene Praxis, vielleicht in Central Park West eröffnen.

»Du kannst wenigstens träumen, mir fehlt dazu das Geld«, sagte Lena.

Sie war Kellnerin in Sachs' Café, dem Treffpunkt der Politischen, wie sie schnell erfuhr. Was immer sich hinter diesem Wort verbarg.

Wer dort arbeitete, gehörte dennoch dazu, debattierte mit, hatte Zugang zu den Zeitungen, vor allem der deutschsprachigen, radikal ausgerichteten *Die Freiheit*.

Gehörte bald auch zu den Zirkeln der Unruhestifter. Irgendwann hörte sie zum ersten Mal das Wort *Anarchist*, ohne sich darunter etwas vorstellen zu können. Und doch beschlich sie manchmal der Verdacht, dass auch Lena eine *Anarchistin* war.

Aber sie hatte nur ein Ziel: so schnell wie möglich Englisch zu lernen, das wenige Geld zusammenzuhalten und sich nach bestandener Prüfung an der Universität einzuschreiben. Sie sah das Elend, aber es war nicht ihres.

Eines Tages blieb die Geldsendung ihrer Eltern aus Minsk aus.

Vater hatte ihr regelmäßig per Draht eine monatliche Summe zukommen lassen. Irgendetwas musste geschehen sein.

Es dauerte fast zwei Wochen, bis sie mit bebenden Händen den Brief ihrer Mutter öffnete.

Meine liebe, große Peni,
schreckliche Dinge haben sich ereignet. Euer Vater ist von uns gegangen. Das Herz. Über Nacht. Jetzt stehen wir vor dem Nichts. Ich hoffe, dass ich Raisa noch nach Amerika zu Dir schicken kann. Onkel Mordechai wird uns helfen, aber auch seine Mittel und Möglichkeiten sind begrenzt. Was nun werden soll, weiß ich nicht. Wie es für Dich weitergeht, musst Du nun selber sehen. Es bricht mir das Herz, Dir, meiner geliebten Tochter, das zu schreiben. Wir haben damals gewusst, dass Du stark bist und es allein schaffen wirst; jetzt musst Du es zeigen.

In Liebe, Deine Mutter

Sie hatte sich aufs Bett geworfen und das Gesicht im Kissen vergraben. Lena war im Café, sie war allein. Allein wie nie zuvor. Als hätte jemand ein großes schwarzes Tuch über sie geworfen und als würde sie darunter, verlassen und wehrlos, ersticken. Es war das erste Mal, dass sie die Empfindung einer großen Einsamkeit überwältigte. Es sollte nicht das letzte Mal sein.

Als Lena spätnachts zurückkam und sah, dass noch Licht im Zimmer war und sie nicht schlief, setzte sie sich auf den Rand ihres Bettes und suchte ihre Hand. Der Brief der Mutter lag auf dem Boden.

Lena beugte sich herunter, um ihn aufzuheben.

»Lies, Lena, und sag mir, was ich tun soll«, sagte sie auf dem nassen Kissen, der kalten Wand zugewandt. »Sonst bring ich mich um.«

Am kommenden Tag hatte sie sich im Jewish Hospital in Lower Manhattan für eine Schwesternausbildung beworben und wurde sofort genommen.

Sie öffnete die Augen. Vor dem Haus hörte sie den schweren Schritt von Nissim, offensichtlich in Begleitung der erwarteten Sanitäter. Ihre Arbeit war getan. Sie erhob sich, streichelte Dana über die noch immer heiße Stirn, sagte *vet gezund vern, kind* und verließ das Zimmer.

Nissim hob an der Tür die Hand, als wolle er wortlos etwas zu ihr sagen, ließ sie sinken, seufzte und folgte den beiden Männern aus Be'er Sheva ins Zimmer der Kranken.

Die Sonne war hinterrücks weitergeklettert, ihrem Zenit entgegen, als wisse sie nicht, dass jedem Höhepunkt unweigerlich ein Abstieg folgt. Sie legte eine Hand über die Augen und suchte das Gelände ab. Obwohl sie jedes Haus, jeden Weg, jede Abkürzung im schattenlosen Weltreich des Kibbuz kannte, kam es ihr auf einmal so vor, als blicke sie auf die verblichene Karte einer fremden, namenlosen Stadt. Oder auf eine Fata Morgana, ein flimmerndes Nichts, das zu berühren unmöglich war und das umso weiter entschwand, je mehr sie sich ihm näherte.

Es war nicht ihr Dorf und würde es niemals werden.

Es war bereits Ben-Gurions Dorf, als es noch gar keines gab.

Heute gab es keinen Winkel, in den sie nicht geschaut, kein Haus, das sie nicht umrundet, keinen Weg, den sie (oft fluchend über die Löcher und Unebenheiten, den Schlamm, später im Jahr den Staub, dabei eine gesalzene, mit jedem Schritt wachsende Eingabe an den Kibbuzvorstand und Nissim formulierend) nicht hundertfach abgeklappert hätte. Sie wollte den Ort, an den die Kette schmerzhafter Fügungen sie verbannt hatte, so gut kennen wie einst Robinson seine Insel.

Jetzt schien er jede Struktur verloren zu haben, und sie schrieb auch dieses Gefühl der schwindenden Orientierung auf die innere, ständig wachsende Liste der Indizien ihres sich beschleunigenden, wohl nicht mehr aufzuhaltenden Niedergangs zu.

Wieder ertappte sie sich dabei, wie sie nach der jungen Frau Ausschau hielt. Mit wie viel unvermuteter Schwerelosigkeit (und ja, klopfendem Herzen) hatte sie Shoshana wenige Tage nach ihrer ersten Begegnung die Siedlung gezeigt, sie für einen Rundgang kurzerhand entführt.

An einem Abend, der erahnen ließ, dass der Winter sich zurückziehen und die kurze Zeit des Blühens in der Wüste beginnen würde, hatte sie durchs Fenster geschaut und die junge Frau vor ihrem Haus entdeckt. Gekleidet wie immer mit der grünen weiten Hose und dem ebenfalls grünen, von dunkelroten Streifen durchzogenen Hemd. Nur hatte sie jetzt das Haar offen (und wohl ein wenig gestutzt), die Bluse, wie sie fand, ein wenig zu weit geöffnet.

Als sie vor das Haus ging, um von Shoshana zu erfahren, was sie diesmal wollte, erblickte sie (just beim metallenen Wumms der Gittertür in ihrem Rücken) im Ausschnitt ihres grünen, eher zu einem jungen Mann passenden Hemdes den Ansatz ihrer nur von der Natur gehaltenen Brüste. Etwas zu viel des Guten, verbuchte sie in ihrem Inneren.

»Zu Ihnen wollte ich, Paula«, sagte Shoshana. Wieder dieser Stich im Herzen, als sie die junge Frau sprechen hörte.

»Warum lungern Sie dann vor dem Haus herum, anstatt hereinzukommen?«

»Ich habe es betrachtet.«

»Und, ist Ihnen etwas aufgefallen?«

Shoshana lächelte. Sie bemerkte, dass dies ein anderes, selbstgewisseres und gelasseneres Lächeln war als das des triefenden Wesens in ihrer Küche vor dem Samowar.

»Es gefällt mir.«

»Finden Sie diese unter dem Dach klebenden Fenster nicht dämlich?«

»Es erinnert mich an ein anderes Haus.«

»Sie wollen mir doch nicht erzählen, dass Sie schon mal im Gefängnis gesessen haben.«

Shoshana lachte.

»Vielleicht schon. Aber das meine ich nicht.«

Jetzt wurde ihr die Sache zu bunt, es war Zeit, Ordnung in das Leben dieses Wesens zu bringen, wenn schon ihr eigenes von Wirrnis erfüllt war. Sie bat Shoshana herein.

»An was für ein Haus erinnert es Sie denn?«, fragte sie, nachdem sie sich in der Küche auf den Stühlen niedergelassen hatten und sie zwei Tassen Tee vom Samowar geholt hatte.

Shoshana begann zu erzählen, und sie hörte die Worte Upstate New York, Wald, Freunde, Liebe, Musik, Hütte, freies Leben, die Namen von Dichtern, die irgendwann einmal auch an ihr vorbeigeweht waren, ohne Eindruck zu hinterlassen, Leary, Ginsburg, Kerouac, Burroughs. Und immer wieder das Wort Gras. Mein Gott, wo Wald ist, ist auch Gras, dachte sie.

Aber dieses Gras, von dem Shoshana erzählte, hatte etwas mit den Gedichten zu tun und diesen Schriftstellern und war, wenn sie die Sache richtig verstanden hatte, rauchbar wie eine Zigarette dieser neuen Marke TIME, die zu probieren sie sich untersagt hatte. Bei diesem immer wiederkehrenden Wort hatte sich bei ihr am Ende gar eine gewisse Neugier geregt, als hätte sie im Radio einem neuen, unbekannten Rezept gelauscht, das sie niemals nachkochen würde und das doch in ihrem Kopf Bilder voll von exotischen Farben, Gerüchen und niemals Geschmecktem aufsteigen ließ.

»Ich habe ein anderes Leben gesucht, weit da draußen. Von einem Tag auf den anderen. Fern von all dem Kommerz, dem Spießertum, den Konventionen, den Ausbeutereien und Verlogenheiten. Dem Rassismus. Und unserem

Krieg in Vietnam. Weg von diesem schrecklichen Amerika, das doch unser Land war«, sagte Shoshana.

Wieso hatte sie von *unserem Krieg* gesprochen? Auch Israel hatte Kriege geführt, 1948, 1956, und würde weitere führen müssen, jetzt war 1966, wer wusste, wann der nächste ins Haus stand. Vielleicht bald. Eigentlich führte es ständig einen großen und kleinen, niemals endenden Krieg mit all seinen bis an die Zähne bewaffneten Nachbarn.

Und doch wären ihr die Worte *unser Krieg* nie über die Lippen gekommen. Sie begann sich zu fragen, warum. Vielleicht, weil Kriege immer etwas Schreckliches waren, die vermeidbaren wie die unvermeidbaren. Wer einen Staat gründet oder schon lange einen hat, eine Nation sein will, braucht immer auch Soldaten und Armeen. Und irgendwann kommt es dann zum Krieg. Heißt dieses Land nun Israel oder von ihr aus Dummerstan. Israel, nun ein Staat, war ebenso gewöhnlich geworden wie die anderen. Und genau das hatte sie von Anfang an befürchtet.

Sie würde nicht behaupten, dass sie in der Geschichte sattelfest war, aber diesen Umstand, dass Nationen und Staaten nur noch ein Innen und ein Außen kannten, ein Wir und ein Die, das konnte selbst ein Kind erkennen. Das war das Gift, das jede Nation und jeden Staat zerfraß und von dem die große Emma Goldman, der sie einst in Amerika zu Füßen gelegen hatte, immer wieder gesprochen hatte.

Mit Ben-Gurion hatte sie in ihren frühen Jahren viel über diese Dinge gestritten. Laut.

»Wir Juden als Volk ohne Staat können die Avantgarde sein, anstatt in den ewigen Kreislauf der anderen mit einzusteigen«, hatte sie gesagt.

So könne man die Sache zwar sehen, hatte er geantwortet, aber es nütze nichts. Nur den Feinden der Juden spiele dies in die Hände. Ohne Staat seien die Juden weiterhin Opfer und wehrlos. Hierzu gebe es keine Alternative. Dann hatte er etwas von einer differenzierteren Betrachtungsweise gemurmelt und dass die Juden dennoch lernen könnten, einen Staat zu führen, vielleicht gar einen besseren, menschlicheren als viele andere; bevor er weiter ausholen konnte, war ihr Mut schon wieder gewichen, und sie hatte sich anderen Dingen zugewandt.

Jetzt stand ihr dieser Streit, der sich damals immer neu entfachte, wieder vor Augen wie ein fernes, noch nicht erloschenes Feuer. Wie auf andere Weise nun die junge, vom Himmel durch Wolken und Regen herabgefallene Frau, die ihr mit ihren grünen Augen und einem allzu zugigen Hemd gegenübersaß.

»Was halten Sie davon, wenn ich Ihnen unseren Käfig hier einmal zeige? Oder besser: Ihren. Wenn Sie denn tatsächlich die Klappe hinter sich zumachen wollen und bleiben.«

Shoshana war einverstanden. Sie tranken aus, verließen das Haus und gingen eine Weile schweigend nebeneinanderher.

»Vielleicht war das alles da draußen im Wald, in einer Hütte mit der Gitarre in der Hand eine bessere Welt herbeisingen, in der freie Liebe und Gerechtigkeit regieren, eine Illusion. Wenn auch eine heilsame«, sagte Shoshana.

»Das sind Illusionen nie.«

Wieder war die Welt geradezurücken. Auch wenn dies, wie so oft, eine gewisse Grobheit verlangte.

Shoshana ließ sich nicht aus der Ruhe bringen.

»James und Carl wurden schließlich eingezogen, ab nach Vietnam. Maurine wollte doch lieber Medizin studieren und ging; Cathy war erst 16, hatte uns aber erzählt, sie sei 18, wurde von ihren Eltern unter großem Geschrei eingesackt. Timothy und Diane waren nach Hudson gelaufen und kamen nicht wieder zurück. Später haben wir erfahren, dass sie dort beim Beschaffen von Gras erwischt und von der Polente eingetütet wurden. Das war's.«

»Und Sie, Shoshana?«

Zum ersten Mal bemerkte sie bei der Amerikanerin eine gewisse Verlegenheit.

»Ich dachte, na gut, dann probiere ich es mit Seth noch einmal. Wir hatten uns an der Columbia Universität kennengelernt. Waren ein Paar. Dann bin ich geflohen. Seth wollte mich ganz und für immer, mit mir irgendwann in die Nähe seiner Eltern nach Virginia ziehen. Aber ich war noch nicht so weit.«

Sie machte eine kurze Pause und sagte leise, fast wie zu sich selbst:

»Vielleicht werde ich für so etwas nie so weit sein.«

»Wie meinen Sie das?«

»Oft denke ich, ich bin das wenig gelungene Produkt meiner Eltern. Mom ist Opernsängerin, jedoch mit schwankendem Erfolg. Mein Dad ist Anwalt, vor allem im Immobilienrecht.«

Sie zögerte. Vielleicht wollte Shoshana nur sicher sein, dass sie ihr weiter zuhörte.

»Mom, die Künstlerin, hat vor allem einen ganz und gar praktischen Verstand. Und Dad, der Anwalt, ist ein Träumer. Am liebsten würde er den ganzen Tag nur lesen und irgendetwas schreiben. Oft denke ich, beide haben sich an irgendeiner Biegung des Weges falsch entschieden. Oder haben sich nicht wirklich entscheiden können. Auch mit dem Geld ging es bei uns zu Hause immer wieder auf und ab. Und manchmal ganz runter.«

Plötzlich blieb sie stehen und sah sie an.

»Ich kenne diese Angst, mich für irgendetwas entscheiden zu müssen. Dann tue ich es manchmal, nur um irgendetwas zu tun und die Last loszuwerden. Ganz schnell. Ohne es mir oder gar anderen zu erklären. Damit habe ich schon manche vor den Kopf gestoßen.«

Shoshana rang sich ein Lachen ab, aber sie hatte schon genügend verborgene Bitterkeit gesehen, um nicht auch hinter diesem Lächeln zumindest so etwas wie Ratlosigkeit oder angstvolles Staunen über die eigenen Unzulänglichkeiten zu entdecken.

»Wieso erzähl ich Ihnen das alles?«

Weil mir keiner entkommt, wollte sie antworten. Stattdessen sagte sie:

»Wie ging es weiter?«

»Wollten Sie mir nicht den Kibbuz zeigen, Paula?«

»Werd ich auch, aber wir machen daraus eine Plaudertour. Das da zum Beispiel ist der Schafstall. Sie haben die Viecher bestimmt schon gerochen. Interessiert er sie?«

Nein«, sagte Shoshana, und beide begannen zu lachen. »Jetzt zeigen Sie mir noch den Stall, wo die Kühe gemolken werden, und dann haben wir beide unsere Pflicht getan.«

»Aber nur, wenn Sie mir erzählen, wie es mit Ihnen weitergegangen ist. Wie es Sie hierherverschlagen hat.«

»Vielleicht ein anderes Mal, muss morgen früh raus. Aber dann werden auch Sie erzählen.«

Der Weg ins Büro des Kibbuz war kurz, der Hof menschenleer. Dort würde sie Deborah aufsuchen. Die jungen Leute waren auf den Feldern, in den Plantagen, in den Ställen, in der Großküche und den Reparaturwerkstätten für das von der Arbeit auf steinigem Grund ständig überlastete landwirtschaftliche Gerät. Morsche Schrauben, stumpf gewordene Schneiden, klappernde Ventile, gebrochene Achsen, quietschende Federn und festgefressene Kolben waren das tägliche Geschäft hier draußen.

Nur vom Kinderhaus, wo die ganz Kleinen bereits für den Tag abgegeben waren, wehten Stimmen herüber. Ihr Klang ließ sie einen Moment innehalten.

Nie hatte sie den Moment vergessen können, als Ben-Gurion eines Tages vor ihr stand und sagte, er werde in den Krieg ziehen. Es war nur wenige Monate nach ihrer Hochzeit in New York, als in Europa der große Krieg tobte.

»Ich habe mich in der jüdischen Legion eingeschrieben, von den Engländern neu gegründet. Wir werden an der Seite der Briten gegen die Deutschen und die Türken kämpfen und Palästina befreien.«

Der Krieg hatte viele Länder erfasst, sein Ausgang ungewiss, Amerika war 1917 eingetreten. Die Türken, die Palästina besetzt hielten, kämpften an der Seite der Deutschen.

Sie hatten geheiratet, ihre erste gemeinsame Wohnung in 531 Bedfort Avenue in Brooklyn bezogen, nachdem sie die ihre in der Lower Eastside aufgegeben hatte. Dies sollte von nun an ihr Zuhause sein, und von hier aus würden sie in New York ihr gemeinsames Leben beginnen.

Sie hatte im ersten Moment nicht verstanden oder nicht verstehen können, was er gerade gesagt hatte. Wie jemand, der am Kopf von einem Schlag mit einem harten Gegenstand getroffen wurde. Die Welt wankte, ihr Inneres wankte, sie fühlte sich zugleich wie auf hoher See, und als stürze sie in einen Abgrund.

Sie hielt sich die Hand an den Bauch, als müsse sie das Kind schützen. Schützen vor diesem Mann.

»Wir bekommen ein Kind. Du wirst Vater.«

»Auch für unser Kind wird es einst besser sein, wenn es in einem eigenen Staat aufwächst.«

»Ich will, dass es mit einem Vater aufwächst, nicht mit einem Staat. Den wir im Übrigen gar nicht brauchen. Uns geht es gut hier in Amerika.«

»Ich kann nicht anders handeln. All die Jahre habe ich mein Leben unserer Sache gewidmet. Jetzt, wo eine Entscheidung in Sicht ist, kann ich nicht zur Seite treten.«

Was für ihn wie ein Fest war, war für sie eine Bedrohung. Lord Balfour hatte vor wenigen Wochen als englischer Außenminister mitten im Krieg verkündet und dies auch in einem Brief an Lord Rothschild festgehalten, dass sein Land den Juden in Palästina nach über zweitausend Jahren Exil eine Heimstatt ermöglichen wolle. Einen eigenen Staat.

Als Ben-Gurion nach dieser Nachricht drei Nächte lang nicht schlafen konnte, hätte sie ahnen müssen, dass er etwas ausbrütete. Aber nicht, dass er in diesen fernen Krieg ziehen würde, von dem sie nur schreckliche Dinge gehört hatte.

»Du willst kämpfen, ohne jemals Soldat gewesen zu sein. Für wen und für was?«

»Kämpfen kann man lernen.«

»Das Neinsagen auch. Nicht jeder Jude muss sofort aufspringen, weil die Engländer rufen und euch mit einem Stück Wüste ködern. Und was macht ihr, wenn ihr euren Staat habt, den dort keiner haben will? Weiterkämpfen? Und weiter und weiter?«

»Wenn es sein muss, ja. Aber vielleicht gibt es einen anderen Weg.«

Sie hätte es vorhersehen können, er würde nicht einlenken.

Vielleicht würde jetzt nur noch ein anderer Ton helfen.

»Ich habe Angst um dich. Angst, du wirst nicht zurückkehren.«

»Werde ich.«

Jetzt brach es aus ihr heraus.

»Schreckliche Angst! Um dich und uns. Hörst du das nicht? Ich bin deine Frau, und das hier ist dein Kind.« Sie streckte ihren Bauch vor.

»Komm, sag ihm, was du vorhast!«

Für einen Moment schien er zu zögern, dann sagte er:

»Ich habe Geld für euch beiseitegelegt und eine Pension beantragt.«

Sie sank im Sessel zurück, Tränen schossen ihr in die Augen.

»Du bist ein Monster, Ben-Gurion.«

»Ich habe dich gewarnt.«

»Vielleicht kommst du nie wieder zurück. Oder als Krüppel.« Oder, und für einen Moment schien diese Sorge Oberhand zu gewinnen, ohne dass sie diese aussprach: Du wirst auf deiner Reise eine andere Frau finden und mich verlassen. Und unser ungeborenes Kind.

»Ein Monster? Vielleicht hast du recht. Aber immerhin ein recht vernünftiges.«

Sie hätte ihn schlagen mögen, direkt ins Gesicht. Aber es fehlte ihr die Kraft. Wie zu sich selbst sagte sie:

»Ich werde dich und deine Sache nie verstehen. Und ich will es auch nicht.«

Er setzte sich neben sie.

»Ja, ich mache etwas, was Väter nicht tun sollten und auch nicht dürfen. Ich weiß das. Und ich bin ein abscheulicher Ehemann. Aber manchmal gibt es im Leben ein höheres Gut.«

Er hielt inne, sah sie an.

»Ein kleines Fenster in der großen langen Geschichte unseres Volkes hat sich aufgetan, eines, das sich schnell wieder schließen kann. Die Engländer, Lord Balfour, haben uns diesen Staat versprochen. Es ist an uns, ihn uns zu holen.«

Er nahm ihre Hand.

»Ich tue das auch für dich. Für uns, für unser Kind.«

»Dein Staat kann mich mal«, sagte sie, zog die Hand zurück und wandte sich ab.

Es waren die letzten Worte, die sie noch über die Lippen brachte. Danach hatte sie tagelang nicht mehr aufhören können zu weinen.

Wenige Wochen später brachte sie in New York Geula zur Welt. Allein und verlassen. Es hatte über ein Jahr gedauert, bis sie Ben-Gurion wiedersah. Und er seine Tochter zum ersten Mal.

Deborah saß am Schreibtisch über ein Papier gebeugt. Es war das offizielle Protokoll für den Ablauf des kommenden

Tages. Sie kannte das blaue Wappen mit dem siebenarmigen Leuchter auf dem Papier. Regierungsamtliche Mitteilung. Es sah für sie aus wie ein letzter Hinweis, dass der Besuch aus Deutschland tatsächlich unabwendbar war. (Auch wenn Ben-Gurion schon lange keine Regierung mehr war. Dennoch war alles, was er tat, für die Regierung des Landes politisch. Oder historisch, wobei sie mit Letzterem besser leben konnte, schließlich lag auch das, was sie ihr Leben nannte, längst irgendwo im Reich der ungeschriebenen Geschichte.)

Hin und wieder hatte sie in ihrem Haus in Tel Aviv am Keren-Kayemeth-Boulevard für die Einkaufsliste in der nahe gelegenen Ben-Jehuda-Straße einen Bogen aus dem Arbeitszimmer ihres Mannes stibitzt, ihn umgedreht und die unbefleckte Rückseite beschrieben. Bläulich und kraftlos schimmerte dann das heilige Staatswappen hinter der noch heiligeren Einkaufsliste durch, wenn sie diese vor Shmuels Ladentisch (und dessen großen Augen) hochhielt und mit entschiedener Stimme ihr Begehren nach Milch, Kernseife, Hummus, Hirse, Kopfsalat, Eiern und importierten Lockenwicklern vortrug (all das auf dem Staatsbütten mit ihrer regierungsamtlich unanfechtbar klaren Schrift festgehalten) oder wenn sie im neu eröffneten Shufersal-Supermarkt durch die Gänge zog.

Deborah blickte auf, als sie an den Rahmen der geöffneten Tür klopfte und eintrat. Das Büro war klein, hatte aber als einziges Haus der Siedlung (neben ihrem) eine oberhalb des Schreibtisches angebrachte Klimaanlage. Nur dass sie meist nicht funktionierte oder mit rachitischem Atem versuchte, aus heißer Luft nicht mehr ganz so heiße zu weben.

Ben-Gurion hatte sich gegen eine Klimaanlage im eigenen Haus fast so vehement gewehrt wie gegen die Anschaffung eines Fernsehers.

Als sich vor gut einem Jahr Dov beim Abendessen im Speisesaal über die Vorzüge und segensreichen Möglichkeiten des Fernsehens ausließ, blickte er kurz von seiner Suppe auf und sagte:

»Die Menschen sollen lesen, nicht glotzen.«

Solange er regierte, das hatte er immer wieder verkündet, werde es in diesem Land kein Fernsehen geben. Aber er regierte es nicht mehr.

Am Abend stellte sie ihn zur Rede: »Dov hat recht. Wir müssen mit der Zeit gehen.«

»Wer ist Dov?«

»Der junge Genosse, der uns den Fernseher erklärt hat.«

»Da ist nichts zu erklären.«

»Ich finde schon. Ich zum Beispiel hätte gern einen.«

Er hatte sie ungläubig angesehen, als hätte sie gesagt, ab heute sei Jesus für sie der Messias oder Mohammed sei ihr erschienen.

»Wir haben ein Radio.«

»Das ist etwas anderes. Ich will die Dinge sehen.«

»Die wirklichen Bilder entstehen im Kopf.«

Dann sagte sie den Satz, der sie selber überraschte:

»In dieser Einöde hier gehen mir die Bilder aus, und auch die Gedanken.« Und die Gefühle, auch die für dich, wollte sie hinzufügen, tat es aber nicht. Da wusste sie, es war etwas geschehen.

Bei dem Luftkühler hatte sie sich bald schon durchgesetzt, nachdem sie Ben-Gurion vorgerechnet hatte (mit einer ärztlichen, wenngleich allein von ihr ersonnenen

Prognose), dass sie jedes weitere Jahr in dieser unerträglichen Hitze ein weiteres Lebensjahr kosten würde (für welche die Natur Kamele und Dromedare erschaffen habe, von ihr aus auch Erdhörnchen, keinesfalls aber Judenkinder aus dem weißrussischen Minsk).

Ben-Gurion hatte kurz die Hand gehoben, als könne er mit seinen prognostischen Fingern ihr Todesjahr errechnen, sie aber schnell wieder sinken lassen.

»Es geht gegen mein sozialistisches Herz, sich so einen Luxuspuster anzuschaffen. Zumal wir hier im Kibbuz die Einzigen wären«, sagte er.

Sie konnte seiner Stimme entnehmen, dass dies möglicherweise nicht sein letztes Wort in der Sache war.

Zudem hatte sie längst verstanden, dass es neben der richtigen Politik auch so etwas wie symbolische Politik gab (wenngleich diese beiden Handlungsformen immer wieder zu verschwimmen drohten, sodass sie irgendwann zu der Auffassung gelangt war, dass jede Politik nichts anderes war Kulissenschieberei, oft genug Volksbetrug und immer eine große Illusionsmaschine).

Sie hatte die Anlage schließlich doch bekommen, nachdem sie im Windschatten dieser Erkenntnis vorgeschlagen hatte, auch im Büro des Kibbuz, das nahezu den ganzen Tag besetzt war und von dem es kein Entkommen gab, eine solche Maschine, gleichsam für die ganze Gemeinschaft, als Beleg zionistischen Fortschritts und als *Zeichen* (für was auch immer) einzubauen zu lassen.

So war auch Deborah, ohne ihr Wissen und Zutun, mit den Segnungen symbolischer Politik beschenkt worden.

Deborah blickte hinter ihrem Schreibtisch kurz auf und sagte:

»Gestern ging sie, heute nicht. Kann mir das mal einer erklären«, und klopfte mit dem Handrücken gegen das über ihrem Kopf angebrachte Gerät.

Deborah war groß (wohl die Größte im ganzen Kibbuz), hatte helles, fast weizenhelles Haar und trug fast immer einen der von ihr selbst geschneiderten Overalls, mal olivgrün, mal blau, mal sandfarben oder aus britischem Kaki. Nie hatte sie die schlanke Frau in anderer Kleidung gesehen, auch nicht am Sabbat, Passah oder anderen Fest- und Feiertagen. Als kleines Kind zusammen mit ihren Eltern aus Holland geflohen, hatte sie den Holocaust überlebt. Die Tatsache, dass auch sie einst zu den Verrückten gehört hatte, die im Weichbild des Wadi Zin einen Kibbuz gründen wollten, hatte sie Deborah, anders als dem grobschlächtigen Nissim, stets nachgesehen.

»Zum Glück sind wir Frauen nicht aus Pappe«, sagte sie.

Sie wies auf das Papier auf dem Tisch.

»Hat mir Nissim gestern in die Hand gedrückt. Drei Stunden lang ist er vor mir hin- und hergetrampelt, das Papier vor der Brust, als sei es eine neue Thorarolle und er der einzige Empfänger. Selbst den eingefleischtesten Sozialisten macht so eine Regierungspost zu einem sich selbst vergessenden Untertanen.«

»Ich war gerade bei ihm. Dana geht es nicht gut.«

»Die Stille Post ist schon bei mir angelandet.«

Wie denn das so schnell?, wollte sie fragen. Aber Deborah sagte:

»Er hat vom Büro aus den Krankenwagen bestellt. Hast du sie gesehen?«

»In Be'er Sheva werden die sie schon wieder auf die Beine stellen.«

Als sie das sagte, verspürte sie wieder den Impuls, den sie vor Nissims Haus sofort wieder weggeschoben hatte, nämlich mit Dana ins Krankenhaus zu fahren. Sie hatte sich dort in weißer, gestärkter Schwesterntracht durch die Flure laufen sehen, schwebend, hier ein gutes Wort, da eine helfende Hand, vom Chefarzt mit einer Verbeugung begrüßt. Allein schon ihre Präsenz ein Vademecum für all die Kranken. Bis sie Dana, wieder lachend, mit einem Kuss entlassen würde.

Deborah sah sie prüfend an.

»Du weißt, dass es mir und einigen anderen schwerfällt, morgen diesem Mann bei uns den roten Teppich auszurollen.«

Sollte sie sagen, ja, ich weiß, und ich verstehe es?

»Es ist unser Gast, nicht deiner. Wir haben den Deutschen angeschleppt. Lass es auch unsere Sache sein. Meine.«

Für einen Moment wunderte sie sich über diesen Satz, darüber, dass sie *wir* gesagt hatte. Aber sie hatte es sich zur Regel gemacht, nach außen als Paar stets Einigkeit zu zeigen, auch wenn zu Hause oft genug die Fetzen flogen.

»Eine alte Einladung. Als Ben-Gurion noch Ministerpräsident war. Jetzt sind es beide nicht mehr. Ich hatte gehofft, die Sache würde sich verspielen.«

»Hat sie aber nicht«, sagte Deborah. »Aber eigentlich möchte ich wissen, wie es dir damit geht.«

Diese Frage Deborahs kam überraschend, und sie spürte, dass sie auf sie nicht vorbereitet war. Niemand hatte sie je gefragt, wie es ihr mit einer Sache, gar einer politischen, ging. Und da keiner sie fragte, hatte sie es sich angewöhnt, ihre Meinung gleich selber zu sagen. Auch wenn die Leute sie nicht hören wollten oder aber ihnen ihre Ansicht nicht passte.

Jetzt musste sie reagieren.

»Er sollte eigentlich schon längst hier gewesen und wieder abgereist sein. Aber dann kam der Prozess in Jerusalem, und an einen Besuch war nicht mehr zu denken. Dann flogen beide, jeder für sich, aus dem Amt, beide natürlich im selben Jahr.«

Deborah hatte diese Anspielung auf die Entführung Adolf Eichmanns, eines der Haupttäter des Judenmords, durch den israelischen Geheimdienst und seine Verurteilung in Jerusalem wenige Jahre zuvor sofort verstanden.

»David wollte diesen Prozess, ich weiß«, sagte Deborah. »Das erste Mal sollten die Opfer vor der ganzen Weltöffentlichkeit eine Stimme bekommen. Gehört und gesehen werden. Ihre Geschichte erzählen können. Jeden Tag habe ich der Übertragung aus dem Gerichtssaal gelauscht.«

»Er wollte diesen Prozess, und er mochte ihn nicht«, sagte sie.

Deborah sah sie fragend an.

»Die Juden, die er da sah, die ihre Geschichte erzählten, passten nicht in sein Weltbild. Alles Opfer, wehrlos, haben sich ohne Widerstand abschlachten lassen. Warum waren sie nicht geflohen, ausgewandert, als es noch ging? Ben-Gurion will starke Juden, wehrhafte, kämpferische, denen so etwas nie wieder passieren wird. Ihnen gehört sein Land.«

Sie spürte, dass Deborah etwas sagen wollte, aber stockte.

»Meine Mutter hat in dem Prozess ausgesagt. Als eines dieser Opfer.«

Für einen Moment dachte sie, ein schwarzes Tuch hätte sich über sie gelegt und würde sie ersticken. Sie zögerte, ging um den Schreibtisch herum, legte eine Hand auf Deborahs Schulter.

»Du kannst stolz sein auf deine Mutter«, sagte sie. »Es hat sie unendlich viel Kraft gekostet. Sie hat plötzlich dem Mann gegenübergestanden, der ihre ganze Familie ausgelöscht hat.«

»Für mich ist sie eine Heldin.«

»Darum geht es nicht, Paula. Aber diese ganze Theorie von der Banalität des Bösen habe ich nie verstanden. Schmerz ist nie banal, und das Töten ist es auch nicht. Egal, wer es tut oder wo oder wie es geschieht.«

»Da hast du recht. Auch ein Schreibtisch kann eine Guillotine sein. Vielleicht eine viel wirksamere als jedes Mordinstrument. An so einem Tisch kann man die Morde auf dem Papier multiplizieren. Und das schickt man dann los, mit einem Auftrag versehen.«

»Hat David das nicht gesehen?«

»O ja, sehr wohl. Vielleicht ist es auch nicht allein die Tatsache, dass er keine Juden als Opfer mehr ertragen kann.«

Sie zögerte, weil der sich ihr jetzt aufdrängende Gedanke neu war und groß. Sie würde Ben-Gurion bei nächster Gelegenheit darauf ansprechen.

»Vielleicht erinnerte ihn dieser Prozess, den er wollte und doch nicht auszuhalten vermochte, an sein größtes Versagen.«

»Was meinst du damit?«

»Dass der Vernichtungsfeldzug gegen die Juden so groß war, dass er sich ihm machtlos und hilflos gegenübersah.

Dass mit diesem Prozess auch die Oberwasser bekamen, die ihm Vorsatz, Feigheit oder gar ein Arrangement mit den Nazis vorwarfen. Dass er nur seinen Staat vor sich sah und das Geschehen ihn kaltgelassen hatte. Dass er seinen Leuten in der Diaspora den Rücken zugewandt hatte. Jetzt standen diese Menschen vor dem Gericht und der Weltöffentlichkeit und durften reden. Zum ersten Mal.«

»Was denkst du, Paula? Ist es so gewesen?«

Wieder diese Frage von Deborah, was sie und nur sie dachte. Aber jetzt war sie gewappnet.

»Nein, so war es nicht. Er hat die Katastrophe kommen sehen und tat alles dafür, vorher einen Staat und sicheren Ort für die Juden zu schaffen. Das ist ihm nicht gelungen.«

»Jetzt gibt es diesen Staat. Aber auch Deutschland ist schon längst wieder einer. Ich weiß, dieser Adenauer hatte mit den Nazis nichts zu tun. Aber er lässt alte Nazis für sich arbeiten, sogar in seinem engsten Umfeld. Ich kann das nicht ausblenden. Und nun will er uns besuchen. Auch noch uns. Kann er nicht irgendwo anders hinfahren, wenn er in seinem hohen Alter unbedingt noch einmal reisen will?«

»Zu einer Kreuzfahrt werden wir ihn nicht überreden können«, sagte sie.

Sie mussten beide lachen.

Sollte sie Deborah von Gussie erzählen, Konrad Adenauers zweiter Frau? Ihre Geschichte hatte sie bei der nächtlichen Lektüre bewegt, als sie das Dossier im Zimmer Ben-Gurions fand. Eine Geschichte, die ihr Mann wahrscheinlich überblättert hätte, hatte sie damals gedacht.

Sie war Adenauers zweite Frau, hätte sie dann gesagt. Eigentlich habe sie Auguste geheißen, aber alle hätten sie nur Gussie genannt. (Adenauers erste Frau, Emma, sei jung und unerwartet bereits 1917 gestorben.)

1944 sei Konrad Adenauer erneut von der Gestapo verhaftet worden, würde sie Deborah erzählen, und ins Kölner Außenlager des KZ Buchenwald gebracht.

Freunde, darunter der Kommunist Ernst Zander, hätten daraufhin seine Flucht geplant. Adenauer, 68 Jahre alt, habe einen Herzanfall vortäuschen sollen.

Adenauer sei der Auftritt gelungen. Wenig später hätte er sich im Hospital Köln-Hohenlind wiedergefunden.

Drei mutige Männer, Fritz Schliebusch, dessen Sohn Klaus und der gleichaltrige Freund Heinz Giesen hätten sodann die Sache in die Hand. genommen. Mit ihrer Hilfe habe Adenauer aus der Haft fliehen können.

Daraufhin sei Gussie Adenauer von der Gestapo verhaftet worden. Sie sollte den Aufenthaltsort ihres Mannes preisgeben.

Als sie ihr gedroht hätten, ihre Töchter ins KZ zu bringen, sei sie eingebrochen.

Mit Medikamenten und einem rostigen Gegenstand, mit dem sie sich die Pulsadern aufgeschnitten habe, habe sie danach versucht, sich aus Scham umzubringen.

Adenauer sei erneut gefasst worden.

Wenig später seien beide auf freien Fuß gesetzt worden. Offenbar sei Adenauer nicht in den Attentatsversuch vom 20. Juli verwickelt gewesen. Doch Gussies Blut sei geschädigt gewesen, sie sei nie wieder gesund geworden.

Auch das würde sie Deborah erzählen:

Der mutige Major Schliebusch und sein Sohn Klaus seien anschließend verhaftet und wenig später hingerichtet worden.

Keine drei Jahre nach dem Ende des Krieges sei Gussie Adenauer an einer Blutvergiftung gestorben. Die Ärzte seien sich sicher gewesen, dies sei eine späte Folge ihres Selbstmordversuchs.

Sie blickte zu Deborah auf und sagte:

»Immerhin, er hat seine zweite Frau durch die Nazis verloren.«

»Das wusste ich nicht.«

»Gussie Adenauer ist, keine 52 Jahre alt, an den Spätfolgen einer Gestapohaft gestorben.«

»Du glaubst diese Geschichte?«, sagte Deborah.

»Ich habe keinen Grund, es nicht zu tun. Und im Grunde möchte ich es auch.«

Am Ende des Textes hatte sie noch eine Bleistiftnotiz entdeckt.

Hat seiner Frau nie einen Vorwurf gemacht.

Darunter: *Tod März 1948, zwei Monate vor unserer Staatsgründung.*

Es war die Schrift Ben-Gurions gewesen.

Auch er hatte diese Geschichte gelesen.

Deborah atmete tief durch.

»Trotzdem, es fällt mir schwer, diesen Mann hier zu wissen«, sagte sie.

Es war Zeit, wieder Boden unter die Füße zu bekommen. Und sie hatte noch eine Reihe von Leuten abzulatschen.

»Ich kenne das Ablaufprotokoll für morgen. Ankunft, Begrüßung, kleiner Rundgang, Gespräch, Essen (kurze

Rede BG und KA), Ruhepause, kleiner Rundgang, Gespräch, Abreise mit dem Hubschrauber.«

Sie wunderte sich, dass ihr dieser Besuch, der in dieser Raffung und kurzen Beschreibung jeder Macht beraubt zu sein schien, so sehr auf der Seele gelegen hatte und es immer noch tat.

Vielleicht war es gar nicht der Besuch, der sie hatte kraftlos werden lassen, sondern das ganze Leben davor.

Nicht das erste Mal stellte sie fest, dass sie – die sie sich doch seit Wochen schwach fühlte – in dem Moment, wenn andere schwach waren, von Angst oder Sorge oder Krankheit besetzt, eine andere wurde. Sich stark fühlte. Es war wie auf einer Wippe: Wenn ihr Gegenüber sank, begann sie zu steigen. Diesmal war es die große, starke Deborah, die sie emporgehoben hatte.

Aber wie sollte Deborah auch vergessen oder vergeben können. Sie hatte die Geschichte ihrer Mutter gehört, Satz für Satz. Danach war es nicht mehr allein ihre Geschichte und die ihrer Familie, sondern die aller Opfer und Überlebenden. Und, ob sie es wollten oder nicht, nun auch die aller anderen, die bereit waren, sie zu hören.

Vor wenigen Tagen, der Ex-Kanzler aus Deutschland war bereits im Land, hatte die Zeitung das Bild eines jungen Protestlers in Tel Aviv abgebildet. Sie hatte das Blatt in die Hand genommen, das Foto lange betrachtet. Der junge Mann, vielleicht ein Student, stand etwas abseits und hielt ein großes, handgeschriebenes Transparent hoch.

Wir können nicht vergeben, aber wir wollen verstehen

Vielleicht hätte auch Deborah dieses Plakat halten können. Für einen Moment sah sie die junge Frau vor sich, mutig, klar und voller Fragen.

»Nach dem gemeinsamen Mittagessen im großen Saal steht im Ablaufprotokoll das Wort *Ruhepause*«, sagte Deborah in die Stille hinein. Immerhin, der Gast sei über 90 Jahre alt, da habe jemand in der Protokollabteilung tatsächlich einmal mitgedacht.

»Wo steckt ihr ihn hin, wenn er sich mal hinlegen will?«

»Mal sehen«, sagte sie.

»Eure Hütte hat zwei Betten, deines und das von Ben-Gurion?«

»Stimmt.«

»Also?«

»Ich steck ihn in mein Bett.«

Deborah lachte, jetzt wieder ganz frei.

»Du glaubst, euer großer Staatsmann wird das mitmachen?«

»Mal sehen, wie groß unser Staatsmann wirklich ist.«

»Niemals, Paula. Eine Wette darauf?«

»Wette schon gewonnen«, sagte sie, griff sich das Papier, strich mit der Hand über Deborahs Wange und ging.

An der der Tür wandte sie sich noch einmal um.

»Das ist ein Staatsbesuch. Und du sitzt morgen Mittag bei uns am Tisch. Auch die anderen, die Bewacher, Fahrer, Nissim, Dov, alle, die wirklich wichtig sind und etwas leisten.«

Als Deborah etwas einwenden wollte, sagte sie: »Wir sind der Staat. Vergiss das nicht.«

Auch Shoshanas Wange hatte sie einmal berührt, schoss es ihr durch den Kopf, als sie wieder vor der Tür des Büros stand, eine Hand schützend über den Augen. (Eine Sonnenbrille hätte geholfen, aber sie hatte unter all diesen

Landleuten ihre weiße, amerikanische, an einen Straßenkreuzer erinnernde Schmetterlingsbrille ja in die Schublade des Frisiertisches verbannt. Und nie eine neue, schlichte – mit sozialistischem Timbre – erworben.)

Hatte sie das wirklich getan? Es war an einem Sabbat gewesen, und jeder, der nicht arbeiten musste oder wollte, hockte vor dem Haus, schlief, werkelte vor sich hin oder tingelte durch den Kibbuz, blieb hier und dort stehen, um sich über die allerneuesten Neuigkeiten (oder noch neuere Neuigkeiten, die noch gar nicht am Horizont erschienen und daher umso spannender waren) zu erregen. (Es sei denn, man hieß Ben-Gurion, für den jeder Tag dem anderen glich; so gut wie nie hatte sie ihn in der Synagoge gesehen, die hohen jüdischen Feiertage bemerkte er oft nicht einmal, und koscheres Essen fand er ebenso unsinnig wie sie.)

Es war auch der Tag des Erzählens und des Redens, und sein Erfinder Gott (oder dessen Erfinder, die Menschen, hier war sie einmal ganz mit Ben-Gurion einer Meinung, dass Gott nicht die Juden als sein Volk ausgewählt hat, sondern die Juden ihn als ihren Gott) hatte bei seinem Weltentstehungsepos seinen Geschöpfen hinreichend Zeit gelassen, um am siebten Tag ihrer Fantasie Raum zu geben und sie sich entfalten zu lassen. Nur um sie mit dem ersten Arbeitstag, Jom Rishon, den die Christen Sonntag nennen, wieder einzusammeln.

Sie hatte im Schatten vor der Hütte gesessen, versucht, eine Zeitung zu lesen, als die junge Frau plötzlich neben ihr stand. Ihre grüne Hose leuchtete.

Es war eine besondere Zeitung. Allenfalls einmal im Monat kam aus New York die jiddischsprachige *Fraye*

Arbeter Shtime, sie würde bald die älteste in Jiddisch geschriebene Zeitung sein. Es war ein Blatt der Anarchisten. Früher war dieses Papier für sie die Thora gewesen.

Oft hatte sie sich jedoch in den vergangenen Jahren dabei ertappt, dass sie die Zeitung zwar haben wollte, aber kaum noch las. Vielleicht war auch dieses Habenwollen so etwas wie symbolische Politik, dachte sie jetzt. Sie hielt sie beim Lesen gern hoch, auch jetzt vor der Hütte, die Titelseite für jedermann sichtbar. Aber der Inhalt war ihr mehr und mehr fremd geworden.

»Ich bin gekommen, um ein wenig mit Ihnen zu plaudern«, sagte Shoshana und ließ sich neben ihr auf einem Stuhl nieder. Sie ließ ihr keine Zeit, ihr einen Platz anzubieten, und diese Geste der Vertrautheit und Ungezwungenheit war ein kleiner Stromschlag, der direkt in ihr Herz zu gehen schien. Vielleicht würde Shoshana tatsächlich nicht wieder gehen und bleiben, sagte ihr die eine Stimme.

Die andere jedoch: Was macht dich so sicher? Vielleicht verlässt sie den Kibbuz doch und reist zurück nach Amerika. Hatte Shoshana nicht vor ein paar Tagen noch erzählt, dass sie zu schnellen, die anderen ratlos (oder gar bitter) zurücklassenden Entscheidungen neige (nur um eine Last loszuwerden), und diese oft über Nacht und ohne groß darüber nachzudenken?

Für einen frivolen, sie selbst überraschenden Moment hatte sie gestern gedacht: Dann gehe ich mit. Und sich hinterher geschämt. Aber warum nur?

»Was ist das für ein Blatt?«, wollte Shoshana wissen.

Sie legte die *Fraye Arbeter Shtime* auf den Schoß, faltete sie sorgsam zusammen.

»Die Stimme meiner Jugend.«

Nie hatte sie einer nach ihrer Geschichte mit dieser Zeitung befragt. Shoshana aber drehte ihr den Stuhl zu und sah sie abwartend an.

»Wollen Sie diese ollen Kamellen wirklich hören?«

»Ja«, sagte Shoshana.

»Komm heute Abend mit«, hatte Lena ihr eines Tages zugerufen, während sie sich eine grobe Strickjacke über die Schulter warf. »Du lernst und lernst den ganzen Tag oder bist im Krankenhaus. Irgendwann wirst du die beste Krankenschwester der Welt sein, wenn du so weitermachst. Aber ist das alles, Paula?«

»Ich tue es, weil ich nach Vaters Tod und ohne das Geld der Familie nicht Medizin studieren kann. Oder erst, wenn ich selber genügend Geld verdient habe.«

Lena setzte sich neben sie auf die Bettkante. Für Stühle oder gar Sessel wäre in dem kleinen Raum über dem Hinterhof kaum Platz gewesen, und Gestühl dieser Art lehnte Lena ohnehin als bürgerlich und spießig ab.

Als sie ihr einmal entgegnete: »Bürgerlich hin oder her, man kann immerhin drauf sitzen«, hatte Lena gelacht und geantwortet: »Wir wollen nicht sitzen, sondern aufstehen und stehen. Bis alle sitzen können.«

Sie hatte die Antwort nicht völlig verstanden, aber jetzt, als Lena sagte: »Komm mit«, musste sie an das eine Wort denken:

Aufstehen.

»Wir gehen in den Prospect Park in Brooklyn, Tausende werden kommen und Emma Goldman hören. Heute wird nicht gelernt, Paula. Du holst mich um vier in Sachs' Café ab, wir laufen über die Brooklyn Bridge und schreien da oben erst einmal unsere ganze Wut heraus.«

Sie hatte den Namen Emma Goldman ein paarmal zuvor gehört, man konnte keine Zeitung aufschlagen, ohne dass einem der Name entgegengebrüllt wurde. Die Zeitungen hassten sie, nannten sie *Amerikas gefährlichste Frau*; und sie liebten sie, weil sie die Blätter füllte, den Leuten einen Schauder über den Rücken jagte und sie jedes Wort und jede Tat aufsogen, erörterten, weitererzählten.

Emma Goldman war eine Anarchistin und hatte seit langer Zeit schon eine große Anhängerschaft. Guckt mal, wie schrecklich schön das ist, was diese Frau auf ihren Versammlungen im ganzen Land von Tribünen, Stühlen, Pferdeanhängern, Treppen, Bühnen auf offenem Feld von sich gibt schienen die Zeitungen zu sagen. Ihre Reden gegen die ganze etablierte Welt, das kapitalistische System, waren Legende. Und das Reden über ihre Reden inzwischen auch.

Nun würde sie im Prospect Park auftreten.

»Eigentlich ein Heimspiel«, sagte Lena. »Auch Emma ist in Sachs' Café groß geworden. Die Größte von uns. Aber sie hat unsere jüdische Lebenswelt längst verlassen. Emma gehört der Welt.«

Lena stand auf einem der Tische im Café, als sie ihre Freundin um vier Uhr abholen wollte. In der Hand hatte sie bedruckte Zettel und warf sie in die Runde. Die Gäste lachten, riefen ihr ermunternde Worte zu, als sei längst klar, dass auch sie nach Brooklyn ziehen würden. Nicht wie Gäste eines Cafés kamen ihr die Menschen vor, vielmehr wie Teil einer Gemeinschaft. Als vor dem Haus zwei Polizisten erschienen, ertönte aus dem Café ein lautes Buhhh! Einer der Gäste griff sich ein paar Zettel mit dem Aufruf zur Versammlung, lief auf die Straße und drückte sie den Cops in die Hand. Einer der beiden hielt sie wenig später hoch und winkte den Versammelten mit einem Lächeln zu.

»Wenn Polizisten auf Demonstranten schießen, dann schießen Proletarier auf Proletarier. Das ist es, was die da oben wollen«, hörte sie hinter sich jemanden sagen. »Es wird Zeit, dass die da unten das kapieren. Sie gehören zu uns.«

Die Bühne auf dem weiten Grün des Prospect Parks war ein aus grobem Holz gezimmertes Gestell. Lena und sie hatten bei ihrer Ankunft im Park bereits Mühe, in ihre Nähe zu kommen. Um sie herum standen Hunderte von Menschen, der Platz füllte sich weiter, Frauen wie Männer, sie vermutete darunter Arbeiter, Ladenbesitzer, Lehrer, Händler, Kutscher, Krankenschwestern, Mitarbeiterinnen der Telegrafenämter, vielleicht auch Zeitungsleute, Kanzleischreiber, Hufschmiede, Zugschaffner, Straßenkehrer, aber auch Leute aus Uptown oder gar aus New Jersey, aus den Werften, Büros und Schiffsagenturen würden kommen, hatte Lena gesagt.

Ein Raunen ging durch die Reihen, dann ein Aufbrausen, als hätte ein großer Wind die Versammelten erfasst, würde sie in die Höhe tragen. Die Leute begannen zu rufen und zu schreien.

Emma Goldman hatte das Podium betreten.

Was dann folgte, versuchte sie später immer wieder zu rekonstruieren. Es kam ihr wie eine Verwandlung vor. Auf dem Ankündigungszettel hatten die Themen *Geburten-*

kontrolle, *Kriegsdienstverweigerung* und die *Philosophie des Anarchismus – die größten Missverständnisse* gestanden.

Aber es schien um etwas ganz anderes zu gehen, Größeres, Tieferes, um die Liebe. Die Liebe zu sich selbst und den Mut, man selbst zu sein. Alles andere würde daraus folgen, rief Emma Goldman den Jubelnden zu.

Auch sie war, wie jeder und jede andere hier, an der Seite Lenas mit ihren Sorgen, ihrem Leben und all den Kämpfen und Zweifeln gekommen. Jetzt fühlte sich keiner mehr allein. Aus der Masse herausgehoben, gesehen, mit Liebe und Respekt bedacht. Und zugleich mit diesem Ich-selber-Werden fühlte sie sich mit all den anderen, an sich fremden Menschen verbunden.

Auch die Väter und Mütter anderer waren gestorben, auch andere fühlten sich übersehen, vernachlässigt, ausgepresst und benutzt. Hatten Sorgen um das Geld, um ihre Zukunft und die ihrer Kinder. Waren von weit her in dieses Land gekommen, um ein neues Leben zu beginnen. Aber die Regeln, in Eisen gegossen, schrieben die anderen. Und die oberste hieß: Geld. Was sich nicht zu Geld machen ließ, war nichts wert.

Seit den Jahren des Bürgerkriegs sei dieses Land dem Moloch des Kapitalismus verfallen, immer schneller, immer heftiger, immer rücksichtsloser, rief Emma Goldmann. Wer ihm nicht diene, werde ausgespuckt.

»Nutzt eure Sinne«, rief sie. »Dann werdet ihr sehen, riechen, schmecken. Das Glück und die Freiheit. Und dann beginnt, dafür zu kämpfen. Keiner hat das Recht, euch zu sagen, wer ihr seid. Keiner hat das Recht, euch zu sagen, was ihr denken, fühlen und tun sollt. Keiner hat das Recht, euch zu nehmen, was euch allen von Geburt an und als Menschen gehört: die Freiheit.«

Sie war so benommen, dass sie ihr kaum noch folgen konnte, als Emma Goldman ihren Weg durch die unterschiedlichen Lebensbereiche antrat. Frauen hätten das Recht auf ihren eigenen Körper; sie und nur sie sollten entscheiden, wann und wie viele Kinder sie bekämen; für die Arbeiter sei nicht der Achtstundentag das Ziel, das sei zu klein, sondern eine radikale, von keiner äußeren Kraft gesteuerte Selbstverwaltung der Arbeiterschaft. Freie Liebe, ja auch gleichgeschlechtliche, gehöre zu freien Menschen.

»Freie Menschen sind in der Lage, sich selbst zu organisieren. Wir brauchen keinen Staat! Die Freiheit liegt nicht vor uns, sie liegt in uns. Jeder, der sie uns nehmen will, ob in Staat, Schule, Industrie, Militär, Haftanstalt oder Büro, muss ab jetzt mit uns rechnen. Tragt dies von hier aus mit nach Hause. Tragt es in eure Wohnungen und Häuser, denn hier beginnt das Gift der Unterdrückung, und hier beginnt die Freiheit.«

Sie hatte an den Heimweg kaum noch eine Erinnerung, nur dass Lena sie unterhakte und sagte:

»Habe ich zu viel versprochen?«

»Das, was ich erlebt habe, kann kein Mensch versprechen«, war ihre Antwort, noch immer wie in einer hellsichtigen Trance.

Wir brauchen keinen Staat, hämmerte es in ihrem Kopf.

Erst in der Lower Eastside begannen sich ihre Gedanken und Empfindungen wieder zu ordnen. Fast alle waren neu und erregend.

War der schmerzhafte Fortgang aus Minsk nach Amerika ihr erster großer Schritt gewesen, noch immer tief mit der jüdischen Kultur und ihren Menschen verwoben, auch mit dem überwiegend jüdisch geprägten Leben der Lower East Side, so war sie nun, so schien es ihr, ins Freie getreten. Die Jüdin Emma Goldman, einst wie sie zur Krankenschwester ausgebildet, hatte sie frei gemacht. Kein Mann, kein Staat, keine Ehe, keine Religion würde ihr dies wieder nehmen können. Sie war jetzt der Staat, die Liebe, die Freiheit.

Sie spürte eine große Leere, als sie mit ihrer Erzählung geendet hatte. Wie damals, als sie nach dem Besuch im Prospect Park im Bett lag und in sich hineinhorchte. Aber diese Leere hatte jetzt wie damals nichts Bedrohliches, war kein Zeichen der Erschöpfung oder Entmutigung. Es war eine Leere, die Raum bieten wollte für etwas, was vielleicht noch kommen würde. Solange es ihr gelang, ihn offen zu halten.

Shoshana blickte sie eine Weile an, ohne ein Wort zu sagen. Sie konnte ihr Schweigen nicht deuten. Hatte sie sich in den Augen der jungen Frau lächerlich gemacht? War sie, wie all die anderen rebellischen Leute ihres Alters in Amerika und vielen anderen Ländern, nicht schon viel weiter?

Shoshana öffnete den Mund.

»Das ist eine große Geschichte«, sagte sie. »Mir wäre es genauso gegangen wie Ihnen, Paula. Nur dass sich so wenig geändert hat. Wir stehen noch immer dort, wo Emma Goldman gestanden hat. Und jetzt macht dieser Staat Amerika auch schon wieder Krieg, will seine Angst, seine Macht, sein Kapital in Vietnam verteidigen. Wie immer auf dem Rücken der Menschen. Manchmal ist es zum Verzweifeln.«

Auch das Verzweifeln kann man verlernen, wollte sie antworten, besann sich aber eines Besseren.

»Sie können etwas verändern. Sie sind jung. Ich kann es nicht mehr.«

»Quatsch«, sagte Shoshana und schien für einen Moment über die Vehemenz ihres Ausrufs zu erschrecken.

»Hätte von mir sein können«, sagte sie und berührte dann kurz, als sei es das Selbstverständlichste von der Welt, Shoshanas Wange.

Beide begannen zu lachen.

»So, und nun Sie, Shoshana. Spannen Sie mich nicht länger auf die Folter. Dass es mit Ihnen weitergegangen ist, kann ich sehen. Aber wie? Das will ich jetzt hören.«

»Jetzt?«

»Jetzt oder nie.«

Beide lachten erneut.

Dann wurde Shoshana ernst, ihre Augenbrauen zogen sich zusammen, und das Grün ihrer Augen schien sich zu verdunkeln.

»Manchmal frage ich mich schon, ob ich für all das hier gemacht bin«, sagte sie. »Es ist hart auf den Feldern, es braucht eine kleine Ewigkeit, bis man ein Ergebnis sieht. Geduld ist nicht meine Stärke.« Sie hob das von Schweißrändern gezeichnete Kibbuzkäppi auf und begann, es in der Hand hin und her zu drehen.

Der Satz traf sie wie ein Stromschlag. Würde die junge Frau vielleicht doch nicht durchhalten und den Kibbuz wieder verlassen? Sie verlassen? Eben noch hatte sie alles in eine andere Richtung gedeutet, die Vertrautheit, die Nähe, die Selbstverständlichkeit ihres Zusammenseins.

Und doch würde sie kaum die Worte finden, um Shoshana davon zu überzeugen, dass es richtig sein könnte zu bleiben.

Vielmehr wusste sie: Es wäre kein Fehler, von hier wegzugehen. Und dennoch: Mit ihrem unerwarteten Auftauchen hatte Shoshana eine ziellose Hoffnung in ihr geweckt, wenngleich sie selbst dabei arg- und ahnungslos war (was es umso betörender machte).

Die Frau mit dem grünen Hemd, jünger als jedes ihrer Kinder, hatte etwas in ihr angerührt, obwohl sie noch immer nicht sagen konnte, was es war.

Aufstehen.

Wieder war dieses Wort da. Es war Lenas Stimme und ebenso die von Shoshana.

Sie fühlte sich in der Gegenwart dieser grün gekleideten Frau aufgehoben, von Lasten befreit. Als hätte Lena sich verwandelt, sei als grüner Schmetterling in die Wüste geflogen und hätte sich auf ihre Schulter gesetzt (wo mochte Lena jetzt sein, lebte sie überhaupt noch? Wie mochte es ihr gehen?). Sie beide hatten damals, nach ihrer *Entscheidung* (die Lena nicht verstehen wollte), den Kontakt abgebrochen. So war es geblieben.

In ihre fließenden, sich wieder trennenden Gedanken hinein vernahm sie Shoshanas Stimme.

»Einen Mann verlassen, dann zu ihm zurückkehren, und doch in dieser Bewegung zu wissen, dass man ihn schon endgültig verlassen hat, so war es für mich, als ich wieder nach New York kam. Auch wenn ich versucht habe, mir das Gegenteil einzureden. Dass alles gut wird. Weil ich unbedingt wollte, dass es so ist. Eine Zeit lang mag das gelingen. Aber dann …«

Sie hätte gern geantwortet, hielt aber inne. Auch sie hatte dies im Kopf schon viele Male durchgespielt, weggehen, für immer. Stets mit dem gleichen Ergebnis: Sie war geblieben. Oft an der Seite ihres Mannes einsamer als zuvor, sei es in Plonsk, Brooklyn oder hier in der Wüste.

Ihn zu verlassen, war in ihr nicht angelegt. Vielleicht hatte sie auch nur irgendwann verstanden, dass nicht so sehr Liebe sie miteinander verband, als vielmehr eine aus ihrer gemeinsamen Geschichte erwachsene Vertrautheit, ein Aufeinander-verwiesen-Sein. Sein Angewiesensein auf sie. Dass es Verantwortung war, was sie aneinanderband.

»Eigentlich war alles wieder ganz normal«, sagte Shoshana. »Ich besuchte meine Geografieseminare an der Columbia University, und Seth setzte seine Studien in jüdischer Literatur fort. Wir waren ein nettes, ordentliches, nicht weiter auffälliges Paar. Hippieleben ade. Nur dass Seth nicht mehr von seinem Wunsch erzählte, mit mir eines Tages in die Nähe seiner Eltern nach Virginia zu ziehen.«

»Was macht man mit Geografie?«

»Alles Mögliche. Ich kann zum Beispiel sehr gut Karten zeichnen.«

»Auch Menschen und Gesichter?«

»Nicht wirklich, da falle ich weit hinter mich zurück.«

»Manchmal denke ich, auch mein Gesicht sieht wie eine Karte aus. Wäre das etwas für Sie und Ihren Stift?«

»Nein«, sagte sie. Beide lachten.

Shoshana fuhr fort.

»Immer häufiger traf Seth sich abends mit Freunden, die ihre Zukunft in Israel sahen. Bis er eines Tages sagte, was hältst du davon, wenn wir dort eine Zeit lang hinziehen. Die Hebräische Universität in Jerusalem hat einen guten Ruf, und begabte Kartografinnen werden dort bestimmt ebenso gebraucht wie in Amerika. Und ich bin meinen Büchern und ihren Themen näher als hier.«

»Es war also nicht Ihre Idee hierherzukommen. Das hatte ich gehofft. Oder zumindest angenommen.«

»O nein. Ich hatte mich in unserer Beziehung eingerichtet, weil ich es wollte oder dachte, es zu müssen. Aber es war kaum mehr als eine große Langeweile. Dann habe ich gedacht, es ist schließlich egal, wo ich mich langweile.«

»Wie konnte es dazu kommen? Sie haben mir erzählt, dass Sie aufgebrochen sind, in den Wald, mit anderen zusammen ein freies Leben gesucht haben?«

»Aber nicht gefunden. Vielleicht war es das. Die Freiheit muss von innen kommen, habe ich jetzt gelernt. Ich dachte, eine Holzhütte, eine Gitarre, kein Geld und viel Liebe würden ausreichen.«

»Aber nach Sde Boker sind Sie allein gekommen?«

»Wir hatten eine kleine Wohnung in Givat Ram, ganz in der Nähe der Hebräischen Universität. Nach wenigen Wochen schon merkte ich, dass mit Seth etwas passiert war. Immer häufiger ging er in die Versammlungen und in die Gottesdienste der Nationalreligiösen. Fing an, mir Vorschriften zu machen, was meine Kleidung, mein Essen, mein Verhalten in der Öffentlichkeit und schließlich meine Meinungen anging. Er verhöhnte die Araber und begann, von einem Großisrael zu träumen. Ein Außenstehender hätte sehen können, wie wir einander fremd wurden. Ich war da etwas langsamer. Es begann eine bittere Zeit für mich.«

»Sie wollten ihm nicht folgen?«

»Ich konnte es nicht. Nie im Leben. Was Seth für richtig hielt, widersprach all dem, was mir wichtig war. Oft dachte ich, ich werde niemals eine richtige Israeli.«

»Die richtige Israeli gibt es gar nicht. Wenn Sie genau hingucken, gibt es ganz viele Israelis. Mit so unterschiedlichen Gesichtern. Deswegen werden wir uns immer streiten. Nur dass bei diesem Streit oft auch das Gift hinzukommt, dann geht es gleich auch um Hoheit und Dominanz und Rechthaben. Um die richtige Ideologie. Anstatt zu begreifen, dass dieser Staat, wo wir ihn nun einmal haben, fortwährend Verhandlungssache ist. Ein Gegenstand unter Gleichen.«

Sie war überrascht, wie klar sie auf einmal aussprechen konnte, was immer wieder in ihr gegärt hatte.

»Sie haben recht. Nur dass nicht genügend Menschen das so sehen«, sagte Shoshana.

»Wie ging es mit Ihnen weiter?«

»Ich habe mich schließlich von Seth getrennt. Er hat in den Tagen zuvor ein Riesengeschrei gemacht, mich bedroht, mich angefleht, auf mich eingeredet. Aber mir war klar, wenn ich jetzt nicht Nein sage, ist mein Leben vergeben und vergeudet. Dann bin ich über Nacht gegangen. Ohne ein weiteres Wort. Irgendetwas hatte das so in mir entschieden. Seth weiß nicht einmal, dass ich noch im Land bin.«

»Warum sind Sie nicht nach Amerika zurückgegangen?«

»Ich war drauf und dran. Aber das wäre mir feige erschienen. Dann erzählte mir eine Kommilitonin von Sde Boker und dem Projekt in der Wüste. Das hat mich neugierig gemacht, ohne wirklich darüber nachzudenken, worauf ich mich da einlasse. Ich habe einen Antrag an einen gewissen Nissim geschickt und wenig später die Antwort erhalten, ich solle mich bei Deborah melden.«

»Sie waren pudelnass, als Sie hier ankamen.«

»Ja, und Sie haben mich gerettet, Paula.«

Noch immer stand sie im Schatten des Kibbuzbüros, unschlüssig, wen sie als Nächstes aufsuchen sollte. Shoshanas Satz klang noch in ihr nach.

Es war nicht das erste Mal gewesen, dass jemand zu ihr sagte, sie, Paula Munweis Ben-Gurion, habe einen Menschen gerettet. Eigentlich bestand das ganze Leben aus Retten, weil es die Neigung hatte, aus den Fugen zu geraten. Sie hatte ihre Kinder gerettet in schweren Zeiten der Armut und der Einsamkeit. Sie hatte ihren Mann immer wieder gerettet, der ein Abenteurer war und oft zu gutgläubig.

Sie hatte Lena gerettet.

Vielleicht würde sie eines Tages auch diese Geschichte Shoshana erzählen. Sie fragte sich, warum sie, die fortwährend anderen Geschichten entlockte, Menschen entkorkte, wie sie sagte, mit ihren Fragen zu öffnen wusste (oft auch, da diese meist direkt und ohne Umweg aus ihr herauskamen, in Bedrängnis oder Verlegenheit brachte), die Rolle gewechselt hatte.

Wie immer die Antwort lautete, die um so viele Jahre jüngere Frau begann, in ihr etwa zu lösen. Jetzt galt es vor allem, darauf zu achten, dass sie sich in diesem Erdenleben nicht irgendwann gänzlich auflöste, Halt und Kontur verlor. Sich verlor.

Es war Jom Kippur gewesen und eigentlich ein ereignisloser, sie stets langweilender Tag. Die Ludlow Street war still, nur gelegentlich drangen Stimmen oder das Klappern von Hufen zu ihr herauf. Noch war es warm, aber bald würde die Zeit kommen, da sie den Ofen anheizen müssten. Bevor es dann richtig kalt wurde. Schließlich war es bereits Oktober. Wie oft hatten die Winter in New York sie an die ihrer Kindheit in Minsk denken lassen.

Sie wartete auf Lena bis spät in den Abend hinein, las, stopfte Socken, lauschte nach ihren Schritten, starrte auf den Stapel der gelesenen und abgelegten Zeitungen, allen voran *Die Freiheit* und die *Fraye Arbeter Shtime,* von denen ihr fast keine Ausgabe entging. Sie mochte die in nahezu jeder Zeile aufscheinende Wut und auch Präzision, das Faktische und zugleich Agitatorische, diesen ganzen Hunger nach einer anderen, freien Welt mit freien Menschen. Vielleicht aber las sie diese ganze politische, oft schwer verständliche Lektüre nur, weil sie in jedem Artikel und in jeder Zeile die Stimme Emma Goldmans zu hören glaubte. Als seien diese Artikel nicht geschrieben, sondern würden von ihr auf offener Bühne vorgetragen, mit ihrer Stimme, die sie nach der Kundgebung im Prospect Park nicht mehr losgelassen hatte.

Ihr dämmerte, dass sie zwar die Entschiedenheit, das Aufbegehren, die Ruhelosigkeit und Kampfbereitschaft von Anarchistinnen wie Emma Goldman und auch Lena mochte, sich gern noch hätte mehr mitreißen lassen, aber letztlich selbst keine *Politische* war.

Vor allem nicht, wenn sie die Müdigkeit überkam wie jetzt.

Lena war noch immer nicht zurück. Das wäre an sich nichts Ungewöhnliches gewesen, oft kam sie spät von der Arbeit in Sachs' Café nach Hause. Aber Lena hatte an diesem Tag frei und wollte sich mit Gleichgesinnten treffen. Sie hatte sie sogar gefragt, ob sie, ihre Freundin, sie begleiten wolle.

Es war Zeit, ins Bett zu gehen.

Aber eine innere, kaum beschreibbare Unruhe hielt sie davon ab. Da sie noch angezogen war, entschied sie, auf die Straße zu gehen und nach ihrer Freundin Ausschau zu halten. Vielleicht gar bis zu Sachs' Café zu laufen, wo fast immer Vertraute und Freunde von Lena hockten, tranken, rauchten und diskutierten. Auch am heiligen Feiertag.

Sie fand sich wenig später auf der Straße wieder, hatte eine Jacke übergeworfen und einen Schal um den Hals. Sie fröstelte in der kühlen Herbstluft der Nacht. Roch das nasse Laub, den Pferdedung am Straßenrand, den Qualm aus den Öfen und Schornsteinen, all das ließ sie an Minsk denken, und sie spürte einen Stich.

Was machte sie hier? Warum war sie aus all dem, was sicher, was Heimat war, herausgefallen? Wo war Vater jetzt, nachdem er gestorben war? Warum hatte er sie alleingelassen? Und Mutter, lebte sie noch? Sie hatte lange nichts mehr von ihr gehört.

In Sachs' Café war noch Licht, einige Verwegene hockten am Tresen, andere hatten den Kopf auf die Tischplatte gelegt und schliefen.

Sie ging von Tisch zu Tisch, stieß die Leute an. Manche kannten sie und blinzelten sie an. Niemand hatte Lena gesehen.

Als sie das Lokal wieder verlassen wollte, sagte Shmuel, der fast immer hier anzutreffen war und in einer Ecke des Raumes in sein leeres Bierglas starrte:

»Heute ist Jom Kippur.«

Sie hielt inne.

»Tanztag«, legte er nach und lachte. »Kennst du den Ballsaal an der Bowery? Da würde ich mal gucken. Vielleicht hast du Glück, und sie ist noch nicht verhaftet.«

Auch wenn sie nicht ganz verstand, was Shmuel ihr sagen wollte, Jacobs Ball Room an der Bowery hatte sie oft passiert, ohne ihn jemals von innen gesehen zu haben.

Von außen sah er schäbig aus, nicht zu vergleichen etwa mit den Cascades Ballrooms im prächtigen Biltmore Hotel, von denen man ihr erzählt hatte und über die die Zeitungen schrieben.

Aber hinter der groben Tür hörte sie Stimmen und Musik.

Die Tür war offen, und sie ging einen kurzen Gang entlang, immer dem Lärm folgend. Hinter dem unbesetzten Kassenhäuschen und der verwaisten Garderobe erreichte sie eine Schwingtür mit Scheiben aus Milchglas, sah durch das Glas flackernde Farben, sich bewegende Körper, auch eine kleine Kapelle musste dort sein.

Auf dem Boden lagen mehrere Flugblätter. Sie hob eines auf, las die Überschrift: *Jom-Kippur-Ball!* Darunter ein Zitat, das ihr vertraut war:

»Wenn ich nicht tanzen kann, will ich eure Revolution nicht.«

Es war von Emma Goldman. Dazu das Datum und *Jacobs Ball Room, Bowery*.

Sie schob die Tür auf und blickte in den von Rauch verhangenen Saal.

Etwa zwanzig Menschen tanzten, lachten, die aus vier Musikern bestehende Kapelle trieb sie an. Die Tische waren voll leerer Gläser, Flaschen standen herum, von der Decke hingen Papierschlangen herab.

In dem Moment, in dem sie Lena unter den Tanzenden entdeckte, erblickte auch diese ihre Freundin an der Tür.

Lena lachte, winkte ihr zu, sie solle auf die Tanzfläche kommen. Sie hob abwehrend die Hand.

Ihre Freundin löste sich aus der Gruppe, kam auf sie zu. Sie roch nach Alkohol und Schweiß. Das Haar war offen und feucht, ein Träger ihres Kleides war ihr von der Schulter gerutscht. Sie lief ohne Schuhe und Socken.

»Wir feiern den höchsten jüdischen Feiertag. Aber so, wie wir wollen. Wir machen aus dem Tag der Buße ein Fest des Lebens.«

Auch wenn ihre Eltern nicht streng religiös lebten, die jüdischen Feiertage, allen voran Jom Kippur als Tag der Versöhnung und der inneren Einkehr, waren ihnen heilig.

Was sie hier vor sich sah, hatte nichts mit der tastenden Stille und der arbeitsfreien Ruhe im Haus ihrer Kindheit zu tun.

»Auch das ist die Revolution!«, rief Lena und versuchte, sie mit auf die Tanzfläche zu ziehen. Aber sie konnte sich von Lena lösen und verharrte an ihrem Platz am Rande.

Dann flog die Schwingtür auf, durch die sie eben noch von einer Welt in eine andere getreten war.

Mehrere Uniformierte mit Knüppeln in der Hand drangen in den Saal. Der schrille Ton von Trillerpfeifen erscholl. Die Band verstummte.

»Hier spricht die Polizei«, rief einer der Männer. »Keiner verlässt den Saal.«

Noch immer stand sie neben der Tür im Halbdunkel, die Polizisten jetzt vor sich auf der Tanzfläche. Sie hätte unbemerkt verschwinden können.

Die Polizisten forderten die Anwesenden auf, sich in einer Reihe aufzustellen.

Sie hörte Wörter wie öffentliche Ruhestörung, Anstiftung zum Aufruhr. Dann begannen sie, die verschwitzten, noch immer heftig atmenden Tänzer abzuführen. Als Letzte war Lena an der Reihe. Ein stämmiger Polizist drehte ihr den Arm auf den Rücken, sodass sie nur gebückt gehen konnte, schob sie in Richtung der Tür.

»Halt!«, erscholl es plötzlich laut und mit einer Schärfe und Härte, die den Polizisten innehalten ließ. Es war ihre Stimme.

Er blieb mit Lena im Griff vor ihr stehen.

»Die nicht«, hörte sie sich sagen, noch immer mit Festigkeit in der Stimme.

»Sie wollen also auch mitkommen«, sagte der Polizist, »nur zu. Für jeden von euch finden wir eine Pritsche und einen ungewaschenen Pisspott.«

»Ich werde nicht mitkommen und meine Schwester auch nicht.«

»Oho, die Schwester also. Und wo soll diese Schwester Ihrer Meinung nach hingehen?«

»Ans Sterbebett unserer Mutter.«

Für einen Moment bemerkte sie ein Zögern bei dem Polizisten, auch sein Griff schien sich zu lockern.

»Und wo steht dieses Sterbebett?«

»In der Ludlow Street 33, 2. Stock. Wenn wir uns nicht beeilen, wird sie, ohne ihre Töchter noch einmal gesehen zu haben, für immer gehen.«

»Blödsinn«, sagte der Polizist, »ihr tanzt euch hier die Seele aus dem Leib, während eure Mutter im Sterben liegt? Wollt ihr mich verschaukeln? Also, los jetzt, weiter. Und du kommst auch mit.«

Sie baute sich vor dem großen Mann in Uniform auf.

»Ich bin gekommen, um meine Schwester zu holen. Sonst nichts. Ich habe es meiner Mutter versprochen, und ich werde es tun. Wenn Sie uns daran hindern wollen, dann begleiten Sie uns an ihr Bett und sagen es ihr selbst.«

Der Polizist senkte plötzlich die Stimme, sah prüfend zur Tür, hinter der seine Kollegen bereits mit den anderen Tanzenden verschwunden waren.

»Los! Ab hinter den Tresen, bis wir weg sind. Und wir haben uns nie gesehen.«

Er ließ Lena los und trat zur Seite.

»Einer von uns?«, raunte sie dem Polizisten zu.

Der hob den Stock und wies damit drohend in Richtung des Tresens.

Zu Hause angekommen, warfen sie sich auf die Betten.

»Und, wo hast du unsere Mutter versteckt? Schließlich liegt sie im Sterben«, sagte Lena lachend und ins Kissen prustend.

Aber sie spürte plötzlich Tränen in den Augen, sagte nichts.

Lena sah auf:

»Was ist, Paula?«

»Wenn meine Mutter stirbt, wird sie es ohne mich tun. Vielleicht werde ich es nicht einmal mitbekommen.«

Sie begann zu weinen.

»Ich will nach Hause«, presste sie unter den Schluchzern heraus.

Lena sprang vom Bett auf, nahm sie in den Arm.

»Dort, wo wir sind, ist unser Zuhause.«

»Wenn es doch so wäre«, sagte sie und suchte nach einem Taschentuch.

»Immerhin hast du mich gerettet, Paula. Und das war stark.«

Sie spürte Lenas Hand in der ihren, beide sanken auf dem Bett zurück, waren wenig später, die Hände noch immer miteinander verbunden, eingeschlafen und bis zum Morgen nicht mehr erwacht.

Sie riss sich von ihren Gedanken los. Schließlich hatte sie einen Auftrag, und der war noch lange nicht erledigt. Um Punkt zwölf musste sie zudem zurück sein, um Ben-Gurions Essen vorzubereiten. Alle weiteren Gänge wären danach zu erledigen. Auch der zu Ruben, dem Schafscherer. Und zu Ruti, die in diesem Jahr die Kibbuzköchin war. Um 12:30 Uhr würde das Essen wie immer in der Küche ihrer Hütte auf dem kleinen weißen Tisch stehen.

Es war gerade noch Zeit genug, um im Stall Shimon und Aaron aufzusuchen. Ein Gang, den sie gern vermieden hätte.

Auch spürte sie die Kräfte schwinden, nicht die der Arme und Beine. Vielmehr war es wie ein Ziehen in ihrem Inneren, als wollten geheime Kräfte sie zu Boden ringen. Oder höhlten sie von innen aus und wollten sie als Hülle weitertrudeln lassen.

Sie hatte am Morgen geahnt, dass es ein schwerer Tag werden würde. Jetzt lag er mit seinem ganzen Gewicht auf ihr. Aber war es wirklich dieser Tag?, fragte sie sich.

Es war schließlich nicht das erste Mal, dass Ben-Gurion hohen Besuch erwartete und sie mit der Vorbereitung allein ließ (wenngleich kaum ein Gast ihn wie der deutsche Ex-Kanzler zu erregen schien und einen Glanz auf sein Gesicht zauberte, den sie lange nicht mehr an ihm gesehen hatte).

Vielleicht ist er verliebt, war es ihr gestern noch durch den Kopf geschossen. Er ist alt, aber trotzdem. Nur weiß er es selbst nicht. Auch ist dies eine Liebe ganz anderer Art. Nur das Leuchten in seinen Augen erinnert an die früheren Tage.

Was hatte sie oft gelitten! Immer wieder. Jetzt war es ein Mann, der alte Adenauer, und er hatte seine Liebe diesmal in Bewunderung umgegossen.

Und wie bei allen seinen Liebschaften war ihm das politische Kalkül nie aus dem Blick geraten. Auch die heftigste Aufwallung hatte ihn nicht von der Frage befreien können: Ist es gut für den jüdischen Staat oder nicht? Er konnte nur politisch fühlen, so wie er nur politisch denken konnte.

Auch sie war nicht nur seine Frau, sondern Teil des Staates. Wenn es dem gut ging, musste es auch ihr gut gehen. So einfach dachte er. Und es ging diesem Staat ja nie wirklich gut, immer nur kämpfen, ringen, sich über Wasser halten.

Hatte er die anderen Frauen wirklich geliebt, Rachel, Rega, Rivka und wie sie alle hießen? Vielleicht auch Doris. Konnte er richtig lieben? Er kannte Rivka fast so lange wie sie und nannte sie eine gute Freundin. War sie doch die nahe Verwandte seines engen Freundes Berl, den er wie kaum einen anderen verehrte.

Sie hatte bitter lernen müssen, dass sie, wenn sie sich hinsichtlich der Art einer Beziehung Ben-Gurions nicht sicher war, nie falschlag, wenn sie vom Schlimmsten ausging. Also auch Rivka. Die kluge Rivka, die Artikel schreiben konnte, die wie Messer in der Sonne blinkten. Eine Journalistin, klug, so klein wie er und zart gebaut.

In früheren Tagen hatte sie manchmal vor sich gesehen, wie er sie mit fast stierhafter Begierde nahm. In seinem Büro, im Hotel, vielleicht hier im Haus, ohne wirklich zu verstehen, was Frauen wollen, wie sie denken und fühlen. Sie hatte dieses Bild immer gleich wieder vertreiben wollen, und doch wollte ein anderer Teil in ihr es auch wieder und wieder betrachten.

Konnte er wirklich lieben?

Wenn ja, hatte sie nur einen Teil davon abbekommen. Ja, er brauchte sie, ein Leben ohne sie wäre ihm leer vorgekommen; aber brauchen ist nicht lieben. Das Alter hatte ihn sanfter gemacht, ohne Frage. Aber darunter schlummerte immer noch ein Löwe.

Mit Rivka würde sie nicht so schnell fertigwerden wie einst mit Rega. Immer wieder hatte er Rega bedrängt, sie solle von Wien nach Palästina ziehen, in seine Nähe.

Als sie eines Tages vor ihrer Tür stand, hatte sie geöffnet und ihr ein Foto in die Hand gedrückt. Auf dem Bild waren sie und Ben-Gurion, aufgenommen am Toten Meer. Auf die Rückseite hatte sie geschrieben: *Für Rega von Paula* und das Datum im Jahr 1937. Dann hatte sie vor ihr die Tür zugeschlagen.

Wegen dieser Frau hatte sie sich einst umbringen wollen. Sie und Ben-Gurion wollten sich in Warschau treffen, wo er sich aufhielt. Jedenfalls hatte er das geschrieben. Sie war eher dort angekommen als geplant. Ben-Gurion war nicht in Warschau, er sei in Wien, sagte man ihr.

Da wusste sie, er war bei ihr.

Sie schluckte alle Tabletten, die sie finden konnte. Man fand sie rechtzeitig. Sie hatte überlebt. Aber sie wollte nicht überleben, sondern leben.

Dass er Rahel Nelkin nicht vergessen konnte, daran hatte sie sich gewöhnt. Vielleicht würde er sie am Ende doch noch heiraten, sollte sie vor ihm sterben. Dann würde sich für ihn und für sie ein Kreis schließen, war sie doch die große Liebe seiner Jugend in seiner Heimat Plonsk gewesen, eine, die er nie vergessen konnte. Schon lange lebte auch Rahel in Israel. Soll er doch machen, was er will. Solange sie nicht zusehen musste. Das hatte sie lange genug und viel zu oft getan. Und wenn ich sterbe, ist er endlich frei.

Der Weg zu den Ställen war nicht weit. Immer der Nase nach, sagte sie sich und schritt kräftiger aus.

Die Hüter der Ställe und somit des kostbaren, mit besonderer Sorgfalt gehegten Viechzeugs waren Shimon und Aaron. War doch allen klar, dass Milchkühe mit prallen Eutern keine in der Wüste üblichen Bewohner waren. Am Ende ahnten das die Kühe selbst, die sie stets staunend, mit dem von begriffslosen Unbegreiflichkeiten umstellten Blick ansahen.

Kurz hatte sie erwogen, diese Station auszulassen. Aber die Gefahr bestand, dass Ben-Gurion auch seinem Freund eine kleine Aufführung seines Lebens als Bauer und Wüstenpionier geben und den alten Adenauer in den Stall lotsen würde. Also war auch dieser zu inspizieren und die beiden Hüter auf diesen Propagandabesuch einzustimmen.

Sie hatte nur eine vage Vorstellung davon, wie ein präsentabler, aufgeräumter, den Vorgaben zeitgemäßer Landtierhaltung entsprechender Stall auszusehen hatte. Sie war und blieb ein Kind der Stadt. Und der häuslichen Ordnung. Mit den Kategorien ihrer vier Wände war dem Stallleben, das hatte sie längst begriffen, nicht beizukommen. Nur eines stand fest: Er sollte am morgigen Tag ordentlich aussehen (was immer das hieß) und vor allem nicht stinken. Mit diesen wenn auch vagen, aber doch fraglos eine Richtung weisenden Vorgaben würde sie Shimon und Aaron aufsuchen.

Sie blickte an sich herunter. Wie fast jeden Tag hatte sie sich am Morgen für die offenen Sandalen entschieden. Zwar war es ihr stets übertrieben erschienen, wenn Ben-Gurion sich mit hohen Gummistiefeln zur Arbeit im Stall aufmachte, aber das von ihr gewählte Schuhwerk markierte so etwas wie einen Gegenpol, der jetzt, sie musste es sich eingestehen, von einer zu tadelnden Unbedachtheit zeugte.

Sie sah beim Betreten des Stalles Gülle durch ihre gepflegten Zehen rinnen, fühlte stachelige Halme unter ihren Füßen und zu einem stinkenden Klumpen geronnenen (nie wieder abwaschbaren) Mist unter ihren Schuhsohlen. Eigentlich hatte sie auch am morgigen großen Tag vor, keine Ausnahme zu machen, den Kanzler aus Deutschland in dem leichten, praktischen, offenen, jedoch unbefleckten Schuhwerk zu begrüßen.

Shimon und Aaron waren Brüder, lebten Tür an Tür. Shimon, der Ältere, war mit Tamar verheiratet; Aaron mit seinem Bruder Shimon.

Sie hatte das Gerede nie gemocht, diese plumpe Anspielung auf die vermutete Tatsache, dass Aaron für Frauen nichts empfinden konnte. Hätte sie die Kraft gehabt, sie hätte in den vergangenen Wochen manch einem das Maul gestopft. Das hier wollten aufgeklärte Sozialisten sein, die dann doch dachten und maulten wie die Obersten vom Oberrabbinat. Welches ohnehin zu viel Macht im Lande hatte.

Nur um die 1947 von der UNO vorgeschlagene Teilung des Landes in einen jüdischen und einen arabischen Teil bei den eigenen Leuten durchsetzen zu können, hatte Ben-Gurion sie gefüttert (wie die gänzlich Orthodoxen, die ewig Gestrigen, welche auch noch vom Armeedienst befreit wurden), hatte ihnen Rechte zugestanden, die allein dem Staat zukommen. Niemand konnte staatlich heiraten. Es gab und gibt nur religiöse Hochzeiten, streng von diesem Oberrabbinat reglementiert und überwacht.

Jetzt hatten sie den Schlamassel.

Immerhin gab es kaum einen Tag, an dem er sich nicht über diesen Mordsfehler, wie er sagte, ärgerte.

»Du hast ihnen das alles gegeben. Sie werden es nicht wieder rausrücken. Nicht in hundert Jahren«, hatte sie einmal zu ihm gesagt.

»Warum sagst du das, wo ich es doch selber weiß? Politik lebt vom Kompromiss. Sonst bewegt sich gar nichts.«

»Aber nicht von Kompromissen, denen man von Anfang an ansieht, dass die anderen ihren Teil in Stein hauen und mit ihm herumfuchteln, als wären es die Gesetzestafeln vom Berg Sinai.«

Dann hatte es sie selber eingeholt.

Sie hatte den Tag nie vergessen, als der Brief aus England kam.

Ben-Gurion kam bleich in die Küche.

»Amos«, sagte er und hielt das Schreiben hoch.

»Was ist mit ihm? Ist er …?«

»Aus Liverpool«, sagte er.

Sie griff nach der Stuhllehne. Jeden Tag hatte sie auf einen Brief von ihrem Sohn gewartet und stets gehofft, er würde niemals kommen. Amos kämpfte für England als Soldat der Jüdischen Legion gegen Hitler. Der Krieg war vorbei, aber über viele Wochen hatten sie nichts von ihrem Sohn gehört.

Ben-Gurion hielt ihr den Brief hin. Ihre Hände zitterten, als sie ihn nahm. Der Briefkopf war vom Militärhospital in Liverpool.

»Er will heiraten«, sagte Ben-Gurion.

Sie musste sich setzen. Ein tiefer Seufzer kam aus ihrem Inneren.

»Er lebt. Warum soll er dann nicht heiraten?«

Ben-Gurion blickte weiterhin ernst.

»Seit Wochen liegt er schon in diesem Krankenhaus. Das hat ihn wirr gemacht.«

Kein Krankenhaus macht wirr, wollte sie entgegnen, jedenfalls nicht eines, in dem sie je Schwester gewesen war.

»Was ist das mit dieser Heirat?«

»Lies selbst. Sie heißt Mary und ist seine Krankenschwester.«

»Miriam?«

»Nein, Mary.«

»Eine Christin?«

»Ja. Und sie will auch eine bleiben, sagt Amos.«

Sie sprang auf, zog das Kleid glatt.

»Er soll sich unterstehen, diese Frau hier anzuschleppen!«

Sie war selber überrascht von ihrem Ausbruch und hatte sich erst später gefragt, aus welchen Tiefen diese Ablehnung kam. Mary war Protestantin, aufgewachsen auf der Isle of Wright, Krankenschwester in der Ausbildung wie sie in ihren goldenen Jahren in New York. Was war falsch daran? Nichts.

Nur dass diese Mary keine Jüdin war. Und also auch ihre gemeinsamen Kinder keine Juden wären. Und ihre Enkel keine sein könnten.

Warum sagte Ben-Gurion nichts? Er war doch auch sonst nicht auf den Mund gefallen.

»Ich werde zu ihm fahren und mit ihm reden«, sagte er.

»Du sollst nicht mit ihm reden, sondern ihm sagen, dass seine Mutter ihn und diese Frau nur sehen will, wenn sie konvertiert und eine richtige Jüdin geworden ist. Oder er kann die Hochzeit vergessen.«

Ben-Gurion hatte geseufzt und gesagt:

»Ich erkenne dich nicht wieder. Du sprichst wie diese Gralshüter vom Oberrabbinat. Was ist los mit dir? Aber ich werde sehen, was ich tun kann.«

»Du hast die ganze UNO plattgeredet, dass sie der Teilung des Landes und deinem Staat zustimmt. Dann wirst du wohl auch deinen Sohn zur Räson bringen können.«

»Das ist etwas anderes. Das ist nur Politik.«

Wenige Tage später kam Ben-Gurions erster Brief aus Liverpool.

Nachdem sie sich durch die kaum erträglichen ersten Zeilen gequält hatte, schrieb er doch, dass diese Mary eine wunderbare, gar beeindruckende Frau sei, gut zu Amos passen würde; sie habe sogar schon erreicht, dass Amos aufgehört habe zu rauchen. Sie musste den Brief für einen Moment auf den Schoß legen. Ihr war klar, dass nach dieser Ouvertüre die bittereren Arien kommen würden.

»Kaum tanzt eine hübsche Frau vor ihm herum, knickt er ein und bekommt Kulleraugen. Aber ich werde nicht nachgeben«, sagte sie leise vor sich hin und sah sich nach Stift und Papier um. Oder gleich ein Telegramm, das ging schneller und war am Ende wirkungsvoller als tausend Zeilen.

Er habe einen Rabbiner gefunden, der bereit sei, Mary zu konvertieren, las sie weiter. Sie sei ebenfalls bereit zu diesem Schritt. Allerdings nur unter einer Bedingung: dass sie den Namen Mary behalten dürfe. Den hätten ihre Eltern ihr gegeben, und er sei damit für immer der ihre.

Sie hatte nicht gewusst, was sie mehr in Rage brachte: die Tatsache, dass aus dieser Mary keine Miriam werden wollte, oder dass diese junge Frau offenbar einen so ausgeprägten Willen hatte wie sie selbst. Und dass sie ihr eine gewisse Bewunderung für diese Dickköpfigkeit nicht vorenthalten konnte.

Dennoch. Auch ihre Vorgabe blieb unverrückbar, sie würde es Ben-Gurion umgehend schreiben.

Joachim Prinz heiße dieser Rabbiner, ein guter Bekannter, aus Deutschland in die USA geflohen, schrieb er weiter, zudem ein großer und berühmter Anwalt der Menschenrechte und der unterdrückten Völker. Er sei bereit.

»Du weißt, was das heißt«, hatte sie wenige Tage später nach Ben-Gurions Rückkehr zu ihm gesagt. »In diesem

Land wird sie niemals eine Jüdin sein. Dieser Rabbiner Prinz ist ein Liberaler, der zählt hier nichts.«

»Wir werden einen Weg finden.«

»Wir sollten eher einen richtigen Rabbiner in diesem Land finden als einen Weg.«

»Wenn es an der Zeit ist, werde ich das. Warum ist dir das nur so wichtig? Amos ist glücklich, und wir haben ihn nicht verloren. Im Gegenteil, wir haben eine reizende, kluge Tochter dazubekommen.«

»Nur dass diese Tochter Mary heißt, wie diese angeblich so heilige Mutter der katholischen Christen. Diese Madonna wird dir keine jüdischen Enkel schenken. Und wenn diese groß sind und heiraten wollen, werden sie es in diesem Land, das du den Religiösen in die Hand drücken willst, nicht tun können, weil nur Juden hier heiraten dürfen.«

Sie hatte lange gerätselt, ob Shimon und Aaron nicht Zwillinge waren und die enge, geradezu närrische Bindung (zumindest die von Aaron an seinen Bruder) sich vielleicht so erklären ließ. Sie selbst sagten, sie wüssten es nicht, da die Nazis in Wilna nicht nur ihre Eltern, sondern auch ihre Papiere verbrannt hätten. Mit einem Kindertransport seien sie, fast noch Säuglinge, über England noch Israel gekommen. Seitdem seien sie unzertrennlich.

Sie hätten sich darauf geeinigt, in der Frage der Verwandtschaft unterschiedlicher Meinung zu sein. Aaron gefiel die Zwillingstheorie, Shimon wollte nichts davon wissen. Er sei der Ältere. Punktum. Was Aaron zu der Bemerkung veranlasst hatte: »Auch wenn wir Zwillinge sind, ist einer der Ältere. Von mir aus kannst du das sein.«

Nach diesem salomonischen Urteil Aarons hatten sie sich beide ein paar Wochen zu diesem Thema in Schweigen gehüllt.

Die Männer waren nicht überrascht, als sie durch die offene Stalltür trat.

Sie musste sich jedes Mal überwinden, dort hineinzugehen. Die großen Vierbeiner waren ihr nicht geheuer, sie mochte Dreck und Gestank nicht, und es fiel ihr schwer, mit der Tatsache umzugehen, dass diese Säuger nicht antworten wollten, wenn man mit ihnen sprach.

»Man muss ihre Sprache lesen können«, hatte Shimon einmal zu ihr gesagt, »dann ist es ganz unterhaltsam.«

Fand sie nicht.

Vielleicht erinnerte sie dieses ganze Gewese auch an ihr bitteres Jahr in Plonsk, Ben-Gurions Heimatdorf, wo er sie zusammen mit Geula abgesetzt und dann wieder einmal und für so lange Zeit im Stich gelassen hatte. Sie allein mit seinem Vater, diesem sturköpfigen Provinztölpel, unter einem Dach zusammengesperrt, während er durch die Weltgeschichte reiste. Es war die Hölle. Bis sie ihrem Mann (erneut) mit Selbstmord gedroht hatte und er ihr die Befreiung versprach.

Vielleicht war es das Jahr ihrer größten Einsamkeit gewesen. Vielleicht aber war die Erinnerung an dieses Jahr der Verbannung in Plonsk auch deshalb so schlimm, weil sie den Grundstein für das zehrende Gefühl der Einsamkeit in sich gelegt hatte.

Sie wusste, Schmerz konnte man vergessen. So wie den Schmerz bei der Geburt eines Kindes oder nach einer Operation oder auch nur eines entzündeten, pochenden Zahns; wenn es vorbei war, war es wie nie gewesen.

Plonsk konnte sie nicht vergessen, weil jede weitere Einsamkeit sie wieder daran erinnerte. Es waren noch viele gekommen.

Einmal hatte Shoshana gesagt, dass sie bei all ihren wechselnden Empfindungen stets an Farben denken müsse. Jede habe ihre eigene.

»Wie meinen Sie das?«

»Liebe, Trauer, Schmerz, Wehmut, Lust, Neugier, Verzweiflung, Sehnsucht. Was immer Sie nehmen, es gibt eine Farbe dazu.«

»Wie sieht bei Ihnen die Sehnsucht aus?«.

Diese Frage kam unvermittelt aus ihr heraus, irgendwo aus der Tiefe ihrer Seele, sie hätte sie im Moment des Aussprechens am liebsten schon wieder zurückgenommen, ungeschehen gemacht. Aber Shoshanas helles Lachen unterbrach jeden weiteren Gedanken.

»Die Sehnsucht ist ein tiefes Rot. Fragen Sie mich nicht, warum.«

Sie hatte Mut gefasst.

»Und die Einsamkeit?«, wollte sie jetzt wissen.

Shoshana blieb stehen, blickte in die Wüste, als suche sie dort etwas.

Die Staubwolke eines in der Ferne vorbeifahrenden Autos stieg in die Luft, die heiße Luft stand reglos, die Berge flimmerten, der Ockerton von Sand und Steinen schien um diese Zeit des Tages wie ausgeblichen. Erst am Abend, wenn die Sonne wieder tiefer stand, würde der kräftige rotbraune Erdton in die Adern der Welt zurückkehren.

Shoshana schien zu zögern.

»Es ist eigenartig«, sagte sie.

»Was ist eigenartig?«

»Die Einsamkeit hat als einzige Empfindung mehrere Farben. Ich habe sie immer wieder gezählt. Jetzt bin ich mir sicher: Es gibt sieben Farben der Einsamkeit.«

Für mich gibt es nur Grau, wollte sie sagen. Aber im selben Moment wurde ihr klar, dass es nicht wahr gewesen wäre.

Sie kannte die Hoffnung und die Sehnsucht und die Liebe, und sie war sich plötzlich vollkommen sicher, dass diese Empfindungen auch bei ihr verschiedene Farben hatten, vielleicht sogar mehrere, wie bei Shoshana. Sie musste nur etwas warten und Geduld beweisen. Sie hatte es so oft getan, warum nicht noch dieses eine Mal, wo sie doch jetzt wusste, dass es sich lohnte. Vielleicht würde auch das Schwarzgrau der Einsamkeit irgendwann in ein mildes Rot übergehen. Rot wie die Sehnsucht.

Sie hörte das Schnauben der Kühe, dann ein lautes Plätschern.

Immerhin, Kühe gaben frische Milch, und die war aus dem Repertoire ihrer Essensgestaltung nicht wegzudenken, ein Garant guter Gesundheit. Wenngleich sie bei deren Gewinnung auf den Anblick dieser Viecher gern verzichtet hätte.

Shimon kam ihr mit schweren Schritten entgegen (sie hatte verstanden, wo sich Ben-Gurion seinen Landarbeitergang abgeguckt hatte), das Hemd offen und schmutzig, die Hose in die Stiefel gesteckt, im Schlepptau seinen Bruder Aaron.

»Schalom, Paula. Sind schon im Bilde.«

»Im Bilde«, echote der Schatten hinter Shimon.

»David hat gesagt, es könne sein…«

»…dass er mit dem Deutschen bei uns auftaucht.«

Shimon wandte sich seinem Bruder zu:

»Halt die Klappe.«

»Klappe, jawohl.«

»Nicht einmal das Wort Klappe möchte ich von dir hören. Wir haben hier hohen Besuch.«

Er wandte sich ihr wieder zu. Aaron schien sich unter diesem Schweigeauftrag zu winden wie ein Schaf, das geschoren werden sollte.

»Lass ihn doch reden, Shimon«, sagte sie. »Solange es kein Unsinn ist.«

Shimon seufzte. »Na gut, aber dann rede wenigstens deinen eigenen Kram und tritt nicht das noch mal breit, was ich schon ausgespuckt habe.«

Nach einem kurzen Austausch war klar, dass Ben-Gurion bei seinem morgendlichen Marsch zum Stall bereits seine Instruktionen hinterlassen hatte.

Er hatte den Brüdern gesagt, dass die Tiere gefüttert, gestriegelt und ruhig sein sollten.

»Auch Kühe in der Wüste können ein zionistisches Vorbild sein und von unserer großen Zukunft erzählen, hat er gesagt.«

»Dann wäre das ja geklärt«, sagte sie, froh, dass ihr Ben-Gurion diesen Teil der Vorbereitung abgenommen hatte.

Und je näher der Mittag kam, desto mehr wuchs in ihr die Sorge, ihr Bett würde nach dem Essen in der Küche eine so große Sogwirkung entfalten, dass sie es für den

Rest des Tages nicht wieder verlassen könnte. Dabei gab es an diesem Tag vor dem Tag noch viel zu bedenken und zu erledigen.

Wenn sie es nicht in die Hand nahm, tat es schließlich niemand.

3

Ben-Gurion wirkte verträumt, als er um halb eins in der Küche auftauchte und sich mit erlernter Selbstverständlichkeit an seinen Platz hockte. Pitabrot, eine kalte Suppe, Salat und eine halb aufgeschnittene Grapefruit mit weißem, zuckerlosem Joghurt standen auf dem Tisch. Das würde er bis zu den Nachrichten zur vollen Stunde bewältigen.

Nach dem Essen und dem anschließenden Abhorchen der großen Weltlage am knisternden Lautsprecher des Zenith Transistorradios würde er für eine halbe Stunde die kleine Weltlage des Kopfkissens erkunden. Und dann wieder an den Schreibtisch gehen.

Sie betrachtete ihn. Was bei ihm am Morgen noch gute Laune angesichts des bevorstehenden hohen Besuchs gewesen war, schien einer neuen Nachdenklichkeit gewichen zu sein. Vielleicht war er nicht verträumt. Sie suchte nach einem anderen Wort, einigte sich schließlich mit sich selbst auf *zerbrechlich*. Sie wunderte sich, dass es gerade dieses Wort war, das sich ihr aufdrängte, hätte sie doch nie gedacht, dass sie es einmal mit Ben-Gurion in Zusammenhang bringen würde.

»*Was iszt?*«, sagte sie.

Er schien nicht zu wissen, was er antworten sollte.

»Machst du dir Sorgen wegen morgen?«

»Nein.«

»Du verehrst diesen Mann? Er ist auch nur ein Politiker.«

»Es ist eher Respekt. Adenauer und der große de Gaulle haben das Unmögliche vollbracht, Deutschland und Frankreich nach diesem Krieg und den vielen davor in Freundschaft, über all die Gräben hinweg zusammenzuführen. Sie zu versöhnen.«

»Und nun möchtest du morgen auch noch mal ein de Gaulle sein, der mir bei unserem Besuch als ein ganz vernünftiger Mann erschien. Wenn auch etwas hochnäsig. Aber mit Instinkt und klarem Willen.«

Er seufzte.

Sie setzte sich an den Tisch, ihm gegenüber. Er blickte auf. Sie wollte ihn nicht lange auf die Folter spannen.

»Ich bin heute Morgen bei Deborah gewesen.«

»Sie ist eine gute Zionistin. Für viele ein Beispiel.«

»Wusstest du, dass ihre Mutter im Eichmann-Prozess ausgesagt hat, eine der Zeuginnen war?«

»Da waren viele, die Menschen konnten endlich ihre Geschichte erzählen.«

»Sie kann das nicht von der Tatsache trennen, dass morgen der deutsche Kanzler zu uns kommt, wenn er auch nicht mehr im Amt ist.«

»Damit ist sie nicht allein. Gestern gab es wieder Demonstrationen. Adenauer sollte an der Universität eine Rede halten, aber der Weg war von Demonstranten versperrt. Die Sicherheitsleute wollten seine Abfahrt verschieben, bis sich die Lage beruhigt hat. Weißt du, was er da gesagt hat? ›Kommt, lasst uns fahren, wir können die jungen Leute doch nicht warten lassen.‹«

»Über noch etwas habe ich nachgedacht gestern, als ich bei Deborah war. Was würdest du antworten, wenn Menschen wie sie sagen, du hättest mehr tun können zur Rettung unserer Leute?«

Er legte den Löffel auf den Tisch.

»Das habe ich mich auch immer wieder gefragt.«

»Und? Was hast du dir geantwortet?«

Er lehnte sich zurück, blickte kurz aus dem Fenster, als könne er da eine Antwort finden.

»Vergiss nicht, wer wir damals waren. Niemand. Ein kleines zionistisches Häuflein im großen Welttheater. Von vielen belächelt, von anderen bekämpft. Gefangen im von den Briten besetzten Palästina, das längst die Tore zugemacht hatte. Alle standen tief in diesem Krieg. Die Engländer wollten die Araber als mögliche Verbündete nicht verlieren. Und die pochten lautstark darauf, dass dies allein ihr Land sei.«

»Alle haben irgendwann gewusst, was in Deutschland, vor allem aber in den besetzten Ländern im Osten geschieht. Hinter der Front.«

»Viele wollten es nicht wissen.«

»Ich bin nur froh, dass Raisa schon weit vorher nach New York gegangen ist und Pessia nach Palästina. Vater und Mutter ist all das erspart geblieben.«

Er sah sie wieder an.

»Als die ersten Nachrichten aus Deutschland, vor allem aus Osteuropa, kamen, haben wir sie laut herausgerufen, das weißt du. Keiner hat uns glauben oder auch nur zuhören wollen. Die Engländer nicht und auch nicht die

Amerikaner. Bombardiert Auschwitz, zerstört die Eisenbahnwege! Nichts geschah. Erst Ende 1944 begannen sie, sich der Sache zuzuwenden, zu spät. Viel zu spät.«

Sie beugte sich vor.

»Ich habe dich das noch nie gefragt. Hast du gewusst, was unter Hitler auf die Juden zukommt?«

»Ich war 1933 in Deutschland, auf der Durchreise. In München habe ich mir an einem Kiosk *Mein Kampf* gekauft und sofort gelesen. Als Einziger unserer zionistischen Führer, denke ich bis heute. Da war mir klar, was dieser Mann vorhatte. Jeder hätte es lesen können.«

»Und dann?«

»Für mich begann ein Wettlauf mit der Zeit. Ich machte mir keine Illusionen. Retten kann die Juden nur ein eigener Staat. Nicht die Engländer, nicht die Amerikaner werden es tun, niemand. 1934 habe ich in vielen Versammlungen gesagt, dass Hitler alle Juden umbringen, einen Krieg gegen Polen, Tschechien, Frankreich und am Ende gegen Russland beginnen wird.«

Er setzte ab, beugte den Kopf vor, legte die Hände an beide Seiten, als müsse er ihn halten.

»So ist es dann auch gekommen.«

Er verharrte in dieser Stellung. Für einen Moment wollte sie seine Hand greifen und sie halten.

»Ich habe es nie gesagt, und ich kann es nur ein Mal sagen, ja, ich fühle mich schuldig.«

Dann schwieg er.

So hatte er noch nie mit ihr gesprochen, wahrscheinlich mit niemandem. Er hatte es nicht gelernt, es passte nicht in das Bild, das er von sich aufgebaut hatte oder zeichnen wollte. Mehr noch: Es hatte keinen Platz im Bild von dem Staatsmann, der als neuer Moses erscheinen wollte, unverzagt, vorwärtsgewandt, seinen Leuten ein Vorbild. Vielleicht war er nur fähig, die Zukunft zu gestalten, weil er das, was hinter ihnen lag, tatsächlich hinter sich lassen konnte.

»Hast du auch deswegen den Prozess haben wollen? Ihr hättet Eichmann in Argentinien umbringen können.«

»Ich wollte, dass die Sache ans Licht kommt, der Mord an den Juden ein Gesicht bekommt, für alle in der Welt lesbar. Es ging mir nicht um Gerechtigkeit. Die kann es und wird es angesichts der Größe der Verbrechen nicht geben.«

»Worum dann?«

»Darum, davon zu erzählen. Weil nur das nicht vergessen werden kann, was in Geschichten weitergetragen wird. Und weil dieser Staat nicht darauf warten will, dass andere unsere Geschichte erzählen.«

»Auch mit dem Risiko, dass die eigenen Leute am Ende sagen werden: Und wo warst du?«

Er richtete sich auf, sah sie fest an.

»Ja. Aber ich will stets wissen, wer mir diese Frage stellt. Und sie dann beantworten oder auch abweisen. Und wo warst du, wo wart ihr?«

Er stand auf, jetzt wieder ganz der Staatsmann und Philosoph.

»Wir müssen stets die Zukunft im Blick haben, sie mit der Vergangenheit verknüpfen und zugleich von ihr lösen, damit sie sich vor uns entfalten kann. Das, was wir Gegenwart nennen, ist nur ein Werkzeug. Sie hat keinen Wert an sich. Ich arbeite für das, was kommt.«

Bevor es ihn wieder davontrug, sagte sie:

»Ich lebe heute, und wer weiß, wie lange noch. Außerdem meinst du mit Zukunft, auch mit unserer Zukunft, immer nur den Staat, den du auf die Beine gestellt hast.«

»Wenn es dem gut geht, wird es auch dir gut gehen.«

Mir geht es aber nicht gut, wollte sie antworten. Und dem Staat auch nicht. Im Grunde war sie zu erschöpft, um das Gespräch weiterzuführen. Aber das Gespräch hier abzubrechen, erschien ihr ebenso unmöglich.

Noch einmal nahm sie alle Kraft zusammen.

»Wenn ich von der Gegenwart rede, dann meine ich allein mein Leben.« Ich fühle, wie es mir entgleitet, wollte sie hinzufügen, aber dann hätte sie genauer beschreiben müssen, was dieses Entgleiten genau hieß und was sich da von ihr zu entfernen schien.

Sie stand auf, nahm seinen Teller vom Tisch und setzte sich wieder.

»Ich habe Deborah gesagt, dass Adenauer morgen unser Gast ist, dass sie nichts tun muss und ich mich um alles kümmere«, sagte sie, streckte ihre Hand nach ihm aus, berührte ihn am Arm. Er ließ es geschehen. Lange hatte sie nicht mehr seine Haut gespürt, ihre Wärme, Straffheit. Er war noch immer ein attraktiver Mann.

»Das ist gut so«, sagte er und erhob sich.

Nach wenigen Minuten würde Ben-Gurion fest schlafen. Auch wenn nach dem Erwachen seine Welt nicht mehr da wäre und keine neue am Horizont.

Nachdem sie alles abgeräumt und gesäubert hatte, griff sie sich eine der von Ben-Gurion längst gelesenen, neben seinem Platz aufeinandergelegten Zeitungen und ließ sich wieder auf einen Stuhl sinken.

Alle Blätter berichteten auf der ersten Seite über den

Besuch des ehemaligen deutschen Kanzlers in Israel, der vor wenigen Tagen eingetroffen war und seine Tour begonnen hatte. Vorsichtig, kritisch, ablehnend, die Proteste auf den Straßen, wo immer dieser Adenauer auftauchte, wurden beschrieben, begrüßt, verurteilt. Und auch der Eklat, als der alte Mann nach einer harten und unversöhnlichen Rede des Ministerpräsidenten Levi Eschkol beim festlichen Dinner fast abgereist wäre. Nur die politischen Freunde in Israel und sein Instinkt als Staatsmann hatten ihn davon abhalten können. Vielleicht auch das Wissen, dass er dann auch nicht den Weg in die Wüste hätte antreten können, um seinen Freund Ben-Gurion zu treffen, schoss es ihr durch den Kopf.

Sie würde sich ihr eigenes Bild von dem Mann aus Deutschland machen. Im Grunde stand es längst fest.

Adenauer hatte sich schon früh, schon zu Zeiten als Oberbürgermeister von Köln, für einen jüdischen Staat in Palästina eingesetzt, war dort gar Vorsitzender des Vereins Pro Palästina gewesen. So hatte es in dem Dossier gestanden. Seine engsten Freunde waren Juden, und als er 1933 von den Nazis aus dem Amt geworfen wurde, waren es diese, die den daraufhin Mittellosen und Ausgegrenzten unterstützt hatten. »Es waren Juden, die mich gerettet haben«, hatte er später gesagt. Das habe er nie vergessen.

Vielleicht kommt er auch deswegen zu uns, musste sie jetzt denken.

Das stand auf der einen Seite. Und auf der anderen, vielleicht stärkeren? Sie misstraute ihm und seinem kühlen Pragmatismus, hinter dem sich harte Ziele verbargen – das kannte sie von ihrem eigenen Mann nur zu gut. Beide wollten einen Staat unter Staaten haben, anerkannt, gesichert, mit klaren, nicht bedrohten oder hinterfragbaren Grenzen. Der eine, weil er endlich einen Staat für seine Leute hatte; der andere, weil seine Leute diesen Staat Verbrechern überlassen hatten. Der eine wollte es endlich gut machen, der andere es wiedergutmachen.

Nicht nur ein Mal sollte dieser Adenauer gesagt haben, dass auch das deutsche Volk sehr gelitten habe (und nicht nur das jüdische). Darüber habe sich Ben-Gurion empört. Diese Dinge seien nicht zu vergleichen, soll er geantwortet haben. Es schien ihr einziger Dissens zu sein.

Morgen würden die beiden in Eintracht nebeneinander herlaufen und sich doch auch belauern. Was morgen gesagt (oder auch nicht gesagt) werden würde, war im Moment des Aussprechens nicht mehr nur ihres, sondern gehörte der Welt. War ihrer Kontrolle entzogen. Also galt es, das Gesagte oder zu Sagende so lange zu kontrollieren, bis sie es aus der Hand geben konnten. Und auch nur ein falsches Wort des anderen konnte das heilige Vorhaben stören, vielleicht zerstören.

Wie oft hatte sie bei ihrem Mann an einen Billardspieler denken müssen (ein Spiel, das sie nicht beherrschte, jedenfalls nicht so vollendet wie Skat, bei dem ihr niemand etwas vormachte), bei dem es galt, die Kugel über bestimmte Bahnen und Banden zu schicken, und alles davon abhing, mit welcher Präzision und erfahrungsgesättigter Berechnung die letzte Berührung von Queue und Kugel gelungen war. Danach konnte man nur noch zusehen und hoffen, dass treffen würde, was sich treffen sollte.

Waren sie Spieler? Auch das, sagte sie sich.

Und dennoch: Wer immer dieser Adenauer war, er war morgen Gast in ihrem Haus. Und Gäste wurden mit Respekt behandelt. (Oder, wenn sie ihn nicht verdienten, kurzerhand abgefertigt.)

Wenn nur dieser Tag schon hinter ihr läge.

Kurz fielen ihr die Augen zu, und nur ein innerer Ordnungsruf verhinderte, dass ihr der Kopf auf die Brust sank.

Sie erhob sich, richtete sich auf. Streckte sich.

Vor zehn Jahren hatte sie schon einmal hier gestanden. In dieser lachhaft kleinen Küche inmitten von Sand und Steinen unter einem hohen Himmel.

Die Hütte hatten sie damals nach seinen Plänen zimmern lassen (*teyere gat*! Es war zunächst kaum mehr als dieser kleine bekritzelte Zettel in seiner Hand gewesen). Sie waren wenig später in den Kibbuz aufgenommen worden und zum ersten Mal in diesen groß geratenen Sandkasten gezogen, als sich Ben-Gurion erschöpft aus der Politik und ihren niemals endenden Kämpfen zurückziehen wollte. (Doch er hatte es, sie hätte es ahnen können, nicht lange fernab des Geschehens ausgehalten, sein Land, dieses immer noch neue, seinen Platz in der Welt und sich selbst suchende, ließ ihm keine Ruhe.)

Den Umzug hatte sie damals, da nicht mehr zu verhindern, schnell hinter sich bringen wollen. Vielleicht auch, weil nur Entschiedenheit und zügiges Handeln ein Gegengift gegen den Schmerz des Abschieds sein würde, gegen die Angst vor einer neuen, vielleicht noch größeren Einsamkeit. Also hieß es ausräumen, packen, sortieren, die Räume ihres Hauses in Tel Aviv noch einmal abschreiten, die Möbelpacker anweisen, bedenken (und verwerfen), was sie in diesem kleinen Karton aus der Mitte der Welt an ihren Rand mitnehmen wollte. Es war nicht viel gewesen.

Wenige Tage später waren sie eingerichtet, und das nicht gewollte Leben begann zu beginnen. Das Gegengift der Tätigkeit hatte allzu schnell seine Wirkung verloren. Kaum angekommen war ihr, als hätten sich all die bereits durchlebten Einsamkeiten noch einmal verschworen und zusammengetan, um in Sde Boker über sie herzufallen.

Ben-Gurion hatte sie in diese Wüste geschleift und, da er die Politik doch nicht lassen konnte (wie hatte sie nur anderes glauben können!) oft wochenlang allein gelassen. Er kam und ging, und in den ersten Jahren beobachtete sie an ihm seine alte Rastlosigkeit, obwohl er aus der Regierungsverantwortung draußen war. Hatte er es wirklich jemals im Tiefsten gewollt, ein Leben ohne Politik? Den Staat, seinen Staat, anderen zu überlassen?

Erst später hatte sie begriffen, dass allein Erschöpfung ihn das Amt des Ministerpräsidenten hatte aufgeben lassen (schließlich war er damals bereits siebenundsechzig Jahre alt) und das Leben in der Wüste ihn heilen sollte.

Es kam anders: Was ihn gesund machen sollte, hatte sie schließlich krank gemacht. Und Heil und Heilung hatte er dann doch wieder nur dort gesucht, wo er sie niemals finden würde: in den Angelegenheiten des Staates und der Politik. Noch einmal wurde er Ministerpräsident, und sie zogen wieder nach Tel Aviv.

Politik war notwendig, aber sie war ein Übel. Und sie würde Ben-Gurion, von den Kämpfen des Lebens gezeichnet, irgendwann überfordern, so viel war ihr klar. Keiner wollte dieses späte, kleine, wehrhafte Land wirklich haben, das dort entstanden war, wo bereits andere Menschen lebten. Wer Araber war, vielleicht aus Palästina geflohen, würde sich nie mit diesem Schicksal abfinden. Und die arabischen Staaten um dieses kleine Land herum wollten genau das. Das Geschehene ungeschehen machen. Es zerstören.

In diesem ersten Sommer in der Wüste war es unerträglich heiß gewesen. Kein Telefon, keine Verbindung zur Welt gab es hier (als sie den Armeechef bat, ihr ein Funktelefon zur Verfügung zu stellen, lehnte dieser mit der Begründung ab, die Armee habe nur fünf solcher Exemplare). An eine Klimaanlage war nicht zu denken, ebenso wenig an die neue Erfindung des Fernsehers.

Zweimal in der Woche brachte ein Wagen Lebensmittel in die Wüste. Wenn das Brot ausgegangen war, begann sie, nach den Hubschraubern zu lauschen. Die Besatzungen hatten den Auftrag, beim Überflug auf Höhe des Kibbuz hin und wieder an Fallschirmen Brot für sie abzuwerfen.

»Manna vom Himmel«, sagte sie dann, »und von da aus direkt in die Hölle.«

Warum habe ich das alles mitgemacht, dachte sie, ein weiteres Mal.

Der Kibbuz hatte sich seitdem einigermaßen gemacht. Man konnte so etwas wie Wege entdecken, es gab fließend Wasser, die Häuser drohten nicht mehr bei jedem Chamsin umzukippen. Sie hatte den Fernseher erstritten. Es waren neue, junge Leute dazugekommen. Die Straße nach Be'er Sheva war noch einmal befestigt worden. Mehr noch: Menschen wie Shoshana schienen sich für die Sache zu interessieren und tauchten hier, oft von weither, unerwartet auf. Und viele blieben.

Sie musste lachen. Irgendwann hatte sie sogar erwogen, Auto fahren zu lernen. Nicht weil sie es unbedingt wollte und diese Fähigkeit ihren Freiheitshorizont erweitert hätte.

Sie war nicht so naiv gewesen anzunehmen, dass eine rollende Kiste aus Blech ihr etwas von dem schenken könnte, was sie einst als die wahre Freiheit erkannt und beschrieben hatte, diese Freiheit jenseits aller Beschränkungen, Bedrückungen und herrschaftsgesetzten Normen. Ihre Emma-Goldman-Freiheit.

Eher lag es wohl daran, dass Ben-Gurion selber irgendwann begann, seinen Beschützer Jehoshua zu bedrängen, er solle ihm das Jeep-Fahren beibringen.

»Kommt nicht in Betracht.«

Jehoshua blieb standhaft. Nur wie lange?

»Erklär mir, warum.«

»Ich weiß, du hast einen Führerschein«, sagte sein Beschützer. »Aber ihn zu besitzen und fahren zu können, sind zwei unterschiedliche Dinge. Jedenfalls, wenn ich dich hier sehe.«

»Fahren verlernt man nicht.«

»Wenn man einigermaßen viel gefahren ist, magst du recht haben. Aber du kennst das Auto nur vom Rücksitz aus. Und ein Jeep ist ein kleines Ungeheuer.«

»Genau deswegen will ich es ja lernen«, versuchte er es noch einmal.

So oder ähnlich hatte der Dialog sich ein ums andere Mal in Hörweite vor ihrem Haus abgespielt.

Sollte Jehoshua einknicken, würde sie ihn bloßstellen und allen erzählen, wer dieser Mann wirklich war.

Einer von diesen rechten Terroristen, die das Land, hieß die Bande nun Lehi, Etezl, Irgun oder Stern-Gruppe, einst herbeischießen wollten und vor Mord, ja nicht einmal vor einem Mord an dem UN-Gesandten Graf Folke Bernadotte, zurückschreckten. Nur weil er als erster Sondergesandter der UNO 1948 auch den Arabern einen gehörigen Teil des Landes zusprechen wollte, auf ihr Rückkehrrecht pochte und Jerusalem unter internationale Verwaltung zu stellen gedachte.

Jehoshua hatte es nie zugegeben, aber alle wussten, er war an der Tat beteiligt gewesen. Ben-Gurion hatte es stets von sich weggehalten oder so getan, als wisse er es nicht. Hatte er doch selbst diese Leute, Jehoshua und all die anderen, allen voran Menachem Begin, als Gegner seiner Politik nicht nur ein Mal als Nazis bezeichnet.

Aber er mochte diesen ebenso harten, geschickten wie sanftmütig daherkommenden Jehoshua und wollte ihn an seiner Seite nicht missen. Schließlich sollte er nicht mit ihm diskutieren, sondern ihn, zur Not mit der Waffe, beschützen. Immerhin, das konnte er.

Sie hatte ihn in der Hand.

Allerdings war sie über alle politischen Gräben hinweg mit Jehoshua einer Meinung, dass Ben-Gurion hinter dem Steuer eines Automobils einer Einladung zum Selbstmord gleichkam.

Auch so schon war man im Wagen an seiner Seite seines Lebens nicht sicher.

Es war viele Jahre her, aber jetzt kam es ihr wieder in den Sinn. Sie waren auf dem Weg nach Bet Shemen gewesen. Geula und Renana hatten sie mitgenommen, ihre Jüngste war gerade mal drei Jahre alt. Begleitet wurden sie von Ben-Gurions engem Freund und politischem Weggefährten Berl Katznelson.

Vor ihnen tauchte ein Maultierkarren auf. Ihr an sich geübter Fahrer setzte mit der schweren Limousine zu einem Überholmanöver an, verlor plötzlich (nie hatte sie verstanden, warum) die Kontrolle über den Wagen, begann zu schlingern. Nahezu ungebremst fuhren sie auf einen Baum zu, schlugen hart an, und sie alle wurden aus ihren Sitzen aufs Feld geschleudert.

Brüche, Schnitte, Schürfungen, Berl hatte es am schlimmsten erwischt. Die Kinder schrien. Ben-Gurion lag eine Weile reglos auf dem Rücken. Sie versuchte, ihren Körper abzutasten, sah Blut an ihren Händen.

Ein ihnen entgegenkommender Wagen hielt an, brachte sie in das in der Nähe gelegene arabische Dorf Ramla. Zwei arabische Ärzte versorgten die Wunden, soweit es ging, und rieten, sie umgehend in ein Krankenhaus zu bringen.

Ein paar Stunden später kam der Krankenwagen aus dem Hadassah-Krankenhaus in Tel Aviv, an Bord zwei Schwestern und zwei Ärzte.

Sie, Ben-Gurion und die Kinder konnten wenig später mit Schürfwunden und Stauchungen entlassen werden. Zwei Wochen lang war Ben-Gurion arbeitsunfähig. Berl Katznelson hingegen, sein Freund, hatte mehrere Brüche.

Einige Monate später fuhren Ben-Gurion und Berl Katznelson wieder zusammen im Wagen. Wieder gerieten sie in eine schwere Kollision.

»Vielleicht sollte ich nicht mehr mit Berl fahren«, war das Einzige, was er danach, erneut ans Bett gefesselt, zu sagen wusste.

»Man sollte das Autofahren in diesem Land gänzlich verbieten«, hatte sie geantwortet. »Dafür sind die Judenkinder nicht gemacht. Vielleicht in fünfzig Jahren. Auch wenn hier viele denken, ihre Fahrkünste machen sie zu den besseren Italienern. Die wissen immerhin mit ihren Kisten umzugehen. Siehst ja, was dabei herauskommt.«

Und jetzt wollte Ben-Gurion höchstselbst ans Steuer eines Jeeps!

Sollte er mit dem Gerät ein paar Hühner platt fahren, hatte sie damals gedacht, wäre damit zu leben. Aber die Vorstellung, er verliere die Kontrolle wie dieser Fahrer auf dem Weg nach Bet Shemen und sause, am Ende mit Karacho, in den Kindergarten des Kibbuz oder übersehe einen Richtung Süden fahrenden, schwer beladenen Truck, war unerträglich.

Dem musste sie zuvorkommen. Obwohl ihr schnell klar war, dass das Angebot, ihn zu kutschieren, kein Ersatz für seinen Traum vom Jeep-Fahren war. (Vielleicht würde diese Geschichte auch enden wie die von seinem einstigen Vorhaben zu reiten. Was heißt hier zu reiten, on horseback den Berg Tabor hinauf wollte er. Damals war er noch im Amt und konnte befehlen. Nach einigem Widerstand gab der Militärchef auf, und sie karrten den Ministerpräsidenten an den Berg Tabor im Norden des Landes. Dort waren die Pferde. Als er neben ihnen stand und man ihm die Hand zum Aufsitzen hinhielt, sagte er: »Lieber nicht«, und ging zurück zum Wagen.)

Sie ging in die Küche, um das Geschirr abzuwaschen. Wie oft würde sie dies noch für ihn tun können?

Es gab in ihrem Leben eine Zeit vor Ben-Gurion. Und es würde vielleicht eine ohne ihn geben. Besser wäre es jedoch, sie würde als Erste gehen. Er würde mit der Trauer besser umgehen können als sie. Nur dass ihr Tod eine Zumutung für ihn wäre, die sie, wenn es irgendwie ginge, gerne vermeiden würde. Ganz abgesehen davon, dass er ohne sie verwahrlosen würde.

Unordnung im eigenen Haus, nachdem sie ein Leben lang für Ordnung gesorgt hatte, war eine noch bedrückendere Vorstellung als der Tod selbst.

Es war erst wenige Jahre her, da musste sie ins Krankenhaus. Ein Magenleiden, die Sache war langwierig gewesen. Mit jedem Tag war ihre Sorge gestiegen. Nicht um sich, sondern um den allein und ungesteuert im Haus in der Wüste vor sich hin wirtschaftenden Ben-Gurion.

Die Bestätigung kam prompt, nachdem sie entlassen worden war und nach Sde Boker zurückkehren konnte.

Das Geschirr stapelte sich im Waschbecken, die abgelegten und ungewaschenen Klamotten lagen überall im Haus verteilt, der Müll müffelte, und den Boden hatte er kein einziges Mal gefegt. Das Schlimmste aber war, er schien ganz und gar mit sich zufrieden.

Zwei Tage lang hatte sie danach, noch immer wackelig auf den Beinen, aufräumen, putzen, wischen und waschen müssen. Als sei er in die Zeit seiner frühen Jahre zurückgefallen, hatte sie denken müssen und ihn zur Rede gestellt.

Ja, es hatte auch ein Leben vor Ben-Gurion gegeben. Es hatte in Amerika mit so viel Hoffnung begonnen und eines Tages, da war sie fast schon zehn Jahre in New York, noch einmal richtig Fahrt aufgenommen.

Sie liebte New York inzwischen. Hier würde sie bleiben. Die dunkle Winterwelt der kurzsichtigen Penina Munweis aus Minsk lag weit zurück, ein ferner, allenfalls in ihren Träumen aufscheinender Kosmos. In ihrem amerikanischen Pass stand Pauline Cora Munweis, und diese neue Frau wohnte dort, wo das Leben war und die Zukunft offenstand wie ein goldenes Tor.

In Europa war nach dem Mord von Sarajevo der Krieg ausgebrochen, er ging ins zweite Jahr, doch Amerika hielt sich fern. Das Leben ging weiter, und es ging bergauf.

Sie hatte im Jewish Hospital in Lower Manhattan ihre Ausbildung gemacht, das Geld zusammenhalten können und nach Abschluss mit Auszeichnung den Beruf der Krankenschwester aufgenommen. Ob auf der Kinderstation, im OP oder in jeder anderen Abteilung, ihr ging bald schon der Ruf einer umsichtigen, klugen, geschickten, aber auch eigensinnigen Krankenschwester voraus. Selbst Ärzte begannen, sie gelegentlich um Rat zu fragen. Oder machten ihr den Hof.

Aber sie hatte den sanftmütigen, schreibenden Medizinstudenten Isaak Zaar für sich erwählt. Oder besser: Er war ihr zugefallen, und sie hatte ihn nicht verstoßen. Vielleicht auch deswegen nicht weggeschickt, weil seine Unentschiedenheit in Sachen Liebe ihr stets ein Stück Freiheit ließ. Kein Mann für eine Lebensentscheidung, und doch besser als keiner. Alles Weitere würde man sehen.

Sie arbeitete viel, teilte sich weiterhin das Zimmer mit Lena, verdiente Geld, hatte zuletzt als leitende Schwester in der großen Praxis von Dr. Samuel Elsberg am East Broadway in der Lower Eastside begonnen.

Samuel Elsberg war bald schon nicht nur ihr Chef, sondern so etwas wie ein väterlicher Freund. Sie hatte das Gefühl, dort angekommen zu sein, wo sie hingehörte. New York war ihr Zuhause, sie fühlte sich anerkannt, und der Weg nach oben stand ihr offen.

Vaters Prophezeiung schien Wirklichkeit zu werden.

Vielleicht wird unsere starke Penina in Amerika eine Paula werden und uns alle stolz machen. Unsere Familie wird in New York einen neuen Anfang erleben. Und du, Peni, gehst voran.

Ja, sie war stolz auf sich. Wenn Vater all das nur sehen könnte, hatte sie oft gedacht.

Eines Tages fand sich ein Brief unter der Tür ihrer Wohnung in der Ludlow Street.

Lena hatte ihn entdeckt und hielt ihn hoch.

»Für dich, Genossin Munweis«, sagte sie, hielt ihn an die Nase und sog die Luft ein.

»Das Ding riecht nach nichts.«

Sie schnappte sich den Umschlag aus Lenas Hand und wendete ihn hin und her. In schwungvoller, von Stil und Selbstsicherheit zeugender Schrift stand ihr Name darauf. Als Absender entdeckte sie auf der Rückseite das Kürzel L.W. Wer immer dieser oder diese L.W. war, er oder sie ging davon aus, dass der ausgeschriebene Name bei ihr als Adressatin nicht notwendig sei, oder wollte sich als Absender nicht gleich zu erkennen geben.

»Nun mach ihn schon auf«, sagte Lena, die neugieriger war als sie selbst, und beugte sich über ihre Schulter.

»Noch gibt es so etwas wie das Briefgeheimnis«, sagte sie und hielt das Papier vor die Brust.

»Bürgerlicher Scheiß«, sagte Lena.

Beide lachten.

»Halt, lass uns erst raten! Ein Mann oder eine Frau? Vielleicht ein Verehrer? Ein Arzt?«, sagte Lena und hüpfte jetzt auf und ab.

»Kenne keinen Kerl, der mir schreiben würde.«

Mit einem Küchenmesser öffnete sie den Brief. Er war kurz.

Ich würde mich freuen, wenn Sie mich in der Henry Street aufsuchen würden. Wie wäre es am kommenden Donnerstag gegen 7 Uhr abends?
Lilian Wald

Natürlich hatte sie den Namen Lilian Wald gehört, nicht nur ein Mal, und Lena ebenso. Die Henry Street war von der Ludlow Street nicht weit entfernt. Das, was sich dort das Settlement in der Henry Street nannte, hatte man ihr erzählt, war Lilian Wald und ihrem Projekt in der Lower Eastside von vermögenden, vornehmlich aus Deutschland stammenden Juden ermöglicht worden, allen voran Jakob Schiff, einem berühmten und wohltätigen Bankier. Ein System der häuslichen Pflege von Armen und Mittellosen in Lower Manhattan, oft Frauen und Müttern, die sich einen Arzt oder gar ein Krankenhaus nicht leisten konnten. Und ohne Hilfe von außen oft genug starben.

»Die stille Revolutionärin«, sagte Lena. In der Stimme ihrer Freundin vernahm sie so etwas wie Respekt, wenngleich die Armenpflege, die Lilian Wald als Krankenschwester aufgebaut hatte, in Lenas Sicht nur politische Pfuscherei sein konnte. Das System blieb, was es war.

»Was will sie von dir?«, sagte Lena.

»Keinen Schimmer.«

»Wirst du hingehen?«

»Soll ich?«

»Klar«, sagte Lena. »Irgendwas wird schon dabei rauskommen. Wenn auch nicht die Weltrevolution.«

»Dann ist es nichts für mich«, sagte sie, und sie sprangen beide aufs Bett und begannen, sich mit ihren Kissen zu bewerfen.

Am Donnerstag verließ sie gegen Abend die Praxis von Dr. Elsberg, der Weg war kurz. Das Settlement in der Henry Street bestand aus einer Reihe von mehrstöckigen, einstigen Wohnhäusern aus roten Ziegeln, für das Projekt und Lilian Wald von wohlsituierten Spendern erworben.

Vor einer der Türen entdeckte sie bereits aus der Ferne eine Menschenschlange, Alte und Junge, Männer, Frauen und Kinder. Einige auf Krücken, andere in Rollwagen oder von anderen untergehakt.

An einer weiteren Tür hing ein Schild: Office. Die Tür war angelehnt, und sie ging hinein. Im Flur hörte sie über sich rhythmisches Stampfen. Dann gesellten sich Stimmen und Instrumente dazu. Was mochte das sein? Nur der Geruch war ihr vertraut, es war wie in Dr. Elsbergs Praxis der von Chloroform und Reinigungsmitteln.

Das Büro am Ende des Flurs war klein, nur ein mit Papieren bedeckter, dünnbeiniger Schreibtisch und ein Hocker passten hinein. Durch ein kleines Fenster konnte man in den Hof hinter dem Haus sehen, wo gewaschene weiße Wäsche an langen Leinen hing.

Die Frau, die sich sogleich erhob, musste Lilian Wald sein. Sie war groß, kräftig, um einige Jahre älter als sie und hatte ebenso milde wie leuchtende Augen.

»Ich hatte gehofft, Sie würden kommen«, sagte sie.

Ohne Begrüßung oder Vorrede, als sei Zeit für sie ein knappes Gut und die vor ihr liegenden zahlreichen Aufgaben am besten schnell zu erledigen. Ihr gefiel dieses Reden ohne Umschweife.

Lilian Wald bot ihr keinen Stuhl an, es hätte auch gar keinen gegeben.

»Unser Vorhaben wächst und wächst. Ich vermute, Sie haben von ihm gehört. Neben dem Haus hier haben wir über achtzehn Stationen in der Nachbarschaft aufgebaut. Es werden weitere dazukommen«, sagte Lilian Wald. »Mit den Aufgaben wächst auch die Organisation und leider auch die Notwendigkeit, diese zu organisieren.«

Sie hatte sich vor dem Besuch in der Henry Street kundig gemacht.

Lilian Wald, aus einer bürgerlichen deutsch-polnisch-jüdischen Familie stammend, in Amerika geboren, hatte nach einem prägenden Erlebnis das Medizinstudium hingeworfen und als Schwester zu arbeiten begonnen. Ein kleines Mädchen hatte sie damals zu ihrer kranken, vielleicht sterbenden Mutter gerufen. Was dort mit ihr geschah, war wie eine Bekehrung. Sie sah die Armut, die Hilflosigkeit, die mangelnde Hygiene und Sauberkeit in der Wohnung, in der eine mehrköpfige Familie zusammengepfercht hauste. Ein Arzt hatte die schwer kranke Frau zwar aufgesucht, war aber wieder gegangen, nachdem er festgestellt hatte, dass sie nicht zahlen konnte.

Ohne Hilfe würde die Frau und Mutter mehrerer Kinder sterben. Aber sie konnte sich keine Hilfe leisten, schon gar keinen Krankenhausaufenthalt.

Wenn die Menschen nicht ins Krankenhaus kommen können, dann muss das Krankenhaus zu den Menschen kommen. Oder zumindest die Hilfe bringen, die notwendig ist. Diese Idee hatte sie nicht mehr losgelassen.

So entstand das Projekt der häuslichen Krankenpflege. Als erstes in diesem Land, als erstes solches Projekt überhaupt.

Der überwiegende Teil der Menschen, meist Einwanderer aus Osteuropa, vor allem aus dem von Pogromen besetzen Russland, konnten sich eine medizinische Versorgung nicht leisten. Sie hausten, oft große Familien, in zwei Zimmern ohne Bad, die Eltern, häufiger die Frauen als die Männer, wurden krank und die Kinder ebenso. Der Dreck war überall, und damit einher gingen der Gestank und die Keime. Sie kam als Schwester in die Häuser, die Menschen zahlten, was sie zahlen konnten, oder auch nichts.

»Noch immer gibt es Widerstände gegen das, was wir tun«, sagte sie. »Manche Familien wollen nicht, dass wir zu ihnen kommen. Sie schämen sich, schließlich können die Nachbarn dann sehen, dass sie zu arm sind, um sich einen Arzt leisten zu können.«

»Was machen Sie dann?«

»Wir erklären ihnen, dass auch die reichen Patienten sich die Hilfe nach Hause kommen lassen. Und dass sie sich nicht anders verhalten. Sie bekommen von uns private Pflege«, sagte Lilian Wald.

Sie hielt kurz inne; eine Falte bildete sich auf ihrer Stirn.

»Schlimmer sind die Ärzte. Viele sagen, dass wir als Schwestern allein in ihrem Auftrag zu den Kranken gehen und handeln dürfen. Sie sehen ihren Status gefährdet. Wenn wir allerdings darauf warten, dass wir von denen geschickt werden, wird das Elend für immer bleiben. Daher haben wir beschlossen: Wir kommen, wenn man uns ruft, wer auch immer es ist.«

Wieder war das Trampeln und Singen im Stockwerk über ihnen zu hören.

»Das Elend in den Straßen fällt nicht vom Himmel. Dieser Staat und diese Stadt lassen es zu. Amerika kann grausam sein. Also müssen wir den Menschen auch helfen, Wege zu finden, wie sie sich selber helfen können. Das da über uns sind Kinder, viele von ihnen Waisen oder Halbwaisen. Bei uns können sie singen und tanzen. Und lachen.«

Beide lauschten.

»Es klingt hier unten wie Lärm, aber es ist Medizin. Und Politik, auch wenn man das nicht auf Anhieb hört.«

Das erste Mal sah sie ein Lächeln um die Lippen von Lilian Wald.

Sie hatte bislang gespannt den Ausführungen der Pionierin zugehört, wurde aber zunehmend neugierig, worauf die inzwischen berühmte Frau, die zudem Pazifistin und Frauenrechtlerin war, hinauswollte. Oder besser: was sie von ihr, Paula Munweis aus Minsk, jetzt Amerikanerin vom Scheitel bis zur Sohle, wollte.

»Ich habe viel Gutes über Sie gehört. Sie sind umsichtig, schnell, erfahren und machen Ihren Mund auf, wenn es sein muss. So eine wie Sie brauche ich. Wollen Sie bei mir anfangen?«

Sie war überrascht von der Direktheit der Frage und zunächst, selten genug, sprachlos.

»Ich brauche Sie weniger als eine weitere Schwester. Vielmehr als eine Frau, die mir bei der Organisation und dem weiteren Aufbau hilft. Und bei meinen Gängen zu Geldgebern, feinsinnigen Philanthropen, hartleibigen Beamten, unwilligen Behörden und staatlichen Einrichtungen, die ihrer Pflicht nicht nachkommen. Und korrupten Politikern, wenngleich das nicht alle sind. Wir haben zudem eine Vereinigung für Frauenrechte aufgebaut, kämpfen als Pazifistinnen gegen einen möglichen

Kriegseintritt Amerikas in Europa. Und es gibt bei uns eine Schwesternschule und ein Programm für Kinder. Das Ergebnis hören Sie gerade über uns.«

Bilder begannen, durch ihren Kopf zu wirbeln. Sollte sich hier – endlich – die Möglichkeit auftun, praktisch helfend und zugleich politisch zu agieren? War dieser Vorschlag der großen Lilian Wald nicht genau das, was sie sich in den vergangenen Monaten immer wieder vorgestellt hatte?

Was würde Lena ihr raten?

»Ich sage nicht Nein«, hörte sie sich sagen. »Aber ich möchte mir die Sache überlegen.«

»Das sollten Sie auch tun. Und nehmen Sie sich Zeit dafür. Sie werden hier nicht reich werden, und die Arbeit hört niemals auf. Aber Sie geben etwas zurück von dem, was Sie bekommen haben. Und man wird bald von Ihnen sprechen.«

Sie konnte nicht direkt nach Hause gehen. Zu sehr hatte die Begegnung mit Lilian Wald sie aufgewühlt. Und ihre Frage an sie. Zudem hatte sie die Sorge, Lena gleich erklären zu müssen, was sie wollte. Wenn sie es doch nur wüsste!

Sie ging durch die Straßen Richtung Osten, bahnte sich einen Weg zwischen betrunkenen Seeleuten, nach Fisch riechenden Marktbuden, Bettlern, Straßenhändlern und verdreckten Straßen zum East River. Dort angekommen, blickte sie auf Brooklyn, roch das modrige Wasser.

Vielleicht muss man das Elend umarmen, um es bekämpfen zu können, schoss es ihr durch den Kopf.

Würde sie dazu in der Lage sein?

Sie riss sich von ihren Gedanken los, kam vom East River wieder im Kibbuz an. Noch war dieser Tag nicht zu Ende.

Es war Zeit, sich noch einmal abschließend über das Essen am kommenden Tag auszutauschen. Das würde sie gleich mit Ruti tun, der Küchenchefin im Kibbuz, von allen aber nur *die Pilotin* genannt.

Das Gespräch mit Ruti würde kurz sein. Was morgen bei dem Ex-Kanzler auf den Tisch kam, war schnell besprochen.

Wie oft hatte sie mit der Tatsache gerungen, dass Ben-Gurion und das Essen zwei unterschiedliche Kontinente waren und er den kulinarischen nie einer Expedition würdig befunden hatte. Für ihn war die Mahlzeit bloß ein notwendiger, kurz zu haltender Vorgang, kaum die ihm gewidmete Zeit wert. Allein die Erkenntnis, dass der Mensch, der nicht isst, irgendwann umkommt, bewog ihn dann doch, regelmäßig zu essen (immer noch ein paar buddhistische Asketen im Blick, die es bei Heuschrecken oder anderen Krabbelwesen bewenden ließen; seine ungebrochene Bewunderung für diese sich dem Nirwana entgegenhungernden Halbwesen blieb ungebrochen).

Anders war es nur, wenn in ihrem Haus in Tel Aviv Mazal Jibli ihre Hand im Spiel, besser: mit Hand, Leib und Seele die Küche übernommen hatte (die junge Jemenitin hatte ihre Freundin Esther ihr einst angetragen, und sie hatte Mazal sogleich innerlich *adoptiert*. Wenig später war Mazal das Herz ihres Haushaltes). Mit traditionell jüdischem Essen wie Gefilte Fisch konnte man dem Kostverächter Ben-Gurion nicht kommen, aber das jemenitische, ebenso schlichte wie schmackhafte Jahnun, von Mazal mit wenigen Handgriffen zubereitet (und mit extra viel Tomatensoße aufgetragen), schien er tatsächlich zu lieben.

Bei jeder und jedem anderen hätte sie dies als Kränkung oder Geringschätzung ihrer eigenen Kochkünste angesehen. Bei der aus dem Jemen stammenden jungen Mazal war es etwas anderes. Sie konnte es sogar ertragen, wenn Ben-Gurion nach dem von Mazal zubereiteten Essen wie selbstverständlich in die Küche ging und das Geschirr abspülte. Eine Sache, die sie immer wieder von ihm verlangt hatte (und gegen die er im Grundsatz nichts einzuwenden hatte, wie er immer wieder betonte; nur wenn es ernst wurde, ging es bei ihm nicht über dieses *im Grundsatz* hinaus).

Bei Mazal Jibli ließ er keinen Teller ungesäubert stehen, und sie hörte aus der Küche zwischen all dem Geschepper und Geklapper (wie oft sah sie an den Tellern später abgestoßene Stellen oder gar einen Sprung), wie er beim Schrubben und Spülen vor sich hinpfiff. Einmal gar die Hatikwa, die Nationalhymne, als sei auch der Abwasch ein Staatsakt.

Wenn sie Gäste hatten und es abends spät wurde, blieb Mazal oft über Nacht. Kurzerhand stellte sie ein Klappbett in ihr Zimmer, und sie konnten noch eine Weile ratschen, bis sie den gleichmäßigen, scheinbar von keiner Sorge getrübten Atem der jungen Frau hörte.

Eines Morgens, als Ben-Gurion mit ihr und seiner ganzen Entourage zum Sitz des Ministerpräsidenten in Jerusalem aufbrechen wollte, hatte sie zu ihm gesagt:

»Mazals Wohnung liegt auf dem Weg. Wir setzen sie dort ab.«

Als er nicht gleich verstand, was sie meinte, legte sie nach:

»Dann ist dieser ganze Staatszirkus endlich mal zu was nütze. Nach Jerusalem in dein Office hätten wir auch mit dem Bus fahren können.«

Von dem Tag an kam es immer wieder vor, dass die Kolonne des Ministerpräsidenten Mazal nach Hause fuhr wie eine ungekrönte Königin.

In einem Punkt waren Ben-Gurion und sie sich einig: Wer koscher essen wollte, sollte dies tun. Aber sie nicht zwingen, es ihnen gleichzutun.

Wieder musste sie an die Szene im Restaurant denken, als sie noch in Tel Aviv gewohnt hatten.

Sie wollte mit ihrer Freundin Sonia Peres essen gehen; Sonia bestellte in einem der besseren Lokale am Dizengoff Boulevard (wirklich gute musste man in Tel Aviv mit der Lupe suchen) etwas von der Fleischkarte, Huhn, Salat, ein paar Beilagen. Sie wählte etwas von dem, was die Milchkarte anbot. Selbst die Karten durften sich in der Hand des Kellners nicht berühren, ohne einen Kosher-Clash zu verursachen, hatte sie gedacht, als der junge Mann zu ihnen an den Tisch kam. Er notierte ihrer beider Bestellungen, wurde immer verlegener, trat von einem Bein aufs andere.

»Was ist, habt ihr kein Huhn im Haus?«, sagte sie.

»Doch, doch. Aber eine Bestellung von beiden Karten an einem Tisch ist nicht möglich.«

Sie stellte sich unwissend, auch wenn ihr der Kellner, so jung er auch sein mochte, dies nicht abnehmen würde. Längst würde man ihm zugeraunt haben, wer da in seinem Lokal angelandet war.

»Warum kann ich Milch und Fleisch nicht zusammen essen wie jeder vernünftige Mensch? Wer will mir das verbieten?«

»Da muss ich den Chef fragen«, sagte der Kellner und verschwand.

»Machen Sie nur, aber ändern wird das nichts. Auch wenn Ihr Chef der Unaussprechliche höchstselbst ist.«

Dann, ihrer Freundin zugewandt:

»Ich hasse diese Heuchelei. Nichts anderes als das ist es. Als wenn ich nicht selber entscheiden könnte, was ich essen möchte. Aber das Rabbinat will alles im Griff behalten.«

»Tut mir leid«, sagte der Kellner mit rotem Kopf, als er wenig später wieder an ihren Tisch trat. »Sie können in unserem Haus nur koscher essen.«

»Wir können essen, was wir wollen«, sagte sie, stand auf, ging an die Theke, fischte zwei weiße Tücher aus dem Schrank. Die Tücher legte sie nebeneinander auf ihren Tisch, zog sie glatt und ließ zwischen ihnen einen kleinen Spalt. Dann stellte sie wieder die Teller darauf und legte das Besteck aus. Der Kellner beobachtete sie wie gelähmt.

Sie wies mit den Fingern auf die beiden Tischtücher.

»Das hier ist Milchseite, und das ist Fleischseite. Damit haben Sie alles richtig gemacht, und wir können unser Essen als freie Menschen genießen.«

Der Kellner sah sie jetzt erstaunt an, und ihre Freundin Sonia konnte sich ein Lachen nicht verkneifen.

»Wer einen Staat teilen kann, kann auch einen Tisch teilen«, sagte sie zu Sonia und legte sich die Serviette auf den Schoß.

»Sie können auftragen, junger Mann.«

Es war Zeit, wieder aufzubrechen. Je eher sie sich durch diesen Tag durchgearbeitet hatte, desto eher würde sie sich zu ihrem abendlichen Spaziergang aufmachen können. Sollte doch jeder sehen, dass ihr Weg sie wieder an den Rand des Kibbuz führte. Dorthin, wo Shoshana wohnte.

Sie kramte in ihrem Kopf nach irgendwelchen Anzeichen dafür, dass Shoshana den Kibbuz verlassen würde. Sie fand keine, konnte jedoch nicht gänzlich ausschließen, dass sie nur sah, was sie sehen wollte. Schließlich hatte ihr Shoshana erzählt, dass sie zu schnellen, einem starken inneren Antrieb folgenden Handlungen fähig war. Auch wenn sie damit Menschen verletzte und dies hinterher bedauerte.

»Wenn ich den Verstand verloren habe, soll's mir auch recht sein«, sagte sie sich. Hatte sie diesen Satz irgendwo einmal gelesen? Er kam ihr bekannt vor, wie der Anfang eines Buches vielleicht, Bellow, Cheever, Faulkner? Auf keinen Fall Hemingway. Wobei Cheever und Faulkner gleich wieder zu verwerfen waren, weil sie sich eingestehen musste, keins ihrer Bücher jemals gelesen zu haben. In Bellows neuestem Werk *Herzog* hatte sie kürzlich in der Kibbuzbücherei geblättert, es dann aber nicht ausgeliehen, da es zu dick war und damit als Lesestoff nicht in Betracht kam.

Sie könnte Ruti fragen, die an zwei Abenden in der Woche neben ihrer Arbeit als Küchenchefin die Kibbuzbücherei öffnete, deren Bestände sie verwaltete und pflegte. Manch ein aus fernen Ländern mitgeschlepptes Buch fand sich in der Bibliothek wieder, darunter russische, polnische, englische, rumänische, arabische, jiddische und sogar deutsche Bücher. Natürlich auch all die Texte der zionistischen Vorzeigeautoren wie Achad Haam, Aaron David Gordon oder Chaim Nachman Bialik, daneben die Romane Agatha Christies oder Galsworthys die das Gemüt ansprachen (was gute Bücher ihrer Meinung nach ohnehin vor allem tun sollten).

Ben-Gurion hatte stets einen Bogen um die Bücherei gemacht, da er schnell erkannt hatte, dass darin kein Platon, Herodot, Maimonides und keine *Bhagavad Gita* zu finden sein würden.

Sie fand hier oft, was sie suchte. Seelenkost und Reisen in ferne Welten. Wobei die Beschreibungen von großen, den Ozean überquerenden, stets Liebende auseinanderreißenden (oder wieder glücklich vereinenden) Passagierschiffen ihr besonders ans Herz gingen. Oft fuhren diese Schiffe in ihrem Kopf (erhaben, hell erstrahlend, eine wolkenweiße Fahne hinter sich herziehend) nach New York. Auch wenn Rotterdam, Bremen oder Valparaíso ihr Ziel war.

Manch einer hätte sie fragen können, allen voran Ruti, warum sie der kleinen Bibliothek den Vorzug gab, wo sie doch unter dem eigenen Dach über eine ganz andere Welt, eine in große Tiefe weisende Sammlung verfügte und hier hätte zugreifen können. Wenn sie nur wollte.

Aber sie wollte nicht.

Tatsächlich wäre die erste Antwort auf diese Frage gewesen, dass ihr gerade die Weite, Größe und die Tiefe (und all die in ihnen lauernden Kompliziertheiten) zu kompliziert waren, sie gar nicht wusste, wo sie in diesem geordneten Reich (in dem alle Bücher ihr den kühlen Rücken zuwandten) anfangen und zugreifen sollte. Auch hätte sie kein Buch in die Hand nehmen können, ohne durch Ben-Gurion eine Kommentierung, Einordnung und ein paar (aus seiner Sicht unabdingbare) Hinweise zur Lektüre entgegennehmen zu müssen, die das Leseerlebnis sogleich zu einer Aufgabe gemacht hätten, bevor sie es überhaupt begonnen hatte.

Es gab noch eine zweite Antwort, aber die würde sie stets für sich behalten.

Es war erst wenige Tage her, dass sie, wieder einmal schlaflos, in Ben-Gurions Arbeitszimmer das Licht eingeschaltet und in dem geheimen Dossier über Adenauer gelesen hatte. Mit Erstaunen und wachsender Bewunderung für diesen rätselhaften Mann aus Deutschland, der seinen Staat, nahezu um jeden Preis, so fest in der westlichen und europäischen Staatengemeinschaft verankern wollte, dass er niemals wieder eine Chance haben würde, ins Wanken zu geraten oder auszubrechen oder sich in (meist in Gewalt endenden, von völkischen Visionen getriebenen) Alleingängen davonzumachen. Für ihn gab es kein Deutschland mehr ohne die anderen.

Aber es war etwas anderes, was sie an diese Nacht denken und die an das Arbeitszimmer angrenzende Bibliothek nur noch mit einem Schaudern betreten ließ.

Sie hatte in dieser Nacht ungewohnte Geräusche vernommen. Barfuß war sie in den Flur gegangen, hatte hinter der Tür des angrenzenden Zimmers jedoch nur den gleichmäßigen, von keiner Kränkung und keiner Bedrängung zeugenden, wie von einem unsichtbaren Perpetuum mobile getakteten Atem ihres Mannes gehört. Das fremde, vielleicht nur für sie vernehmliche Geräusch musste aus einem anderen Raum kommen, vielleicht aus der Bibliothek. War da wirklich etwas, oder wurde sie allmählich verrückt (was sie sich, nicht zuletzt der stillen Besessenheit wegen, mit der sie das nächste Treffen mit Shoshana herbeisehnte, längst selbst attestiert hatte, ohne dass es dazu eines Seelenklempners bedurfte)? Am Ende wird es beides sein, sagte sie sich und stellte sich zwischen die hohen Reihen der doch eigentlich stummen Bücher. Jetzt konnte sie es ganz deutlich hören, es war ein Wispern, und wohin sie ihr Ohr auch lenkte, es war immer da, schien gleichzeitig aus unterschiedlichen Richtungen zu kommen.

Konnte es sein, dass die Bücher zu sprechen begonnen hatten? Oder gar dort wieder angesetzt hatten, wo sie im Morgengrauen geendet hatten? Sie wusste nicht zu sagen, was sie da hörte. Ob diesem sirrenden, knisternden, von leisen Atemtönen getragenen Austausch überhaupt ein Sinn zugrunde lag. Ob es ihn tatsächlich gab oder er nur als ein weiteres Indiz dafür zu nehmen war, dass sie nach den Kräften des Körpers nun auch die des Geistes zu verlassen schienen.

Hätte sie dieses Erlebnis mit irgendjemandem teilen mögen, es wäre Shoshana gewesen. Fast erschrak sie bei dem Gedanken, dass sie ausgerechnet diese junge, ihr doch noch immer ferne Frau ins Vertrauen gezogen, sich ihr offenbart hätte.

Aber in jedem Gespräch mit der Amerikanerin fühlte sie sich aufgehoben, als wate sie mit nackten Beinen durch einen warmen Fluss. Oder als trüge Shoshana in sich die gleichen Zweifel, könne sie aber mit einer Bewegung der Hand vertreiben. Die Vorstellung, Shoshana ebenso schnell wieder zu verlieren, wie sie sich vor ihren Augen materialisiert hatte, ließ sie für einen Moment erstarren.

Sie zog die Sandalen an, warf einen kurzen Blick in den Spiegel, wandte sich kopfschüttelnd ab und verließ das Haus.

Wumms. Heute noch würde sie Jehoshua auftragen, sich der scheppernden Fliegengittertür anzunehmen. Morgen, an diesem hohen und unausweichlichen Tag, wollte sie im Umkreis von einhundert Kilometern kein Jaulen und keinen Wumms hören. Sobald Jehoshua am Nachmittag mit Ben-Gurion unter dem Arm (oder umgekehrt) von ihrer täglichen Wüstenraserei zurückkam, würde sie ihn sich schnappen und in die Spur schicken. Sie wollte ohnehin noch einmal mit ihm sprechen.

Die Mittagshitze hatte sich in den frühen Nachmittag gerettet und hing wie eine glühende Glocke über dem Kibbuz und den Köpfen all seiner Bewohnerinnen und Bewohner. Der Himmel war von einem fast metallenen Blau. Die Berge in der Ferne leuchteten, als brenne in ihrem Inneren ein Feuer. Die Luft zitterte.

Und das war nur der Anfang, der lange Sommer lag noch vor ihr. Ein weiterer Sommer ihres fassungslosen Lebens zwischen Himmel und Wüstenstaub.

Überhaupt der Staub. Er war immer da, suchte sich seine Wege, oft knirschte er zwischen ihren Zähnen, legte sich auf das frische Obst, verfinsterte die Fenster. Wenn der Chamsin kam, zogen selbst die Verwegensten die Köpfe ein und blickten danach in eine veränderte Welt.

Einmal hatte sie Shimon und Aaron dabei beobachtet, wie sie nach einem Wüstensturm mit der flachen Hand die Viecher abklopften, als wären es alte Teppiche. Im Lichteinfall der Sonne im Stall konnte sie die Staubpartikel sehen, die als eine große, flimmernde Wolke um die Tiere herumschwebten. Der Staub war immer da, auch wenn man ihn nicht sah. Er war ihr Feind.

In diesen frühen Nachmittagsstunden war es still im Kibbuz. Fast wie eine Geisterstadt lagen die Hütten in der Sonne, und jetzt, während sie quer über das Gelände ging, kam es ihr vor, als würde nie wieder Leben in diesen Ort zurückkehren, als wären all seine Bewohner gestorben oder fortgezogen. Ein Gefühl, das bei ihr auch Erleichterung hervorrief. Wenn alle gegangen waren, könnte sie auch gehen.

Und doch erschien es ihr jeden Tag wieder wie ein Wunder, wenn sie am Abend vor ihr Haus trat und all die Totgeglaubten und Geflohenen wieder da waren, fröhlich, laut, geschäftig. Eltern holten ihre Kinder aus dem Kibbuzkindergarten ab; andere gossen ihre in der Wüste gedeihenden Pflanzen vor dem Haus, hängten Wäsche auf oder lasen im Schatten ihrer Hütten die Zeitung. Man hörte das Knistern und Krächzen von Transisterradios, roch den Rauch von frisch angesteckten Zigaretten, vernahm Schimpfen, Lachen und hin und wieder das sonore, sie fast andächtig machende Motorgeräusch eines hoch am Himmel vorbeiziehenden Flugzeugs.

So stellte sie sich den Frieden vor, der mehr war als die Abwesenheit von Krieg. War Frieden nicht auch das Recht auf die eigene Alltäglichkeit, das Weben und Leben im Unerheblichen? Die Unversehrtheit der eigenen Existenz, die jeder und jede nach seinen und ihren Vorstellungen, frei von Vorgaben und ideologischen Bedrückungen und Gewalt gestalten konnte?

Doch ihr war klar, dass es Frieden nicht nur für die einen geben konnte. Wenn die Nachbarn ihn nicht hatten, er ihnen, wie den Arabern, verwehrt wurde oder sie ihn nicht wollten, konnte es auch für sie keinen Frieden geben.

Eigentlich war mit Ruti alles besprochen. Schlicht sollte das Essen morgen sein, leicht und gesund. Und, das war ihr wichtig, nicht anders als an allen Tagen sonst auch. Und gegessen wurde im gemeinschaftlichen Speisesaal.

Sie hatte, während sie auf die Kibbuzküche zusteuerte, nur eine vage Vorstellung, was der alte Rheinländer zu Hause an seinem Berghang zwischen Burgen, Ruinen und dem mäandernden Rhein zu sich nahm. Sie sah Schweine den Berg hinauftrappeln, hörte Rinder muhen und sah plötzlich pralle Würste von dicken, rußgeschwärzten Deckenbalken hängen; auf blanken Eichentischen stand kaltes, schäumendes Bier und in pokalgroßen Gläsern heller Rheinwein.

»So ein Quatsch«, sagte sie sich. »So dürr, wie der daherkommt, isst er so gut wie gar nichts.«

Dann fiel ihr eine kleine Bemerkung aus dem in schlaflosen Nächten gelesenen Dossier wieder ein. Über viele Jahre war der Diabetes des Staatsmannes so bedrohlich gewesen, dass er nach Diners und Galas oder anderen größeren Essen an einem stillen Ort alles wieder erbrechen musste.

Das würde sie morgen zu verhindern wissen. Schließlich war sie nicht nur eine kundige Köchin, sondern auch eine noch immer mit allen Tonlagen der diätorientierten Kostvorbereitung vertraute Krankenschwester.

Ihr war nicht entgangen, dass Ruti nahezu die Einzige im ganzen Kibbuz war, deren Namen sich Ben-Gurion merken konnte und nach der er sich, mal offen, mal verstohlen, erkundigte. Sie hatte es zunächst auf die Tatsache geschoben, dass sie auch die Frau der Bücher war. Aber seine

Bemerkungen über die Bibliothek, die allzu viel halbseidene oder auf Unterhaltung ausgerichtete Werke enthielt (und somit zu wenig zionistischen, von Wissen getragenen Aufbruchsgeist), ließ ihre Gedanken in andere Gefilde schweifen. Schließlich war Ruti in diesem Jahr auch für die Küche verantwortlich.

»Was willst du von der? Was auf den Tisch kommt, ist dir egal. Und sie ist jung. Sehr jung.«

Diesen Stein hatte sie eines Tages ins Wasser geworfen.

Er protestierte, sagte, er habe spätestens unter der erhellenden Leitung von Moshe Feldenkrais den wirklichen Sinn des Zusammenspiels von Körper und Geist begriffen.

»Der gesunde, mit dem Geist und der Seele harmonierende Körper ruft auch nach einer pfleglichen Ernährung«, sagte er, als würde er aus irgendeiner Sendschrift dieses Mr Hokuspokus vorlesen.

Sie wusste nicht, ob sie lachen oder schreien sollte.

Auch wenn sie das Wort *pflegliche Ernährung* nur zu gern über seinem zauseligen Haupthaar zerpflückt hätte (hatte doch gerade sie ihr Leben lang dafür Sorge getragen, dass Ben-Gurion gesund, ja gesund!, ernährt wurde), war sie mit ihrer Themensetzung offenbar aufs falsche Gleis geraten, denn einen Dialog über seinen neuen Guru Feldenkrais hatte sie stets zu umschiffen versucht. Kein Argument konnte ihn von seinem neuen Kurs abbringen, dass dieser und nur dieser ihn von allen Schmerzen befreit hatte.

Sie betrat die Küche des Speisesaals durch die Tür für die Anlieferungen (dieses Reich, das erst nach dem Essen der Gemeinschaft Dovs zufiel). Ruti war klein, schlank, hatte das volle dunkle Haar kurz geschnitten (niemals konnte ihre adrette, fast jungenhafte Haarpracht das Werk Rubens sein), braune Augen.

Ruti war bei der Armee in einer Einheit eingesetzt, die für die geheime Aufklärung zuständig war (was keiner wissen durfte und alle wussten). Und dies aus der Luft.

Für sie war sie wie für alle anderen seitdem die *Pilotin* (auch wenn sie vielleicht auf großen Tischen nur Bildmaterial ausgewertet hatte; aber das passte nicht in das Bild, das sie sich von Ruti gemacht hatte).

So manches Mal, wenn sie aus dem einen oder anderen Grund ihren Mann nach Tel Aviv begleitet hatte und über dem Strand die Flugzeuge im Norden der Stadt den militärischen Teil des Sde Dov ansteuerten (so dicht über ihren Köpfen, dass man nach den Rädern hätte greifen können und hinter den Scheiben des Cockpits beinahe die Gesichter der Piloten ausmachen konnte), sah sie Ruti am Steuerknüppel der Maschine, auf dem Rückweg von einer geheimen Mission.

Noch heute war sie Reservistin (wie fast alle im Kibbuz), aber ihre gelegentlichen Einsätze zu Übungszwecken oder im realen Geschehen umwehte stets eine Aura des Unergründlich-Heldenhaften.

Ruti blickte auf, ein scharfes Messer in der Hand, mit dem sie mit der erhabenen Ruhe und Schnelligkeit eines Häckslers Karotten schnitt, lächelte sie an.

Vielleicht war es auch nicht die dieser Frau zugeschriebene Aura der heldenhaften Soldatin, die ihren Mann anzog, sondern allein dieses Lächeln. Für einen (ja, auch bitteren) Moment konnte sie ihn verstehen.

Ruti war (sie suchte nach einem Wort) *dileytfal, sheyn*, am Ende entschied sie sich für *spetsyel.*

Eigensinnige, schöne, ganz und gar spezielle Menschen lagen ihr. Vielleicht auch, weil in ihrer Gegenwart ein wenig von ihrem Glanz auf sie, die nicht minder Eigensinnige, abfiel.

»Schalom, Paula«, sagte Ruti.

Auf einmal war es ihr fast unangenehm, dass sie Ruti wie zuvor Nissim, Deborah, Shimon und Aaron aufsuchte, als wäre auch sie zu kontrollieren.

Ruti schien dies nicht zu bemerken und sah sie mit der gelassenen Natürlichkeit jener Menschen an, die innerlich gefestigt waren und somit von sich absehen konnten (so jung sie auch sein mochte).

Das zu Besprechende war schnell durchgegangen, und sie beschloss, Ruti auf den Satz über das Verrücktsein anzusprechen, der ihr aus irgendeinem Grund nicht mehr aus dem Kopf wollte.

Ruti lachte und sagte: »Bellow.« Mit diesem Satz fange dessen neuer Roman *Herzog* an.

»Nimm es mit, bislang wollte es keiner haben. Obwohl es in Amerika und auch anderweitig ein riesiger Erfolg ist.«

»Kannst du es mir empfehlen?«

»Nein. Weil ich es selber noch nicht gelesen habe.«

»Dann wird Mr Bellow wohl ohne uns beide auskommen müssen.«

Sie lachten.

»Vielleicht hast du irgendetwas Dünneres für mich. Ich werde mich nach dem Tag morgen ein wenig erholen müssen.«

»Werde mir Gedanken machen«, sagte Ruti und gab das geschnittene Gemüse in zwei große Pfannen.

»Auch heute wird gegessen, und morgen und übermorgen«, sagte sie.

In der Tat, Ruti schien alles in diesem Kosmos der Küche, den sie immer nur vorübergehend bewohnte, all das Schneiden, Schälen, Schaben, Rühren, Waschen, Putzen, Wenden, Panieren, Bestreuen, Garen, Braten, Dünsten, Kneten und Backen, so leichtzufallen, dass es wirkte, als mache sie es mit links und hätte mindestens noch zwei rechte Hände frei.

Als sie sich wenig später in der Sonne wiederfand, streifte sie der Gedanke, dass sie sich ihr vielleicht nahe fühlte, weil die Pilotin sie auch an ihre Tochter Renana erinnerte. Obwohl sie nicht zu sagen vermochte, was dieses *Erinnern* genau war und was es diesmal konkret ausgelöst hatte.

Renana war Wissenschaftlerin und keine Pilotin. Und ein Leben in diesem Kibbuz (den sie nur selten aufsuchte, um ihre Eltern zu sehen) wäre ihr ebenso absurd vorgekommen wie eine Reise mit dem Autobus zum Mond. Wie sich auch ihre Besuche in früheren Jahren an einer Hand abzählen ließen.

Einmal war sie in Tel Aviv bei ihnen im Haus gewesen, ohne dass sie es bemerkt hatte.

Erst als sie Schritte auf der Treppe von Ben-Gurions Etage herunter in den Flur vernommen hatte, entdeckte sie ihre Tochter.

»Du bist hier?«

»Ich war bei Abba. Ich wollte mit ihm sprechen«, sagte sie, ein leichtes Zittern in der Stimme.

Sie konnte nicht sagen, was sie mehr aufregte: dass sich ihre jüngste Tochter, die über dreißig war und schon lange nicht mehr im Haus wohnte, an ihr, der normalerweise kein Besucher und kein Geräusch im Haus entging, vorbeigeschlichen hatte, hinauf zu ihrem geliebten Vater. Oder die sich abzeichnende Tatsache, dass sie erst nach ihrem Mann erfahren würde, was immer es war, das Renana mit ihren Eltern zu besprechen hatte.

Bereits als Renana noch klein und ein wirbeliges junges Mädchen gewesen war, hatte es ihr als Mutter immer wieder zu schaffen gemacht, dass Renana Ben-Gurions Lieblingstochter war. Nicht so sehr der Umstand, dass sie das jüngste ihrer drei Kinder war und Ben-Gurion vielleicht all die noch in ihm vorhandene, in seinem Herzen angesammelte Liebe über dieses Kind ausschüttete, hatte zu der engen Bindung zwischen Vater und Tochter geführt. Nein, vielmehr lehrte die Erfahrung, dass die Liebe (wie der Wind) weht, wo sie will, (auch die eines Vaters) und dass sie immer wieder ungerecht ist (und schon immer war).

Dieser kleine Tabubruch ihrer Tochter reichte aber noch in tiefere Regionen, und sie war ehrlich genug, sich dies einzugestehen:

Sie hatte diese drei Kinder erzogen. Nicht er. Sie hatte sie durch die schweren Zeiten der Armut, als es an allem fehlte und ihr Mann als Missionar seiner Staatsidee durch die Weltgeschichte reiste, gebracht. Nie hatte sie ihm erzählt, dass sie, um etwas Geld im Haus zu haben, sich eines Tages, es mochte 1921 gewesen sein, Arbeit gesucht hatte und sich, da als Krankenschwester ausgebildet, beim Magen David Adom in der Rettungsstelle am Strand von

Tel Aviv hatte einsetzen lassen; dass sie immer wieder Fremde gegen Miete in ihr Haus gelassen hatte, das abzubezahlen war, aber nicht mit dem kümmerlichen Gehalt eines Gewerkschaftsführers in einem kleinen staubigen Land, das noch lange kein Staat war und von den Engländern im Klammergriff gehalten wurde. Es war ihr nicht entgangen, dass er für keines seiner Kinder einen Kosenamen hatte, außer für sein *Renanle*. Und dass er ihnen (den Kindern!) lieber aus den Werken Platons vorgelesen hatte, anstatt sie zu herzen oder mit ihnen zu spielen.

Und nun war Renana ins Haus gekommen, ohne einen Ton zu sagen, an ihr vorbei hoch in die Gemächer des Allmächtigen. *Sie* hatte den Mann da oben zu dem gemacht, der er war, nicht ihre Kinder und auch nicht all die (politischen) Freunde, auf deren Verlässlichkeit (bis auf wenige) letztlich nicht zu setzen war.

Renana war ohne Frage klug, auf dem Weg, eine erfolgreiche Wissenschaftlerin zu werden, und in milderen Momenten hatte sie sogar ein gewisses Verständnis dafür, dass Ben-Gurion dieser jungen Frau erlegen war. Er konnte sich in ihr entdecken.

Aber dies war keiner von den Momenten, in denen ihre Seele Atem holte.

»Komm in die Küche und sag mir, was so wichtig ist.«

»Lass uns ins Wohnzimmer gehen, Ima, und die Tür schließen. Dann sind wir ungestört.«

Da Renana sich nicht setzen wollte, blieb auch sie stehen.

»David und ich werden heiraten.«

Das war eine gute Nachricht, denn sie wie auch ihr Mann mochten den jungen David Leshem. Die beiden waren ein gutes Paar. Warum also so geheimnisvoll?

»Das ist schön, sehr schön. Ich hoffe, er behandelt dich weiterhin gut. Das Leben ist noch lang.«

»Wir werden bald heiraten und haben uns Gedanken zu dem Fest gemacht.«

»Unser Haus ist euer Haus«, sagte sie.

»Das ist es, worauf ich hinauswill. Wir wollen das Fest auf unsere Weise feiern. Mit unseren Freunden.«

»Jeder, den ihr einladet, ist auch uns willkommen.«

»Ima, bitte höre mir zu, bevor du antwortest. Wir werden diesen Tag auch ohne euch begehen. Wir haben lange darüber nachgedacht und sind dann zu dieser Entscheidung gekommen. Nicht hier, nicht in diesem Haus, ohne euch.«

Aber warum?, wollte sie fragen, aber es hatte ihr die Sprache verschlagen.

»Lass es mich dir erklären: Wo Abba und du sind, ist immer auch der ganze Staat. Ihr werdet, weil ihr es nicht anders könnt, all die Freunde einladen, die euch begleitet haben. Vor allem die politischen. Ich werfe euch das nicht vor, aber so wird es sein. Aber ich heirate nicht dieses Land, ich heirate David. Es soll unser und nur unser Fest sein. Und so wollen wir auch leben.«

Sie blickte sich nach einem Stuhl um, begann zu schwanken, setzte sich, Bilder tauchten auf, *Ben-Gurion, du bist ein Monster, manchmal gibt es im Leben ein höheres Gut. Ich tue etwas, was Menschen nicht tun sollten.*

Ihr Atem ging schwer.

»Was hat dein Vater dazu gesagt?«

»Wenn es dein Wille ist, hat er gesagt.«

»Ich werde mit ihm reden, sofort.«

»Ima, das ist es. Du willst mit ihm reden, aber ich bin

doch hier, deine Tochter. Ich habe dir gesagt, was wir vorhaben.«

»Ich verstehe euch nicht und will es auch nicht.«

Und wieder, wie so oft im Leben, spürte sie bei aller Wut und Verzweiflung einen zweiten, warmen Strom in ihrer Seele. Auch wenn sie es nicht wollte und der Schmerz tief saß, konnte sie doch immerhin so viel Bewunderung für ihre Tochter, für deren Mut und Unbeirrbarkeit aufbringen, dass sie nicht zu schreien und zu weinen begann.

»Wenn es euer Wunsch ist, dann soll es so sein«, hörte sie sich sagen und erhob sich.

»Meinst du das wirklich so, Ima?« Erneut das leichte Zittern in Renanas Stimme.

»Geh und werde glücklich.«

»Hab ich Ihnen erzählt, wie es danach weiterging?«, hatte sie irgendwann zu Shoshana gesagt, nachdem sie ihr Renanas Geschichte erzählt hatte. »Die Hochzeit fand statt, ohne uns. Ben-Gurion musste ich an diesem Tag sogar daran erinnern, dass seine Tochter heiratete.«

Sie lachte.

»Wenig später hatte er eine Idee. Er wollte Renana bitten, ob sie nicht einige Zeit später aus Anlass der Hochzeit einen Empfang in unserem Haus ausrichten könnten. Renana und David waren einverstanden.«

»Und was geschah dann?«

»Natürlich erschien halb Israel, um zu gratulieren. Vor dem Haus bildete sich eine lange Schlange aus all den Menschen, die Ben-Gurions Freunde waren und vor dem überfüllten Haus auf Einlass warteten.«

Wieder musste sie lachen.

»Nur der Bräutigam war nirgendwo zu sehen. Ich habe Mazal, die uns zur Hand ging, gebeten, den verlorenen Sohn zu suchen. Wenig später kam sie zurück und sagte, sie habe ihn gefunden. ›Wo hat er denn gesteckt?‹, wollte ich wissen.«

Sie machte eine Pause, musste sich sammeln.

»Er steht draußen in der Schlange vor dem Haus und wartet, bis er an der Reihe ist.«

»Aber wieso das?«

»Er ist jetzt ein Sohn der Ben-Gurions. Aber ein Sohn von diesen Eltern wird man nicht über Nacht.«

Sie blickte hoch zur Sonne, es würde gegen halb vier sein, schätzte sie, meist lag sie mit diesen freihändigen Schätzungen richtig.

Sie konnte Jehoshua treffen, bevor er um vier Uhr mit Ben-Gurion durch die Wüste raste, stets ein durchgeladenes Gewehr über der Schulter und eine Pistole im Hosenbund.

Neben ihrer Hütte lag die Hütte der Bewacher. Hier würde sie Jehoshua finden.

Er saß im Schatten vor dem Haus, das Gewehr über den Beinen, und schälte eine Pampelmuse. Und dann geschah, was fast immer geschah, wenn sie in ihrem Gegenüber einen politischen Gegner (oder einen Gegner ihres Mannes) vermutete oder bereits ausgemacht hatte. Sie begann, sich für diesen Menschen zu interessieren. Zumindest, wenn der Gegner höflich und zuvorkommend war. Wenngleich dieses Interesse in Fragen zu gießen war, die kaum ein anderer zu stellen wagte.

Einmal war sie Ben-Gurions Erzfeind Menachem Begin hart angegangen, nicht weil er gänzlich falsche (gar gefährliche) politische Ansichten hatte, sondern weil er sie bei einem Empfang, sonst ihr gegenüber stets überaus höflich, nicht gegrüßt hatte.

»Was ist los mit dir? Denkst du, nur weil du einer Mörderbande angehörst, darfst du dich so benehmen?«

Begin hatte es nie wieder getan.

Jehoshua blickte auf.

»Ich möchte mich setzen«, sagte sie zu Ben-Gurions Bewacher und nahm, ohne seine Antwort abzuwarten, auf der Bank neben ihm Platz.

»Das brauchst du jetzt nicht«, sagte sie und schob das Gewehr zur Seite.

Jehoshua kannte sie gut genug, um zu begreifen, dass er gleich Rede und Antwort stehen musste. Und sie wusste, dass er es wusste.

»Wie geht es deinen Kindern? Was machen sie? Deine Frau sehe ich selten, sie arbeitet zu viel. Und du? Siehst ein wenig dürr aus. Isst nicht das Richtige. Wo hast du dieses schöne Hemd her? Nur da unten hat es einen Fleck. Ich sage dir, was du da machen musst. Machst du dir Sorgen? Du siehst so aus. Wegen morgen? Sorgen sind Unsinn. Glaub mir, wenn ich dir das sage. Warum antwortest du nicht? Sitzt da wie einer von Ben-Gurions Buddhas.«

Es war eine Eigenart von ihr, in bestimmten Situationen Menschen zu befragen, egal welcher Herkunft, ob Arbeiter oder Staatspräsident, Ladenverkäufer oder Regierungschef. Alles, was ihr durch den Kopf schoss, musste raus.

Einmal hatte sie den UNO-Generalsekretär Dag Hammarskjöld, der bei ihnen zu Gast war, über den Tisch hinweg und wie üblich ohne jede Vorwarnung gefragt:

»Warum heiratest du nicht?«

»Dafür fehlt mir die Zeit«, sagte der UNO-Generalsekretär nach einer Schrecksekunde sichtlich verlegen.

»Ben-Gurion hat auch keine Zeit und hat mich dennoch geheiratet.«

»Aber warum soll ich heiraten?«

»Warum soll man heiraten? Nun, dann hast du ein paar ordentliche Probleme zu Hause, und deine politischen sind nicht mehr ganz so wichtig.«

Als Ben-Gurion sie nach dem Essen beiseitenahm (was er eigentlich nie tat) und andeutete, dass sie vielleicht zu weit gegangen sei, sagte sie nur: »Das ist Demokratie. Ich biete an. Der andere kann wählen. Es ist meine Art von praktischem Sozialismus.«

Also hatte sie auch Jehoshua, in dem sie immer noch einen verbohrten Rechten sah, der die Araber am liebsten aus dem Land werfen würde und einen jüdischen Staat nur für die Juden wollte, ein »demokratisches« Angebot gemacht.

Als er nicht gleich antwortete (schließlich hatte sie ihm ein ganzes Bündel von Möglichkeiten auf den Schoß geworfen), legte sie nach.

»Wenn du nicht über deine Frau und deine Kinder reden willst, dann sprechen wir über Politik.«

»Du weißt, wo das endet, Paula«, sagte er und hielt ihr ein Stück von der geschälten Pampelmuse hin. Etwas zwischen den Mahlzeiten zu essen, war gegen die Regel, aber ein Stück saftige, triefende Pampelmuse war kein Essen, sondern Medizin. Sie nahm es, schob es sich in den Mund und sagte:

»Und?«

Und tatsächlich, Jehoshua begann zu erzählen, seine Wangen wurden rot, wenig später kannte sie die Namen seiner Kinder, wusste, was sie konnten, lernten, welche Eigenheiten sie hatten, welche Krankheiten hinter ihnen lagen, wann ihre Geburtstage waren, und warum er seine Frau so sehr liebte. Mehr noch als das Land.

»Glaube ich dir nicht. Mehr als alles andere liebst du dieses Land, genauso wie Ben-Gurion. Danach kommt erst mal nichts.«

»Du irrst dich, Paula. Vielleicht liebe ich dieses Land. Aber nicht so, wie du denkst. Ich halte es vor allem für eine tief in der Geschichte ruhende Notwendigkeit. Und endlich eingetretene Gerechtigkeit. Wir haben einen Anspruch. Und den lösen wir nun ein.«

»Gerechtigkeit ist nicht teilbar«, sagte sie, ohne über diesen Satz länger nachgedacht zu haben.

»Ist mir zu hoch«, sagte Jehoshua. »Ich kümmere mich um das, was vor mir liegt.«

»Meinst du morgen und den Besuch des hageren Mannes aus Deutschland?«

»Ich habe Respekt vor ihm und will, dass er heil und unversehrt wieder abreisen kann.«

»Du hast Respekt vor ihm, weil er dieses Land mit Waffen versieht.« Sie tippte mit dem Finger auf den ihr abgewandten Lauf des Gewehrs.

»Er hat es einfach gemacht, ohne sein Parlament zu befragen, während die anderen die Hände hinter dem Rücken gehalten haben. Er und sein Minister Franz Josef Strauß. Per Handschlag. Sonst nichts. Ja, das imponiert mir. Dazu gehört Mut.«

»Und Chuzpe. Oder nennen wir es Unverfrorenheit. Das tut der Demokratie nicht gut.«

Unversehens waren sie doch in ein politisches Gespräch geraten, nun galt es, den Weg wieder hinauszufinden. Und tatsächlich, wenn sie sich ehrlich befragte, wollte sie lieber mehr über Jehoshuas Frau von ihm erfahren als über Waffen, Demokratie und Staatsräson.

Jehoshua jedoch sah auf die Uhr, stand auf, kontrollierte das Gewehr und hängte es sich über die Schulter.

»Wo willst du hin?«

Ein Lächeln zeigte sich um Jehoshuas Mundwinkel.

»Deinen Mann bewachen.«

»Damit er auf dem Weg keinen Unsinn macht?«

»Damit andere keinen Unsinn machen. Wir brauchen ihn morgen noch.«

Auch sie stand auf, ein kurzer Gang in die Küche, die Hände säubern, dann einen Tee. Wumms, die Außentür. Es war vier Uhr. Sobald die beiden zurück wären, würde sie Jehoshua wegen der Tür aufscheuchen und Ben-Gurion zu Ruben, dem Schafmeister, begleiten. Ob er wollte oder nicht.

Trotz seiner Geschichte und Vorgeschichte hatte sie wieder den Gedanken, dass Ben-Gurion Jehoshua gegenüber so viel Nachsicht bewies (sie hätte es auch selbst verordnete Männerblindheit nennen können, aber dazu fehlte ihr in diesem Moment der Furor), weil er ihn an einen anderen Mann erinnerte. Oder weil er sogar etwas von der Rolle in seinem Leben übernommen hatte, die ein anderer so viele Jahre ausgefüllt hatte. Wie ein Sohn. Ein Freund. Ein Schüler. Nehemia Argov.

Ben-Gurion hatte Nehemia geliebt.

Vielleicht war es ein zu großes Wort, aber anders als Amos, sein eigener Sohn, den er über viele Jahre kaum betrachten konnte, ohne auch einen Auftrag in ihm zu sehen (nur die späten Jahre hatten ihn milder werden lassen), war Nehemia das Ergebnis seiner Wahl. Und weil Freundschaften (anders als Verwandtschaften oder nicht mehr auflösbare Lebenspartnerschaften) allein dem eigenen Willen und der eigenen Wahl entspringen, stand diese Bindung für Ben-Gurion oft über allem.

Ben-Gurion hatte Nehemia gewählt und dieser ihn. Keiner hatte ihn wiederum verehrt wie Nehemia.

Noch heute war Ben-Gurion der Schmerz anzusehen, wenn der Name Nehemia fiel oder er ihn (weil er es so gewohnt war) rief und er nicht antwortete.

Weil er es nicht mehr konnte.

Immer wieder hatte sie versucht, die beiden Geschehnisse zusammenzubringen, die sich wenige Tage nacheinander ereigneten. Der schreckliche Tag in der Knesset und das, was danach mit Nehemia geschah.

Es war wenige Jahre nach ihrer Rückkehr aus der Wüste und ihrem ersten Exil dort gewesen. Mitten am Tag standen zwei Polizisten vor der Tür ihres Hauses in Tel Aviv. Ob sie hereinkommen könnten.

Sie hatte einen solchen Moment vorher viele Male im Kopf durchgespielt, und doch, als die beiden Uniformierten um Zugang baten, sah sie alles wie in einem Film. Das, was sie jetzt hören würde, dachte sie, hatte nichts mit ihr zu tun. Sie war nur die Zuschauerin.

Ihr Mann sei verletzt, aber nicht allzu schwer, hörte sie und hielt sich am Türrahmen fest. Er werde im Krankenhaus behandelt, die Wunden seien nicht lebensgefährlich. Sie hätten den Auftrag, sie ins Krankenhaus zu begleiten.

Erst im Wagen und nachdem sie das Nötigste eingepackt hatte, wurde ihr richtig klar, was die beiden Männer ihr gerade erzählt hatten. Während der Parlamentssitzung hatte ein Mann von der Bühne herab eine Handgranate in Richtung Regierungsbank geworfen. Es gab viele Verletzte, auch Schwerverletzte. Auch Ben-Gurion war von Granatsplittern getroffen worden.

»Wir wissen nicht, wer dieser Mann war. Aber wir werden es herausbekommen«, sagten die Polizisten, weil Ermittler so etwas immer sagen mussten. Das Büro des Ministerpräsidenten sei über den Vorfall informiert. Ben-Gurions Assistent Nehemia Argov habe die Nachricht entgegengenommen.

»Mit großer Bewegtheit«, fügten sie hinzu, als hätte Nehemia mit seiner Reaktion für einen Moment den Korridor professioneller, regierungsamtlicher Contenance verloren. Das ließ sie aufhorchen. Wenngleich es sie nicht überraschte.

Als sie das von mehreren Sicherheitsleuten bewachte Krankenzimmer betrat, fand sie einen Mann vor, *ihren* Mann, der zwar ganz offensichtlich unter den Verbänden Schmerzen hatte, aber gänzlich ungebrochen schien.

»Das muss ein Verrückter gewesen sein«, sagte er. »Ich kann und will mir nichts anderes vorstellen. Die Rechten hassen mich, aber so etwas würden sie nicht tun. Juden bringen keine Juden um.«

Mindestens eine Woche werde er im Krankenhaus bleiben müssen, hätten die Ärzte gesagt.

»Wo immer ich bin, da ist mein Büro«, fügte er hinzu und begann, unruhig mit den Fingern auf die Bettdecke zu klopfen.

Wenige Tage später standen wieder Polizisten in der Tür ihres Hauses. Es schienen hochrangige Beamte zu sein. Da sie Ben-Gurion erst am Tag zuvor gesehen hatte und er deutlich auf dem Weg der Besserung war, musste etwas anderes vorgefallen sein.

Nehemia habe zwei Briefe hinterlassen, sagten sie und traten in den Flur.

»Einer ist an Ben-Gurion gerichtet.«

»Was ist passiert?«

»Er hat sich erschossen. In seiner Wohnung. Es ist eindeutig, es war Selbstmord.«

»Aber warum?«

»Vielleicht gibt der Brief an den Ministerpräsidenten Aufschluss. Wir fühlten uns nicht befugt, ihn zu öffnen. Ben-Gurion liegt im Krankenhaus, deshalb haben wir Sie aufgesucht.«

»Was immer der Grund war, wir müssen diese Nachricht von ihm fernhalten. Bis er wieder gesund ist und stark genug.«

»Die Zeitungen werden sich nicht daran halten.«

Sie richtete sich auf.

»Das werden sie, so wahr ich hier stehe. Wehe, ich sehe morgen oder in den kommenden Tagen auch nur eine einzige Zeile zu dem Vorfall in irgendeinem Blatt.«

»Die Presse ist frei.«

»Aber nicht so frei, dass sie Ben-Gurion ins Grab schaffen darf.«

Nach ein paar Telefonaten hielt die Presse tatsächlich

still, und der genesende Ben-Gurion las alle seine Zeitungen, ohne die für ihn wichtige Nachricht auch nur zu erahnen.

Doch dann galt es, ihm reinen Wein einzuschenken. Auch wenn es der bitterste Essig war.

Es war Moshe Dayan, der ihm die Nachricht überbringen sollte, und sie würde ihn begleiten.

Stumm hörte sich Ben-Gurion Moshes Mitteilung an. Nehemia habe zwei Briefe hinterlassen. Einen an die Familie eines Radfahrers, den er meinte, mit seinem Wagen erheblich verletzt zu haben. Er trage an einer großen Schuld, habe er geschrieben. Aber dem Mann gehe es, wie sie herausbekommen hätten, schon wieder gut.

»Und der andere ist an dich, David«, sagte Moshe und hielt ihm den Umschlag hin. »Warum er es getan hat, wird allerdings ein Rätsel bleiben, fürchte ich.«

Sie setzte sich auf die Kante seines Bettes, wollte seine Hand nehmen.

Doch wie beim Tod seines Vaters zog er die Decke hoch und drehte sich stumm zur Wand.

Erst Minuten später hörte sein Körper wieder auf zu zittern. Den ungeöffneten Brief hielt er eng an die Brust gedrückt.

Erst später ergaben die Ermittlungen zum Knesset-Attentat, dass der Täter krank und nicht zurechnungsfähig war. Der Selbstmord Nehemia Argovs blieb ungeklärt. Auch sein Brief an Ben-Gurion gab keinen Aufschluss, nur dass er David geliebt, verehrt und ihm mit ganzer Kraft und voll Dankbarkeit sein Leben gewidmet habe, das nun zu seinem Ende gekommen sei.

Von dem Tag an war dort, wo Nehemia gewesen war, für Ben-Gurion nur noch eine große Leere. Vielleicht musste Jehoshua, ohne dass er es ahnte, ein Stück dieser Leere weniger spürbar machen.

»Wie haben Sie David kennengelernt?«, hatte Shoshana sie eines Abends gefragt.

In den vergangenen Tagen schon hatte sie sich gewundert, wie gern und bereitwillig sie ihre Geschichte vor dieser Frau entrollte. Eine andere, noch nicht benennbare Empfindung jedoch war noch stärker gewesen: Sie hatte eine Reihe von Begriffen vor sich aufmarschieren lassen, doch keiner wollte das, was sie tief innen spürte, vollständig erfassen. Sogar am Rand einer Kibbuzversammlung (in der es um eine neue Zaunanlage, die Erweiterung des Stalls oder im Wüstenboden noch nicht erprobte Pflanzen und Früchte ging) steckten sie nach kurzer Zeit die Köpfe zusammen, waren nicht mehr bei der Sache oder hätten nicht einmal mehr sagen können, was diese Sache eigentlich war, und begannen zu tuscheln. Bis sie der strenge Blick Nissims oder Deborahs traf.

Jetzt saßen sie im Schatten eines großen Strauches auf einer Bank. »Kennengelernt?«, sagte sie. »In Ihrer Stadt. Und meiner. In New York. Es war kurios.«

»Wollen Sie wirklich die ganze Geschichte hören?«

»Die ganze.«

Einmal in der Woche veranstaltete Dr. Samuel Elsberg ein kleines Fest. Sein Haus in Manhattan beherbergte sowohl die Praxis als auch die private Wohnung mit luftigen Zimmern, prächtigen Bildern und einer kleinen, handverlesenen Bibliothek.

Samuel Elsberg war nicht nur Arzt und ein Freund, sondern auch ein politischer Kopf, literarisch interessiert, Zionist von großem Weitblick und ein guter Mensch. Er liebte es, sowohl Gleichgesinnte als auch Andersdenkende in seinem Haus zu versammeln. Oft waren es durchreisende Schriftsteller, Politiker, Journalisten, Aktivisten oder Mediziner, und immer waren die Gespräche lebhaft.

Wie ein Teil der Familie fühlte sie sich, wenn sie von Samuel Elsberg neuen Gästen vorgestellt wurde. Dennoch: Würde sie bleiben oder gehen und dem Ruf von Lilian Wald folgen? Sie hatte das Gefühl, dass zwei entgegengesetzte Kräfte an ihr zogen. Der Ruf Lilian Walds wurde jeden Tag lauter und ließ ihr Herz höher schlagen.

Sobald sie am späteren Abend in der Gesellschaft wieder einmal radikale Ansichten über das kapitalistische Amerika, die Unterdrückung der Frauen, der Farbigen, des gesamten arbeitenden Proletariats, das Elend der Menschen auch in der Lower Eastside äußerte (jetzt immer öfter mit dem Zusatz, dass nur direkte Hilfe die Menschen erreichen werde und der Staat dazu unfähig sei), hörte er meist geduldig zu, nur um die eine oder andere Bemerkung hinzuzufügen. Wenn sie gar zu heftig wurde, zitierte er lachend einen Satz ihrer Heldin Emma Goldman. »Wenn man dreiundzwanzig ist, argumentiert man nicht.«

Nur Isaak Zaar nahm sie selten mit zu einem dieser Treffen. Wenn nichts Unvorhergesehenes geschah, würden sie heiraten. Da war sie sich jetzt nahezu sicher. Vielleicht eher aus Ungeduld denn aus Liebe. Isaak hangelte sich solide durch sein Medizinstudium, redigierte den zionistischen *Yiddisher Kempfer,* schrieb Artikel, war weiterhin gutmütig und taktvoll. Vielleicht noch etwas unausgegoren, aber das würde sich an ihrer Seite legen. Und er sah gut aus, war vorzeigbar und ließ sie stets ausreden. Sie mochte seine Haut, und wenn er sie küsste, roch sein Atem nach Minze (hatte er doch die Angewohnheit, ständig irgendetwas Grünes, Frisches, am Ende gar Gesundes zu kauen).

Als sie ihm sagte, sie würde vielleicht das Angebot von Lilian Wald annehmen und in ihr Projekt der häuslichen Pflege einsteigen, hatte er nur »klingt doch gut« gesagt.

An diesem Abend sollte ein neuer Gast dazustoßen, aus Palästina, wie Samuel Elsberg hinzufügte, und ein Raunen ging durch den Raum.

Sie hatte diesen von den Versammelten mit Neugier erwarteten Gast zunächst nicht entdeckt. War er tatsächlich gekommen?

An dem improvisierten Büfett stand ein kleiner Mann, ihr den Rücken zugewandt, volles Haar, ein Anzug, der längst aus der Mode gekommen oder niemals einer zuzurechnen gewesen war. War das der angekündigte Mann? Die Absätze seiner Schuhe waren platt und schief, ein offenbar Weitgereister mit sichtlichem Appetit. Er aß mit den Fingern, den Teller wie eine Art Auffangbecken unter seinem Kinn.

Erst als Samuel Elsberg seinen Namen nannte, wandte sich der Fremde um und betrachtete die Runde mit wachen, wenngleich etwas müden Augen.

Die Freunde, sagte Dr. Elsberg, sollten bitte David Grün in ihrer Mitte begrüßen, eigentlich aus Plonsk, im von Russland gehaltenen Polen, nun aber direkt aus Palästina. Er sei dort wegen seiner politischen Umtriebe von den Türken ausgewiesen worden und nach New York gekommen, um ein großes Buch über Palästina zu schreiben. Er habe gewiss eine Menge zu erzählen. Im Übrigen nenne er sich jetzt Ben-Gurion.

Die Gäste klatschten.

Sie begann, ihn genauer zu betrachten. War das einer von diesen zionistischen Träumern und irregeleiteten Sozialisten, von denen ihr Vater mit unverhohlener Abschätzigkeit gesprochen und vor denen er sie gewarnt hatte? Dass dieser Mann ein Buch schreiben wollte, passte in jedem Fall nicht zu seinem Äußeren und seinen, wie sie fand, eher dem Landleben (oder dem Schtetl) zuzurechnenden Manieren. Und doch konnte sie den Blick nicht von ihm abwenden.

Kaum hatte Dr. Elsberg den Gast vorgestellt, war dieser von neugierigen Gästen umringt. Und nicht mehr zu sehen.

Offenkundig sprach er kein Englisch, denn alle hielten sich an das Jiddische. Sie schnappte Wortfetzen auf, trat näher, bis sie plötzlich in der ersten Reihe stand.

Ihr entging nicht, dass er sie, während er von der Situation vor Ort in Palästina berichtete, dem ungewissen Ausgang des großen Krieges in Europa sprach, von den Türken, die sich auf die Seite Deutschlands geschlagen hätten, immer wieder betrachtete, mit dem Blick bei ihr verweilte. Es sei ein Krieg, sagte er, der auch für das osmanisch besetzte Palästina von großer Bedeutung sei und dem Land, aus dem er komme und dem er sein ganzes Leben widmen wolle, vielleicht irgendwann die Freiheit schenken würde.

Bald hatte sie das Gefühl, er spräche nur noch zu ihr, wenngleich das, was er sagte, sie vielleicht am allerwenigsten interessierte. Was immer es mit diesem Traum von Zion und dem eigenen Staat für die Juden auf sich hatte, es war nie der ihre gewesen. Sollten die Araber es behalten. Schließlich gehörte es ihnen, wenn die Türken diesen Krieg verlieren würden. In Amerika ging es den Juden so gut wie nirgendwo sonst. Warum fortgehen?

Der kleine Mann mit dem unmöglichen Anzug machte die Sache gut. Seiner Überzeugungskraft, seinem Feuer würde vielleicht auch sie erliegen, wenn sie nicht achtgab. Aber sie würde genau das zu verhindern wissen, sagte sie sich.

»Warum wollt ihr Zionisten in dieses fremde, staubige Land? Zudem eines, in dem schon Menschen wohnen. Sie werden euch da nicht haben wollen. Und braucht diese Welt einen weiteren Staat?«

Die Antwort kam prompt.

»Viele Völker sehnen sich nach einem Staat. Zu Recht. Palästina ist unser Land, dort kommen wir her. Es bietet für uns alle, Juden und Araber, genug Platz.«

In der Runde ertönte Beifall, und Samuel Elsberg sagte, man solle den hungrigen Gast nun weiteressen lassen.

So überraschend, wie der Fremde aus Palästina aufgetaucht war, war er wenig später wieder verschwunden.

Als sie ihren Freund und Chef am darauffolgenden Tag fragte, ob der neue Gast noch einmal wiederkommen werde, lachte Samuel Elsberg.

»Aber sicher«, sagte er. »Schließlich hat er sich, bevor er ging, nach Ihrem Namen erkundigt.«

»Und, wie ging es weiter?«

Sie hatte gewusst, dass Shoshana nicht lockerlassen würde. Sie wollte die ganze Geschichte hören.

Wenige Tage später erschien Ben-Gurion gegen Abend in der Praxis, genau in dem Moment, als sie gerade gehen wollte. Als hätte er geahnt, wann ihr Dienstschluss war. Oder hatte ihr Chef es ihm gesteckt?

Der Abend sei lau und ein kleiner Gang täte ihnen beiden gut, sagte er. Wieder bemerkte sie eine Entschiedenheit in seiner Stimme, die ihr bereits bei der ersten Begegnung aufgefallen war.

»Sie sagen, wo es hingehen soll, und ich folge Ihnen.«

Lena war bei einer Bezirkssitzung der Anarchisten am East Broadway, und sie hatten es sich zur Regel gemacht, dass sie am Ende ihres Arbeitstages dazustieß, bevor Lena zur Abendschicht in Sachs' Café aufbrechen musste. Am folgenden Tag hatten sie dann meist genügend Stoff, um sich auszutauschen oder über die verschiedenen Wege aus der amerikanischen Misere und dem den Menschen die Luft abschnürenden Kapitalismus zu streiten.

»Ich bin verabredet«, sagte sie.

»Dann sagen Sie mir, wo, und ich begleite Sie.«

Sie spürte Wut in sich aufsteigen, zugleich imponierte ihr diese Unverfrorenheit. Was wäre, wenn sie jetzt mit Isaak Zaar oder einem anderen verabredet wäre und dort mit diesem fremden Mann auftauchen würde? Wie sollte sie das erklären?

Und doch gefiel ihr der Gedanke, ohne dass sie sagen konnte, warum. Und es wartete nicht Isaak Zaar am East Broadway auf sie, sondern Lena. In einem lichtlosen

Hinterzimmer mit schwarzen Fahnen, rauchgeschwängerter Luft und wild diskutierenden Enthusiasten, die eine eherne Überzeugung verband, dass jeder Staat von Übel war und die Menschen zur unbedingten Freiheit berufen.

Dieser David Grün, der sich Ben-Gurion nannte, schien das genaue Gegenteil zu wollen: einen starken Staat, mit allem, was dazugehörte (am besten noch einer Armee), und diesen Staat vor allem für die Juden.

Lena hatte sie nach ihrer Ankunft in New York auf den rechten Weg gebracht, ihr gezeigt, was wahre Gesinnung sein konnte. Warum sollte es ihrer Freundin bei diesem David nicht auch gelingen?

»Wenn Sie unbedingt wollen, kommen Sie mit. Aber es wird nur ein kurzer Spaziergang. Bis zum East Broadway. Wenn Sie einen längeren Gang geplant haben, müssen Sie sich jemand anders suchen.«

»Warum soll ich suchen, wenn ich gefunden habe?«, sagte er.

Was wollte dieser Mann von ihr, und wer war er überhaupt?

Gemeinsam gingen sie los.

Lena hatte die Versammlung früher als geplant verlassen, sie trafen sie vor der Tür.

Auch wenn Lena ihre Bindung an den allzu sanftmütigen, irrlichternden, nach Minze riechenden Isaak Zaar nicht verstanden, geschweige denn gebilligt hatte, war sie nicht wenig überrascht, ihre Freundin in Begleitung eines anderen Mannes anzutreffen.

Sie musterte ihn.

»Das ist David Ben-Gurion. Wir haben uns bei Samuel Elsberg kennengelernt«, sagte sie.

»Schön«, sagte Lena, in ihrer Stimme eine metallene, ihr fremde Härte. Sie ließ den Blick an ihm hinauf- und hinuntergleiten.

»Man kann nicht in der Lower Eastside wohnen, ohne von Ihnen gehört zu haben. Sie sind Zionist, wenn ich es richtig verstanden habe. Einer ihrer Anführer.«

Und dann, ohne eine Antwort abzuwarten, als stünde ihr Urteil über diesen Fremden bereits fest, sagte sie:

»Wir sehen uns morgen, Paula.« Und zog davon.

Sie griff nach dem Türknauf, wollte die Tür öffnen und in den im hinteren Teil der Wohnung gelegenen Versammlungsraum gehen.

»Ihre Freundin?«, sagte Ben-Gurion.

»Die beste, die man sich denken kann.«

Wenig später fand sie sich im Dunkel des Flurs wieder und steuerte auf den unter der Tür am Ende des Ganges sichtbaren Lichtspalt zu. Nur weg, dachte sie. Aber wohin?

Von diesem Tag an sahen sie sich, zunächst nur an den Abenden, immer wieder. Er war bald ihrer Einladung zu einem Gang durch die Straßen von Manhattan gefolgt, schließlich wollte sie dem Mann aus der Provinz die große, jeden Tag weiterwachsende Stadt zeigen und auf das einstimmen, was sie ihr amerikanisches Leben nannte. Ihn staunen lassen.

Aber er staunte nicht.

Bis hinauf zum Central Park führte sie einer ihrer Wege. Sie hatte das Gefühl, dass er überhaupt nicht wahrnahm, was sie ihm zeigte. War vor allem mit sich und seinen Ideen beschäftigt. Aber er liebte es zu sprechen, und seine Ideen und Visionen schienen ihm höher zu sein als jedes Hochhaus in New York.

Er war klug, konnte sich gut ausdrücken, vermochte selbst die kompliziertesten historischen und politischen Zusammenhänge in einfache, aber die Sache nicht vereinfachende Sätze zu fassen. Und er hatte ein Ziel, wusste, was er wollte. Das gab dem kleinen Mann mit dem dichten Haar, den platt gelaufenen Schuhen und dem abgetragenen, an den Knien längst fadenscheinig gewordenen Anzug eine Spannkraft und Aura, der sie sich (sosehr sie sich auch zu wehren versuchte) nicht entziehen konnte.

Warum sich wehren, dachte sie eines Tages, wenn es so ist, wie es ist.

Er hob nicht die Hände, als sie ihm anbot, ihn neu einzukleiden.

Ein Herrenschneider in der Franklin Street, Patient bei Samuel Elsberg und ihr sehr gewogen, machte einen guten Preis für eine Komplettausstattung Ben-Gurions.

Wenig später drehte er sich im Laden von Shumel Elsässer vor dem Spiegel.

»Und?«, sagte sie.

»Wenn es sein muss.«

Es musste sein, und auch der weit gereiste zionistische Prediger und Kämpfer würde dies bald einsehen.

»Jetzt war er präsentabel, und solange er in Gesellschaft wenig sagte, bemerkte niemand, dass er nur Jiddisch sprach (sein Russisch war hier noch weniger wert)«, berichtete sie Shoshana.

Bald darauf begann sie, ihm an ihren freien Tagen oder am Abend in der New York Public Library zu helfen, wo er Material für sein geplantes Buch über Palästina und Israel zusammentrug. Er konnte gar nicht genug bekommen von der Fülle der Möglichkeiten, die diese große Bibliothek ihm bot. Sie kopierte für ihn Aufsätze mit der Hand, suchte Bücher und Atlanten für seine Geschichte Israels, übersetzte geduldig Artikel um Artikel für ihn ins Jiddische, schleifte ihn am Mittag vor die Tür und kaufte ihm ein Sandwich und etwas zu trinken, damit er nicht irgendwann vor ihren Augen umfiel.

Aus dem vor wenigen Wochen noch fremden Mann war ein Projekt geworden. Eines, das sie nicht mehr missen wollte und dem sie sich, zunächst ohne es zu bemerken, jeden Tag mehr hingab.

»Hier könnte ich bleiben und wohnen«, sagte er eines Abends nach Stunden der Arbeit erschöpft. »Vielleicht sollte man sich das Paradies nicht als Garten vorstellen, sondern als eine große Bibliothek, in der alles Wissen und alle Weisheit der Menschheit versammelt ist.«

Und dennoch, an manchen Tagen traf sie sich weiterhin mit Isaak Zaar. Oft wunderte sie sich über sich selbst, war doch der eine Mann eben noch ein schlecht gekleideter Besessener, der andere ein gut aussehender Zauderer.

Es war an der Zeit, dass sie Isaak Zaar von ihrer neuen Freundschaft (noch wollte ihr kein anderes Wort einfallen) erzählte.

Er nahm ihre Erzählung gelassen hin. Das treffe sich gut mit dieser Freundschaft, war seine Antwort, denn er habe ohnehin vor, zum weiteren Studium nach England zu gehen. Nur sei es ihm schwergefallen, ihr dies zu sagen.

Auch wenn sie seine Reaktion kaum erstaunte, sie spürte doch Wut in sich aufsteigen. Es war weniger die Tatsache, dass er sie offenbar so einfach ziehen ließ (und dabei noch erleichtert zu sein schien), sondern dass Isaak das Wort Freundschaft (arglos, gewiss) einfach von ihr übernommen hatte. Ein Wort, das ihr bislang eine gewisse Fassbarkeit dessen geboten hatte, was nicht zu fassen war. Isaaks ahnungslose Wortwahl zwang sie jedoch, sich einzugestehen, dass es mit Ben-Gurion schon lange keine Freundschaft mehr war. Aber was war es dann?

Wenn sie eine Entscheidung zu treffen hatte, ging sie durch die Straßen von Downtown an den Fährhafen, bestieg die Staten Island Ferry und verließ das Land, fast so, wie sie gekommen war. Blickte zu Ellis Island hinüber und staunte über die Freiheitsstatue. Ganze dreißig Minuten fuhr sie davon, dann begann der Weg zurück ins Exil, das nun und für immer ihre Heimat werden sollte.

Was ist, wenn Ben-Gurion mich fragt, ob ich ihn heiraten will?

Auch Lena wusste keinen Rat.

»Entscheide dich nur nicht zu schnell«, sagte sie. »Vielleicht kommt noch ein ganz anderer um die Ecke, einer mit der richtigen Gesinnung, und beide Männer sind vergessen, ehe du es dich versiehst.«

»Du hoffst, dass es so kommt?«

»Der eine ist ein verkappter Nationalist und der andere zu harmlos. Außerdem verkrümelt der sich nach England.«

Vielleicht sind beide nichts für mich, dachte sie, als sie am kommenden Morgen wieder in Samuel Elsbergs Praxis trottete (so kraftlos dieser innere Ordnungsruf auch gleich wieder zu verhallen schien).

Noch immer hatte sie Lilian Wald nicht geantwortet. In dieser Stadt, an ihrer Seite, würde sie vielleicht verwirklichen können, was sie für ihren politischen Auftrag hielt. Vielleicht würde sie morgen zusagen. Lena würde sich freuen und sie beglückwünschen.

Noch immer lauschte Shoshana ihr gebannt. Aber ihr Gesicht wirkte angespannt. Hatte sie ihr nicht berichtet, dass es ihr schwerfiel, mit Entscheidungen (gar gewichtigen) umzugehen, und sich dann allzu schnell, ohne ein Wort zu sagen, in die Tat stürzte? Was sie hier hörte, schien sie (obwohl nicht ihre Geschichte) zu bedrängen. Vielleicht sollte sie Shoshana erlösen.

Ben-Gurion wirkte an diesem Tag noch ernster, und es war unverkennbar, dass er sich für das, was jetzt folgen würde, zurechtgemacht hatte.

Die Schuhe, immer noch schief gelaufen, versuchten zu glänzen, das neue Hemd war fleckenlos weiß, der Anzug aus der Franklin Street stand ihm gut, die Tinte an den Fingern war abgewaschen. Sogar ein Friseur musste zumindest in die Nähe seiner Haare gekommen sein. Letzteres sah sie mit einer gewissen Verwunderung, aber auch Genugtuung, wenngleich ein gestutzter Ben-Gurion eigentlich keiner mehr war. Die Haare hätte er noch eine Weile stehen lassen können.

»Darf ich hereinkommen?«, sagte er, nachdem sie die Tür geöffnet hatte. Sie führte ihn in ihr Zimmer. Lena war nicht da, arbeitete in Sachs' Café. In dem Raum mit den großen Fenstern und der hohen Decke wirkte er noch kleiner.

»Paula«, sagte er.

Sie griff nach der Lehne eines Stuhls. Hatte sie bis eben noch Angst vor einem Antrag gehabt (der abzulehnen wäre), hoffte sie nun im Stillen, er sei nur deswegen gekommen. Sie merkte, wie ihr leicht schwindelig wurde.

Er kam, wie es seine Art war, ohne Vorrede zur Sache.

»Wir kennen uns jetzt schon eine ganze Weile. Es waren wichtige, sehr wichtige Monate für mich. Ich kann dich aus meinem Leben nicht mehr wegdenken. Und will es auch nicht.«

War das ein Antrag? Warum sagte er, der doch sonst nicht auf den Mund gefallen war, nicht klar heraus, was er wollte.

Sie musste nicht lange warten

»Wirst du mich heiraten, wenn ich dich frage?«

»Ja.«

Er schien mit dieser schnellen, in einem einsilbigen Wort mit nur zwei Buchstaben enthaltenen Antwort, die ihrer beider Leben gänzlich verändern sollte, nicht gerechnet zu haben. Auch sie erschrak, spürte aber zugleich eine in ihrem Inneren sich ausbreitende Ruhe.

»Ich habe Ja gesagt, und nun?«

»Werden wir heiraten.«

»Abgemacht«, sagte sie.

»Das ist wunderbar. Allerdings«, sagte er und begann, im Zimmer auf und ab zu laufen, »musst du wissen, was das für dich bedeutet.«

Was wollte er ihr offenbaren? War er krank, verschuldet, unfähig, Kinder zu bekommen?

»Du wirst Amerika verlassen müssen und mit mir in

ein Land gehen, das klein ist, arm, ohne Strom, Gas und öffentlichen Transport.«

Er wartete einen Moment ab. Dann fügte er hinzu:

»Und wenn es sein muss, werde ich für dieses Land kämpfen.«

Auf einmal sah sie, wie an ihrem ersten Abend, einen jungen, von kühnen, letztlich aber unreifen Ideen getriebenen Mann vor sich stehen. Es würde ihre Aufgabe sein, ihm diese Flausen auszutreiben oder in realistische Perspektiven zu verwandeln. Einen Amerikaner aus ihm zu machen, so wie sie eine Frau dieses Landes war.

»Hier sind meine Bedingungen«, sagte sie. »Du putzt dir ab jetzt regelmäßig die Zähne, wechselst mindestens zweimal in der Woche deine Unterhose, steigst häufig und tief in ein Bad, lernst Englisch und bist mir treu.«

Er erklärte sich einverstanden.

Sie würde niemals nach Palästina gehen, und wenn er wieder mit dem Kämpfenwollen und seinem Staat anfing, würde sie ihm den Marsch blasen. Wenn er erst Vater war, wäre mit diesem Hokuspokus ohnehin Schluss. Sie würde Lena staunen lassen.

»Ich habe es damals nur geahnt, nicht gewusst, dass auch die Frau an seiner Seite Teil seiner Mission ist«, hatte sie zu Shoshana gesagt. »Das wollte ich sein – und wollte es auch ganz und gar nicht.«

»Was hat schließlich den Ausschlag gegeben?«

»Dass dieser Mann es nicht alleine schafft.«

Dann hatte sie mit einem Lachen hinzugefügt:

»Und dass er einmal ein bedeutender Politiker werden würde. Ich habe es gewusst. Fragen Sie mich nicht, wie ich damals darauf gekommen bin. Aber so war es. Ich war ihm und seinem Geist erlegen. In ihm loderte ein Feuer, das andere nicht hatten.«

»Da haben Sie ja nicht ganz falschgelegen.«

»Sie werden es kaum glauben: Drei Monate nach der Hochzeit hat er zu mir gesagt: ›Ich lieb dich.‹«

»Und Sie?«

»Weiß nicht mehr, was ich geantwortet habe. Aber er hat, glaube ich, gar nicht auf eine Antwort gewartet.«

»Und Lena, was hat sie gesagt?«

Die Frage Shoshanas kam wie ein Messerstich. Aber wie hätte die junge Frau das ahnen sollen?

»Als Geula auf die Welt kam, hatten wir bereits keinen Kontakt mehr.«

Sie seufzte.

»Diese kleine dumme Hochzeit, mehr war es doch nicht. Aber natürlich war es weit mehr. Für jeden von uns beiden auf seine Weise.«

»Lena konnte Ihnen nicht folgen.«

»Sie hat es einen Verrat genannt. Damit kam es zum Bruch. Heute denke ich, dass sie in gewisser Weise recht hatte. Aber manchmal braucht es ein ganzes Leben, um sich das einzugestehen.«

»Sie haben nie wieder einen Anlauf gemacht, Lena zu suchen, mit ihr Kontakt aufzunehmen?«

»Das Leben ging weiter. Es hat mir viel, sehr viel abverlangt. Es hat mich ordentlich geschüttelt. Für Lena war da kein Raum. Und auch ich hatte meinen Stolz, schließlich hatte sie das Band zerschnitten.«

War es wirklich allein das, was sie abgehalten hatte, Lena ausfindig zu machen, ihr die Hand zu reichen?

Sie hatte es erst sehr viel später erahnt und dann verstanden, warum Lena sich von ihr abgewandt, sie verlassen hatte.

Ihre gemeinsamen Ideale und Träume und ihr Kampf für Gerechtigkeit waren zugleich ihre Freundschaft. Eine Freundschaft zwischen ihnen mit unterschiedlichen politischen, sich sogar widersprechenden Zielen war für Lena nicht vorstellbar. Oder gar ein zu großer Schmerz. In ihren Augen hatte sie, Paula, die Freundschaft aufgekündigt.

»Es war eine große Zeit mit dir, Paula. Aber du wirst einen Mann heiraten, der einen Staat gründen will, einen Staat in einem Land, das die Menschen, die dort leben, nicht freiwillig herausrücken werden. Es wird Waffen brauchen und Armeen, und die Kämpfe werden nicht enden. Und du wirst ihm dahin folgen, ich weiß es. Unsere Ziele sind andere. Unsere Aufgabe liegt hier. Lilian Wald hat dir ein Angebot gemacht, sie hat dir so viel zugetraut wie kaum einer anderen. Das schlägst du in den Wind. Du hättest hier so viel ändern können. Bevor du gehst und diesem Mann folgst, gehe ich. Lebe wohl.« Das waren die letzten Worte, die sie von ihr gehört hatte.

Noch am selben Tag war sie mit Ben-Gurion in die Bedford Avenue in Brooklyn gezogen. Ihre Wohnung in der Ludlow Street hatte sie nie wieder betreten.

»Sie hat nicht gewusst und nicht ahnen können, was Jahre später in Deutschland und Europa auf die Juden zukommen würde«, sagte Shoshana.

»Vielleicht hätte sie dann anders gedacht, ich weiß es nicht.«

Sie schwiegen.

Was folgte, hatte sie ebenso wenig vergessen können.

In der Mittagspause legte sie irgendwann die Schwesterntracht ab, zog ein schlichtes, hochgeschlossenes, aus feinem Stoff gefertigtes blaues Kleid über, holte aus der Handtasche die Kette ihrer Mutter, legte sie an, richtete sich die Haare vor dem Spiegel, schob die Brille auf die Nase und ging.

»Ein Rendezvous?«, sagte Samuel Elsberg mit einem Lachen.

»Ich heirate«, sagte sie.

»Lassen Sie mich raten, wen?«

»Genau den, ob Sie es glauben oder nicht«, sagte sie.

»Kommen Sie wieder, Paula?«

»Klar. Um drei bin ich wieder da.«

Der Weg zum Rathaus am südlichen Ende des Broadways, nur wenige Blocks entfernt, war kurz. Vor dem großen Gebäude aus hellem Stein, das sie halb an ein französisches Schloss erinnerte (zumindest stellte sie sich ein französisches Schloss so vor) und halb an einen Bahnhof, entdeckte sie Ben-Gurion, mit zwei fremden Menschen im Gespräch. Er gestikulierte wild (warum konnte er noch immer kein Englisch), offenbar waren die beiden ihm unbekannte Passanten, eine Frau und ein Mann.

»*Aundzere khsnim*«, sagte er, als sie bei ihnen angelangt war, und wies auf die beiden Fremden; ihm sei klar geworden, dass sie für ihren Akt Trauzeugen benötigten. Aber er war rasiert, das Hemd wirkte frisch, und von ihm ging der fichtennadelige Geruch eines eben noch heißen Badezubers aus.

Zu viert betraten sie die Halle des Rathauses, steuerten auf einen Schalter zu. Der Mann hinter der Glasscheibe nahm den Trauantrag entgegen, las ihn, blickte auf und sagte: »Zwei Dollar.«

Ben-Gurion schob zwei Scheine unter der Glasscheibe durch.

»Quittung?«

Er schien nicht gleich zu verstehen, was der Amtsdiener wollte.

»Ja«, sagte sie. »Nicht dass der nachher um die Ecke kommt und sagt, wir hätten nicht gezahlt.«

»Dritte Tür rechts«, sagte der Amtsdiener, bevor er seine Amtslampe über dem Schalter wieder löschte. »Sie werden hineingerufen.«

Ein kleiner Mann mit zu großem Anzug hockte neben einem leicht verblichenen Bild von George Washington, über sich eine Fotografie des US-Präsidenten Woodrow Wilson.

Noch einmal prüfte er ihre Ausweise und die der beiden Zeugen, die Ben-Gurion auf der Straße angesprochen hatte. Dann die Frage, ihr Ja und Unterschrift dort unten bitte. »Ja, Sie auch«, sagte er zu den beiden Fremden.

Ehe sie es sich versahen, standen sie wieder vor dem Rathaus. Sie dankten den Fremden, küssten sich kurz. Dann gingen auch sie beide wieder ihrer Wege, jeder in seine Richtung.

Ben-Gurion würde in die Sitzung irgendeines zionistischen Komitees oder Unterkomitees zurückkehren, sie in das Behandlungszimmer von Samuel Elsberg.

Wenige Tage später entdeckte sie in einer der vielen hebräischsprachigen Zeitungen eine Anzeige:

Penina (Pauline) Munweis
New York
D. Ben-Gurion
Jerusalem
haben geheiratet.
20 Kislev 5678

Eine knappe Woche nach dem Jawort bezogen sie die gemeinsame Wohnung in der Bedford Avenue in Brooklyn.

Dann zog er in seinen Krieg. Erst eineinhalb Jahre später sahen sie sich 1918 wieder. In Palästina. Da war ihre Tochter Geula schon über ein Jahr alt.

Sie seufzte, es war genug. Das Gespräch mit Shoshana hatte sie erschöpft.

»Vielleicht sehen wir uns morgen wieder«, sagte sie und erhob sich.

Tatsächlich, am kommenden Tag stand Shoshana in der Tür und fragte, ob sie etwas Milch borgen könne. Ihr sei sie ausgegangen, und sie habe vergessen, in der Kibbuzausgabestelle neue zu bestellen. Morgen bekomme sie die Milch zurück.

»Nix da«, sagte sie, ging mit Shoshana in die Küche und nahm aus dem Kühlschrank eine Flasche.

»Werden Sie damit glücklich. Es ist Ihre Und wenn Sie noch einen Tee mögen, der Samowar würde sich freuen.«

»Gerne«, sagte Shoshana.

»Wir haben gestern viel über die Vergangenheit gesprochen«, sagte sie, während sie zwei Tassen aus dem Schrank nahm und unter den Samowar hielt. »Bin froh, dass das Leben danach, vor allem dieses ganze Staatsbrimborium, hinter mir liegt. Dabei fühlt es sich so an, als wäre es gestern gewesen, wenn ich Ihnen von früher erzähle. Es hat doch alles gerade erst begonnen, denke ich dann. Was ist nur passiert?«

Shoshana setzte sich, beide Hände um die Tasse gelegt.

»Vermissen Sie das Leben als Frau eines Ministerpräsidenten?«

»Ich vermisse es genauso wenig, wie ich es gesucht habe. Es ist mir zugefallen, und ich war nicht stark genug, mich zu wehren.«

Sie lachte.

»Auch das ständige Reisen in diesen Blechgurken da oben, beim Namenlosen am Allerwertesten vorbei, vermisse ich nicht einen Tag.«

Shoshana sah sie an, als erwartete sie noch einen weiteren Satz.

»Wenn ich ein wenig Trauer verspüre, dann nur wegen der Pancakes. Damit war es nun auch vorbei.«

»Sie mögen Pancakes?«

»Ich liebe sie. Nennen wir es ein Laster. Aber so ist es. Die besten gab es bei Child's.«

»In New York?«

»Überall in der Stadt waren sie einmal, Manhattan, Queens, Brooklyn. Später im ganzen Land. Einer war in der Fulton Street, nicht weit entfernt von unserer ersten Wohnung an der Bedford Avenue. Jetzt muss man sie suchen.«

»Machen Sie selbst manchmal welche?«

»Niemals.«

»Warum nicht?«

Sollte sie Shoshana erzählen, dass es bei Staatsbesuchen in den USA immer das Erste gewesen war, was sie vorhatte, in eine der wenigen verbliebenen Filialen von Child's Restaurant zu gehen und Pancakes zu essen? Und dass jeder Versuch, sie zu Hause nachzumachen, in einer Enttäuschung geendet hatte?

»Kennen Sie Child's Restaurant?«

»Aus meiner Kindheit«, sagte Shoshana. »Gab es nicht mal ein ganz großes in Coney Island?«

»Das war zu meiner Zeit das prächtigste. Aber sie haben es hinbekommen, dass der Pancake in allen Häusern gleich gut schmeckte. Dazu waren sie günstig, man saß in hellen, sauberen Räumen mit weißen Kacheln, jeder sollte sich ein Essen hier leisten können. Auch die, die sonst nicht in ein Restaurant gehen. Und Child's waren die Ersten, die Kellnerinnen angestellt und den Kellnern ihr Monopol genommen haben.«

»Ausschließlich mit Ahornsirup?«

»Nichts anderes. Am besten aus Vermont. Der erste Bundesstaat, in dem es ein Ahornsirupgesetz gab. Reinheit und Qualität. Oder aus Kanada. Die haben das Ahornblatt sogar in ihrer Fahne.«

»Bei uns zu Hause gab es Anderson's Sirup«, sagte Shoshana.

»Keine schlechte Wahl, gut für jedermann.«

»Wenn es bei uns Pancakes gab, räumte Mutter die Küche und überließ sie mir.«

Sie sah Shoshana erstaunt an.

»Ich könnte mir vorstellen, dass es keine Enttäuschung für Sie wäre, wenn ich Ihnen einmal meine Pancakes anbiete, Paula.«

Sie blieb stehen. Das war ein verwegener Vorschlag. Die junge Frau hätte auch sagen können, ab morgen mache ich die ganze Wüste grün. Zugleich traf sie die Verlockung dieses Angebots jedoch mit einer Wucht, die sie selber überraschte. Fast hätte sie spontan Ja gesagt. Aber es gab eine Hürde, die zu überspringen sie sich nur schwer vorstellen konnte: Sie hätte ihre Küche, und sei es nur für kurze Zeit, einer Fremden übergeben müssen. (Oder zumindest einer, die nicht Mazal Jibli hieß, deren Hände auch die ihren waren.)

Shoshana ließ nicht locker.

»Ich kann sie flach, knusprig, dick oder fluffig machen.«

»Dick und fluffig!«, sagte sie, erschrak selbst über diesen von Unbeherrschtheit zeugenden Ausruf.

»Wann? Kommende Woche?«

»Oder morgen?«

»Abgemacht«, sagte Shoshana. »Sagen wir um sechs?«

Tags darauf erschien Shoshana zur verabredeten Zeit mit frischen Eiern, Mehl, Natron und einer kleinen Flasche Anderson's Ahornsirup. (Wo hatte sie all das so schnell herbekommen in diesem Land, wo so viele schöne Dinge rar waren?)

Wie immer hatte sie ein grün durchwirktes Hemd an, eine olivgrüne (wohl aus den Kibbuzbeständen ergatterte) kurze Hose. Die Beine gerade, von jugendlich straffer, bestimmt samtweicher Haut.

»Seth hasst die Dinger«, sagte sie, während sie die mitgebrachten Zutaten auf den Tisch stellte.

»Mein Alter würde nicht einmal bemerken, was er da vor sich hat«, sagte sie.

Shoshana blickte auf. Ihre grünen Augen verengten sich zu kleinen Schlitzen. Auch ihrer Augenfarbe wegen war

Shoshana für sie fast von Anfang an die »grüne Frau« gewesen.

»Ich nenne ihn oft so, er ist doch alt. Und ich bin es auch. Also warum darum herumreden.«

Der Teig war schnell angerührt und so verlockend goldgelb, dass sie gern einmal den Finger hineingesteckt hätte.

»Keine falsche Scheu. Probieren Sie, Paula, damit Sie wissen, worauf Sie sich einlassen«, sagte Shoshana und hielt ihr die Schüssel hin.

Sie tupfte die Spitze ihres Zeigefingers hinein, betrachtete das kleine, sonnenfarbene Hütchen auf ihrer Kuppe und schob es sich in den Mund.

»Und?«

»Könnte was werden.«

»Einmal ist keinmal, los, Paula.«

Wieder betrachtete sie die mit Teigresten überzogene Fingerspitze. Plötzlich stand Shoshana neben ihr, beugte sich vor und lutschte ihn kurz und wie selbstverständlich mit einer geschickten Zungenbewegung ab.

»Ja, macht einen guten Eindruck. Dann schreiten wir jetzt zur Tat.«

Sie stand wie vom Donner gerührt da, den Finger noch in der Luft. Hatte sie gerade etwas Ungeheuerliches erlebt oder etwas ganz Natürliches, die Alltagsgeste zweier backender, kochender, einander vertrauter Frauen? Oder war es beides, und es lag an ihr zu sagen, was hier gerade geschehen war?

Shoshana hätte wahrscheinlich über ihre Frage gelacht. Sie hatte unterdessen etwas Öl in die Pfanne gegeben und wartete, dass es heiß wurde, aber nicht zu heiß.

Mit einer großen Schöpfkelle ließ sie Teig hineingleiten,

wartete kurz, packte den Stiel der Pfanne und ließ das über seinen Aggregatzustand noch unschlüssige Wesen darin hin und her rutschen.

Dann, als gäbe es nur diesen einen Moment, nahm sie die Pfanne mit entschiedener Geste vom Herd, hielt sie weit von sich weg, nahm Schwung und ließ den Pancake durch die Luft sausen. Einen guten halben Meter über der Pfanne begann er, sich zu drehen, landete mit der helleren Seite nach unten wieder auf dem heißen Metall.

»Teller her«, sagte Shoshana und ließ wenig später das erste Exemplar auf das weiße Rund gleiten.

»Nun Numero zwei. Los, Paula, Sie sind dran.«

Jetzt trat sie an den Herd, suchte mit der anderen Hand in der Schublade den Pfannenwender.

»Nicht mogeln, Paula. Ich will ihn fliegen sehen.«

Sie wandte den Blick vom erprobten Helfer, hob die Pfanne vom Herd, wiegte den Körper hin und her und holte aus. Tatsächlich, die goldgelbe Scheibe flog. Aber sie war nicht gewillt, sich zu wenden.

»Sie dürfen ihn nicht gerade nach oben werfen, sondern müssen die Pfanne im letzten Moment ein wenig schräg halten.«

Beim dritten Versuch gelang es. Der Pancake flappte mit der richtigen Seite nach unten zurück in die metallene Fassung.

»Nur was etwas schräg ist, kann gerade werden«, sagte Shoshana und lachte.

Beide gossen Sirup dazu und begannen zu essen.

»Heute nicht Child's, dafür Suzanna's«, sagte Shoshana.

»Sie haben nicht zu viel versprochen«, sagte sie und fügte nach einer Weile kauend hinzu:

»Das ist der allerzweitbeste Pancake der Welt.«

»Da bin ich aber froh.«

Plötzlich sah sie dunkle Wolken aufziehen, und ihr war auch klar, warum. Gleich nach dem Essen würden sie das Geschirr, die Pfanne und das Besteck abwaschen, und Shoshana würde wieder gehen. Sie musste etwas tun. Shoshana kam ihr zuvor.

»Ich habe meine Gitarre dabei. Sie steht vorn im Flur.«

»Würden Sie noch einmal für mich spielen, Shoshana? Nur ein Stück. Und ich mache uns inzwischen Kaffee.«

»Wenn Sie wollen auch drei oder fünf. Bin gleich wieder da. Für mich ohne Zucker.«

»Ich weiß«, sagte sie und spürte, wie eine große Ruhe über sie kam, als läge sie im Sand am Meer, und ein milder Wind striche ihr über die Haut, in der Ferne der verblassende Rauch eines Ozeandampfers, den Himmel suchend.

»Ich weiß es doch, Shoshana.«

Die Exekution hatte sie für sechs Uhr angesetzt. Ruben hatte einen Stuhl vor sein Haus gestellt, über die Lehne ein großes Handtuch gelegt, das nach Farbe und Größe an eine Pferdedecke erinnerte. In einer ledernen Tasche, die er an einen Baum gehängt hatte (der dem Austragungsort ein paar Schattenstreifen spendete), steckten zwei Scheren, ein Kamm und ein Rasiermesser. Ein braunes, offenbar im Stall genutztes Schleifleder, ähnlich einem großen Fliegenband, hing ebenfalls am Baum.

»Muss es sein?«, hatte Ben-Gurion sie vor dem Aufbruch gefragt.

»Ja«, hatte sie geantwortet und ihn aus dem Haus in die Sonne geschoben. »Wirst schon nicht aussehen wie

Karl Marx in Algier.« Er würde verstehen, worauf sie anspielte. Hielt sich doch in den Kreisen der Sozialisten die Geschichte, dass der Schriftsteller der Revolution sich ein Jahr vor seinem Tod bei einem Barbier in Algier Bart und Haupthaar hatte abrasieren lassen und das Ergebnis mit den Worten kommentiert hatte: »Prophetenbart und die Kopfperücke weggeräumt.«

»Da draußen können mich alle Leute sehen«, sagte er, als sie sich Rubens Hütte näherten.

»Dann gehen wir eben rein. Ruben wird schon irgendwo einen Besen finden. Und da drinnen kennst du dich ja aus.«

Sie hatte eine andere Vermutung, warum er mit Ruben nicht gesehen werden wollte, obwohl er ihn gelegentlich, meist am Abend, aufsuchte.

Am Tag vor dem großen Auftritt der nach Sde Boker verfrachteten Pionierjugend hatte er im Schafstall wieder einmal richtig mit anpacken wollen. Wie sollte er den jungen Leuten gegenüber sonst glaubwürdig sein, denen er ein Leben jenseits all der neuen amerikanischen Moden, der Musik und neuartigen Sitten und Getränke predigen wollte. Und es musste diesmal mehr sein als symbolische Politik. Ein von innen kommendes, aber äußerlich zu dokumentierendes Ich-zeig-euch-was-ein-richtiger-Kibbuznik-ist. Sie kannte diese Anwandlungen von ihm nur zu gut, enthielt sich aber jeder Kommentierung.

Es war der Tag der Schafschur. Jehoshua sollte ihn begleiten und bei seinem Einsatz fotografieren.

Auf seine Aufforderung hin führte Ruben ihm vor dem Stall ein Schaf zu. Er bekam es zu packen, konnte es mit wenigen Handgriffen zwischen seine Beine zwingen.

Ruben begann mit der Schur. Wie immer wusste er geschickt und schnell Wolle und Schaf zu trennen. Wenig später hüpfte das Tier erleichtert davon. Ben-Gurion bekam das nächste zwischen seine Beine, auch dieses Mal gelang die Schur rasant. Auf seiner Stirn zeigte sich das Leuchten des Stolzes.

Ein drittes war an der Reihe. Diesmal ein kräftiges, wildes, großes Tier. Auch das hatte Ruben nach einem kurzen Gerangel fest im Griff und schob es ihm zu. Er versuchte, es zu halten, aber es wollte sich ihm und dem, was es – wenngleich allein von begriffslosen Ahnungen erfüllt – als einen drohenden, vielleicht noch vermeidbaren Akt der Demütigung empfand, mit aller Kraft entziehen. Ein Kampf begann.

Bis Ben-Gurion sich entschied, zwar nicht Wolle und Schaf, aber Boden und Hufe zu trennen. Mit anderen Worten: Er hob das große Tier an, um es zu wenden und dann zwischen seinen Schenkeln zu fixieren.

Kurz paddelte das Schaf mit den Beinen in der Luft. Plötzlich ertönte ein lauter Schrei, und das Tier fiel wie ein schwerer Gegenstand zu Boden. Gleich darauf rappelte es sich hoch, machte ein paar Bocksprünge (sofern Schafe dazu in der Lage waren) und sauste davon.

Ben-Gurion hielt sich den Rücken, saß reglos da, weiß wie frische Milch in einem Eimer.

Nur mithilfe von Ruben und dem ebenfalls zupackenden Jehoshua war es ihr möglich, den wie steif gefrorenen Schafmeister in ihre Hütte und dort in sein Bett zu verfrachten.

Es war nicht der erste Vorfall dieser Art, nur war es diesmal besonders heftig. Ben-Gurion war sein Leben lang oft krank gewesen, hatte unter Schwindel, Schmerzen und dem, was sie fachsicher Lumbago nannte, die meisten aber (durchaus verharmlosend) Hexenschuss, leidend im Bett gelegen und leise in sich hineingejammert.

Zur Zeit des Sinai-Feldzugs 1956 etwa musste er sogar Renanas altes Kinderzimmer im Erdgeschoss des Hauses als Schlafzimmer, Wohnzimmer, Krankenzimmer und militärischen Befehlsstand nutzen, denn die Treppe hinauf in sein Reich erschien ihm so unerreichbar wie der Gipfel des Mount Everest, so unmöglich wie der Aufstieg auf den Berg Tabor zu Pferd. Hinter dem von den Sicherheitsleuten mit groben Ziegeln zugemauerten Kinderzimmerfenster lag er auf dem Bett seiner Tochter und ließ Generäle und Minister antreten.

Es wurde ein doppelter Sieg. Der über Ägypten und der über den Schmerz im Rücken. Nur dass ihm der Sieg seiner Truppen im Sinai von den Amerikanern aus der Hand genommen wurde, da sie international Druck auf den kleinen Staat ausübten und ihn zum Rückzug zwangen.

Der Sieg über den wunden Rücken war größer und dauerhafter. Für ihn stand der Name Moshe Feldenkrais, der ihm einst von einem weiteren ratlosen Arzt zugeflüstert worden war und den er daraufhin suchen und zu sich kommen ließ.

Feldenkrais, bekannt für seine ungewöhnliche und den verschiedenen Heilmethoden abgelauschte, von ihm selbst entworfene Methode der Körper-Seele-Ganzheit, hatte bereits einen Namen, war international gefragt. Ben-Gurion und er begannen, sich häufig zu sehen, nachdem der dem Leben zugewandte, dem guten Essen nicht abgeneigte und stets eine Zigarette zwischen den Fingern haltende Heiler (und Jiu-Jitsu Meister) gesagt hatte, er könne Ben-Gurion gesund machen.

Sie hatte irgendwann den Raum verlassen, als der Herbeigerufene den auf dem Boden liegenden Ministerpräsidenten – wie ihr schien, eine Ewigkeit lang – abtastete, seine Knochen und Muskeln drückte, als hätte ihm jemand die Augen verbunden und er sollte erraten, wen er da vor sich hatte.

Eine Diagnose gab es nicht. Eine Therapie, die sich hätte beschreiben und gar ärztlich attestieren lassen, ebenso wenig. Aber es begannen die Übungen und die sich oft daran anschließenden Gespräche.

»Wenn du weißt, was du tust, kannst du tun, was du willst.« Besonders dieser Satz musste es Ben-Gurion angetan haben (war er doch so etwas wie seine Lebenshaltung auf eine Formel gebracht, deren Nachteil allenfalls darin bestand, dass er sie nicht selber gefunden hatte). Trotz seines übervollen Kalenders als Staatslenker legte er bei der Einhaltung der bald regelmäßigen Therapietermine eine Disziplin an den Tag, die sie bei ihm nur von den Lagebesprechungen im Kriegsfall her kannte.

Und tatsächlich, es wurde besser.

Selbst in Sde Boker tauchte der Heiler auf, blieb auf Bitten Ben-Gurions ein paar Tage, erkundigte sich als Erstes nach dem Essen, machte den jungen Frauen im gemeinschaftlichen Speisesaal schöne Augen und lehrte den alten Mann, auf dem Kopf zu stehen. Mit Erfolg, wie sie einräumen musste; und das stimmte sie gegenüber dem Hokuspokus-Künstler etwas milder.

Als eine Journalistin sie einmal gefragt hatte, warum

nicht auch sie den Kopfstand erlernen wolle, war die Antwort schnell zur Hand gewesen:

»Ich bin schon froh, wenn ich auf den Beinen stehen kann.«

Nur dass Ben-Gurion am kommenden Tag auch noch den bohnenstangendürren deutschen Altkanzler in die Sache hineinschwatzte, war zu verhindern. Er hatte es bei Kennedy probiert, war aber an dem Präsidenten, der trotz seines jungen Alters stets mit einem Stützkorsett und orthopädischen Schuhen und einer langen Krankheitsgeschichte herumlief (ihrem geschulten Blick war das, was kaum einer sah, nicht entgangen), und an seinen Beratern gescheitert. Immerhin, das war ermutigend.

Statt die Prozedur draußen über die Bühne zu bringen, gingen sie nun also in Rubens Hütte. Sie war sehr aufgeräumt. In den aus grobem Holz gezimmerten Regalen standen mit klarer Hand beschriftete blecherne Filmdosen. Seit seiner Zeit als Student am Technion in Haifa sammelte Ruben Filme von Menschen, die diese in ihren Koffern, so geschunden wie ihre Seelen, mit ins Land gebracht hatten und die mit dieser Habe aus einem früheren Leben nichts mehr anzufangen wussten. Oder bereit waren, ihm dieses sperrige Erbe – schließlich waren die Filme ohne Projektor und Leinwand nutzlos – gegen die Zusicherung, es zu hüten und ihnen jederzeit zugänglich zu machen, zu überlassen.

Zunächst, so hatte sie erfahren, hatte Ruben selbst Szenen aus den Städten und vom Land mit der Kamera festgehalten. Dann wurde er zum Archivar des Vergangenen und ins Land Geretteten. Auch wenn er seine (fraglos verheißungsvolle) akademische Laufbahn zugunsten des Pionierlebens in der Wüste aufgegeben hatte, der Film in all seinen Formen blieb seine Leidenschaft.

Das ein oder andere Mal hatte sich Ben-Gurion (der stets eine Abneigung gegen das Bewegtbild gehabt hatte, es aber, solange es nicht über die Mattscheibe huschte und den Blick auf das Leben verstellte, hinnahm) bei Ruben eingefunden und ihn gebeten, den Projektor aufzustellen und ein Laken an die Wand zu hängen. Allerdings wollte er nur Filme sehen, die hier im Land entstanden waren. Von denen aus der Diaspora, gar aus den Ghettos, wollte er nichts wissen.

»Was hoffst du da zu sehen, was du nicht längst schon weißt?«, hatte sie ihn einst gefragt, noch immer im Kopf, welchen Kampf sie mit ihm hatte ausstehen müssen, um eine Flimmerkiste zu ergattern.

»Rubens Filme zeigen, wie es bei uns einmal war.«

»Alles schwarz-weiß, meinst du das?«

»Ich denke mir die Farben dazu, ein prächtiges Bild unseres Aufbruchs sehe ich dann vor mir.«

Er *denkt* sich Farben dazu, schoss es ihr durch den Kopf, bei mir sind (spätestens seit dem Austausch mit Shoshana war sie sich da sicher) Farben Gefühle und Gefühle Farben. Sie konnte alles Mögliche denken, aber keine Farben.

Ruben holte an diesen Abenden geduldig Film um Film hervor, kaum einer länger als zwei Minuten. Vielleicht war es auch diese Verknappung, die Ben-Gurion reizte. Kaum hatte man sich eingesehen, haspelte am Projektor schon wieder die leere Spule und wartete darauf, dass der Film zurückgespult wurde. Dann kam die nächste Rolle.

Meist betrachteten die beiden schweigend die vorbeitrappelnden Bilder, als seien Stummfilme nur stumm zu betrachten. Trecker, Mähdrescher zogen vorbei, die Neubauten im Westen Jerusalems wuchsen, Hochzeiten, Bar-Mizwa, ein Tag am Strand, eine Wanderung in Galiläa, die Rückkehr aus der Armee, das erste Auto. Neugeborene und strahlende Eltern. Der Bau des Dizengoff-Platzes in den 30ern, von einigen Etoile de Tel Aviv genannt, oder des Hilton Hotels in Tel Aviv, das in diesen Tagen auch (die Farbe an den Wänden noch feucht) den Kanzler aus Deutschland beherbergte.

Irgendwann stand Ben-Gurion auf, ging, als wäre es nur wortlos möglich, die gesammelten Bilder im Inneren zu bewahren und sie nicht ihres fortwirkenden Zaubers zu entkleiden. Ruben und er waren ein eigenartiges Paar.

Auf einem Stuhl in der Küche drückte ihn Ruben hinunter. Ruben, mittelgroß, mit so feinen wie kräftigen Händen, einem rotbraunen Schopf und ein paar Sommersprossen auf der Nase, legte Ben-Gurion behutsam das Handtuch über die Schulter. Sie stand daneben, auf dem Sprung einzugreifen.

Kurz musste sie an die Szene in Tel Aviv denken, als Ben-Gurion dazu hatte überredet werden müssen, sich einen Ausweis samt Bild ausstellen zu lassen (wie jeder andere auch).

Jeder kenne ihn doch, einen Ausweis brauche er nicht, hatte er immer wieder gesagt. Irgendwann hatte sein Assistent Nehemia Argov darauf bestanden, dass Ben-Gurion wie alle Bürger einen Ausweis bekam und sich hierfür von einem Fotografen aufnehmen ließ.

Also kam eines Morgens der offizielle Fotograf der Regierungspressestelle in ihr Haus in den Keren-Kayemeth-Boulevard.

Ben-Gurion war krank, fühlte sich nicht wohl. Im Schlafanzug und einem zerknitterten Morgenmantel, die Haare zerwühlt, kam er die Treppe herunter.

»Wir können loslegen«, sagte er, nachdem er den Fotografen kurz begrüßt hatte.

Der junge Mann betrachtete ihn, seinen Ministerpräsidenten, verlegen.

»Vielleicht wäre ein Anzug besser?«, sagte er.

Sie konnte nicht anders, als zu intervenieren.

»Das ist Ben-Gurion. Wollen Sie seinen Kopf fotografieren oder seine Klamotten?«

Ben-Gurion mochte keinen Streit, hob beschwichtigend die Hand, verschwand nach oben. Kurze Zeit später kam er im schwarzen Anzug, die Haare mit ein wenig Wasser gebändigt, wieder herunter.

Männer, dachte sie und spürte Wut in sich aufsteigen.

Nicht nur, dass dieser nachgeordnete Behördenmitarbeiter Ben-Gurion unterworfen hatte. Weit schlimmer: Er hatte sich in ihren Hoheitsbereich vorgewagt. Sie entschied, wer in diesem Haus wie herumlief. Und wer hier welche Bilder machte, wie und von wem. (Obwohl sie den guten Nehemia einst noch ermutigt hatte, Ben-Gurion, schließlich auch in ihren Augen ein Bürger dieses Staates wie jeder andere, einen Ausweis zu verpassen.)

Als der Fotograf wieder an der Tür stand, das Wetter war schlecht, es regnete in Strömen, sagte sie:

»Machen Sie mit Ihren Schuhen nicht noch einmal meinen Teppich dreckig«, und schlug die Tür hinter ihm zu.

Ruben machte die Sache gut. Schere, Kamm, Bürste flogen durch die Luft, die Prozedur war schnell erledigt. Mit flinken Händen hatte er das Haar Ben-Gurions gestutzt, hielt ihm ein wenig später einen aus dem Badezimmer von der Wand genommenen Spiegel vors Gesicht.

»Zufrieden?«

»Machen mich die kurzen Haare nicht älter?«

»Du bist alt«, schaltete sie sich ein. »Was soll man machen?«

»Ich habe ein paar neue Filme«, unterbrach Ruben den drohenden Dialog der beiden Alten.

1961 habe EL AL den ersten Düsenjet, eine Boeing 707, nach New York geschickt. Davon gebe es Aufnahmen aus privater Hand.

»Ich weiß«, sagte er. »War dabei. Habe die Verbindung selber genutzt.«

»Ben-Gurion ist so häufig geflogen, dass sie irgendwann den Flughafen nach ihm benennen, wenn er nicht aufpasst«, warf sie ein.

»Was wäre dein Vorschlag?«, entgegnete er.

»Dass diese ganze Männer-Helden-Benennung aufhört. Ein Flughafen ist ein Flughafen, sonst nichts.«

»Der wichtigste Platz mitten in Tel Aviv ist nach einer Frau benannt. Sina Dizengoff«, entgegnete er.

»Und deswegen dürfen jetzt alle weiteren nach Männern benannt werden?«

Ruben hatte ihrem Austausch wortlos gelauscht. Als sie sich ihm zuwandte, um seine Meinung zu hören, sagte er:

»Solange David lebt, wird dem Flughafen nichts passieren. Und wenn er wirklich einmal Ben-Gurion-Airport heißt, wer sagt denn, dass er dann nicht nach dir benannt ist, Paula.«

»So weit kommt's noch«, sagte sie und wandte sich zum Gehen.

Gegen sieben sah sie durch das Fenster ihrer Küche eine Staubwolke am Horizont. Sie hoffte, nein, sie war sich sicher, dass dies Joseph Livni war, der Professor des Wassers. Würde er auch heute in Sde Boker halten und ihr einen Besuch abstatten? Bisher hatte er es immer getan. Und jedes Mal, wenn sie ihn kommen sah, hatte sie sich etwas zurechtgelegt oder, besser, in sich hineingehorcht, ob irgendein Thema, ein Anliegen, eine Beschwernis, eine Frage obenauf lag. Oft war es ihr so vorgekommen, als wäre Joseph Livni ein Berater, ein reisender Arzt, ein Seelenheiler oder ein hellsichtiges Orakel, das man nur an der Lippe berühren musste, damit es sprach. Aber nicht orakelte, sondern gut zu handhabende Weisheiten formulierte, die dem Leben abgewonnen waren.

Mit anderen Worten: Sie mochte ihn und vertraute ihm auf besondere Weise. Das konnte sie nicht von vielen sagen, und es schienen immer weniger zu werden. Meist war ihr erster Impuls Misstrauen.

Auch ein anderer Impuls, den sie sehr wohl zu reflektieren, aber nicht abzustellen wusste, setzte in der Anwesenheit von Joesph Livni aus: das, was er einmal sachlich und doch lächelnd ihren *Hirtenhundinstinkt* genannt hatte.

Wenn Joseph Livni in der Nähe war, musste niemand bewacht werden. Nicht ihr Mann und die längst mit ihm verwachsene (und wenn sie nicht achtgab, bald zu Stein sich härtende) Ikone Ben-Gurion. Und nicht sie selbst.

War sie doch fast immer, was ihre Seele, ihr Wohl und Wehe anging, auf der Hut. Trieb ihre Empfindungen zusammen, Schafen gleich vor dem sie umkreisenden Hund, auf dass keines sich selbstständig machen konnte.

Auch heute fiel es ihr schwer, in der grauen, felldichten Gruppe der stumm stehenden Tiere eines auszumachen und herauszugreifen. Allenfalls die Frage, ob die junge Frau von damals noch irgendetwas mit der alten Schachtel zu tun hatte, als die sie sich heute, gerade heute, empfand.

Was ist der Kern eines Menschen (wenn es denn so einen gab, und sie hatte da ihre Zweifel), und was fällt von einem ab, kommt hinzu, wandelt sich? Äußerlich war das schnell beschrieben, der Blick am Morgen in den Spiegel hatte sie zwar in ihre Kindheit entführt, doch zugleich hatte sie dieses Kind Penina Munweis mit der dicken Drahtbrille wie eine Fremde bestaunt. Es war ihre Geschichte gewesen und doch auch die einer anderen, die vielleicht längst gestorben war.

Noch war etwas Zeit, denn Joseph Livni würde zunächst mit Dov sprechen, der als Bewässerungsexperte viel vom Professor gelernt hatte und ständig mit neuen Fragen auf ihn eindrang, insbesondere was sein Fachgebiet betraf, das er ihr gegenüber einmal Sturzbachbewässerung genannt hatte (ohne dass sie sich darunter allzu viel vorstellen konnte). Und er würde Ben-Gurion in seiner Klause ein Schalom zuwerfen, aber kein Gespräch mit ihm anfangen, wohl wissend, dass die Gespräche zwischen ihnen sie unversehens in die flirrende Endlosigkeit von Geschichte und Politik entführten, wofür er Zeit benötigte, die er sich gerne nehmen würde, aber heute wie an anderen Tagen nicht hatte.

Den Samowar hatte sie kurz nach dem Eintreten angestellt, er war noch heiß, sie hatte den Deckel des Tschainik gehoben und gesehen, dass noch genügend Teekonzentrat im Kessel war, die Küche inspiziert und die beiden Stühle ein wenig vom Tisch abgerückt, damit sie, aller hölzernen Kargheit zum Trotz, so etwas wie eine Einladung zum Verweilen aussprachen.

Der Samowar begann, sich zu regen und ein wenig zu fauchen. Vielleicht lag in diesem Geräusch mehr Kindheit als in jedem Bild und jeder Erinnerung. Ein Haushalt ohne ihn undenkbar. Vielleicht war dieses silber glänzende Gerät, und nur noch dieses: Heimat.

In New York hatte sie kurz nach ihrer Ankunft bei einem Händler am East Broadway ein russisches Modell erstanden, in Tula gefertigt (nur Samoware aus Tula waren wirklich Samoware, hatte ihre Mutter gesagt und auf die feine Gravur und Herkunftsbezeichnung an der Bauchseite des Kessels gewiesen), noch mit Feuer zu betreiben.

Der jetzige arbeitete mit Strom; sie hatte ihn vor vielen Jahren in Tel Aviv in der Nähe des Carmel Marktes entdeckt und schweren Herzens gegen das alte, singende und feuergetriebene Gerät eingetauscht.

An Tagen wie diesen im Mai 1948 hatte sie den Samowar Tag und Nacht betrieben und jeden, der kam, mit Tee versorgt. Es war die Zeit vor der Staatsgründung. Ben-Gurion kam und ging, egal zu welcher Tages- oder Nachtzeit, und sein Gang hatte nicht mehr das Kraftvoll-Entschiedene, das so typisch für ihn war, vielmehr ging er wie jemand, der eine Last trägt und ahnt, dass er sie vielleicht nicht ans Ziel bringen kann.

Wenn er im Haus war, in seinem Arbeitszimmer und den angrenzenden Räumen der Bibliothek, war es wie ein Sog; Berater, politische Freunde, Warner, Militärs, Leute der verschiedensten jüdischen Organisationen, dazu Stenotypistinnen und andere Bürofachkräfte folgten ihm und kamen ins Haus. Hatte sie es bislang noch geschafft, eine Art Türhüterin für Ben-Gurion zu sein, die Spreu vom Weizen zu trennen, in diesen Tagen vor dem 14. Mai hatte sie kapituliert.

Was denkst du, hatte sie zu dem Samowar gesagt, der mit dem nur den Dingen eigenen Gleichmut das Geschehen im Haus begleitete, und sich mit einem Seufzer auf den Stuhl fallen lassen.

War es richtig, was ihr Mann vorhatte? Gegen den Widerstand und die Bedenken vieler seiner eigenen Leute den Staat auszurufen? Denn das hieß Krieg. Kriege zu beginnen, war leicht, aber einen Weg wieder herauszufinden oft kaum möglich. War all das den Preis wert?

Auch war ihr nicht entgangen, dass einer seiner engsten Vertrauten, Moshe Dayan, mit schlechten Nachrichten aus Amerika zurückgekommen war und riet, die Sache abzublasen und zu verschieben. Hatte doch der amerikanische Außenminister George Marshall klargemacht, dass der neu gegründete Staat aus den USA keinerlei Unterstützung zu erwarten habe, er als Soldat zudem der festen Überzeugung sei, ihn zu gründen, hieße, ihn angesichts der arabischen Übermacht im gleichen Zug zu vernichten.

Dann kam auch Golda ins Haus, auf keine hatte Ben-Gurion sehnlicher gewartet. Aber auch sie brachte schlechte Nachrichten von ihrer geheimen Mission aus Amman zurück: Hatte sich Jordaniens König Abdullah lange Zeit einem Staat der Juden gegenüber offen gezeigt, mit seinem Land in einer Art Kooperation verbunden, war er in diesen Tagen auf die Linie der anderen arabischen Staaten eingeschwenkt. Ja, man erwartete von ihm, dass er als Erster das noch namenlose Land angreifen und vernichten würde.

Bleich im Gesicht, mit dem Kiefer mahlend, kam Ben-Gurion in die Küche und bat um etwas Tee. Es war, nie würde sie es vergessen, der 13. Mai.

»Und?«, sagte sie.

»Nichts *und*«, sagte er. »Jetzt umso mehr: dennoch.«

»Wenn Moshe in der nächsten großen Konferenz erzählt, was er aus Amerika mitgebracht hat, und dann auf Verschiebung dringt, wirst du es schwer haben.«

»Er soll berichten, alles. Alle sollen es wissen. Aber dann schweigen.«

»Wird er es tun?«

»Ja.«

Ben-Gurion hielt die Tasse mit beiden Händen, blies hinein.

»Ich glaube, ich war noch nie so einsam wie jetzt«, sagte er. Fast erschrak sie, denn so hatte er lange nicht mehr mit ihr gesprochen.

Sie stand auf, legte ihm die Hand auf die Schulter.

»Wir haben die Sache angefangen, jetzt bringen wir sie auch zu Ende. Ob sie nun richtig ist oder falsch«, sagte sie.

Dann verschwand er wieder, und wenig später verließ er wie so oft in diesen Tagen das Haus.

Erst am kommenden Tag hörte sie in seiner über Nacht immer wieder überarbeiteten und schließlich in Reinfassung gebrachten Rede, unter den ausgewählten Gästen im kurzfristig für die Feierlichkeiten hergerichteten Museum am Rothschild Boulevard sitzend, dass der eben noch namenlose Staat Israel heißen würde. So hörten es auch die Menschen im ganzen Land, das Ohr am Radio.

Auf den Straßen brach der Jubel nicht ab. Die Menschen begannen zu tanzen.

»Immerhin ist der Name kurz, und jeder kann ihn sich merken«, hatte sie am Abend zu Ben-Gurion gesagt, nachdem die Feierlichkeiten vorüber waren und der Krieg begonnen hatte.

Es dauerte nur wenige Minuten, dann betrat Joseph Livni, die Arme weit geöffnet, ihre Küche.

Er war groß, und fast jedes Mal erschrak sie. Einmal hatte sie zu ihm gesagt, wenn sie sich auf Ben-Gurions Schultern stellen würde, könnte sie ihm in die Augen schauen (oder ihm die Brille putzen). Er hatte gelacht und gesagt: »David ruht auf deinen Schultern.« Und hinzugefügt: »Du lässt ihn zu dem Riesen werden, der er für mich immer war.«

Sie hatte die Hand gehoben und sofort abgewehrt. Joseph Livni war klug, ja weise, aber manchmal wollte er charmant sein, und diese Rolle machte sie verlegen.

»Ihr habt ja morgen einiges vor, Paula«, sagte er und ließ sich einen Tee reichen.

»Wenn man älter wird, hat man die Gabe, die Dinge, die vor einem liegen, bereits von hinten betrachten zu können.«

»Und was siehst du dann?«

»Gebrauchte Handtücher, ein bekleckertes Tischtuch, in der Spüle Geschirr und einen Boden, der dringend gefegt und gewischt werden muss. Und vor dem Haus einen zertrampelten Rasen und Beete, die keine mehr sind.«

»Ich habe über unsere beiden Freunde nachgedacht«, sagte er. »Willst du wissen, was dabei herausgekommen ist?«

Sie sah ihn aufmerksam an.

»Du wirst lachen. Du bist den beiden viel näher, als du denkst.«

»Jetzt bin ich auf Ihren Vortrag gespannt, Herr Professor.«

Sie setzte sich zu ihm an den Tisch.

»Ich kann nicht vergessen, dass David einmal gesagt hat, dieser Staat sei für die Juden nur ein Übergang. Zunächst notwendig, irgendwann nicht mehr. Kurios, aber er hat es wirklich so gesagt.«

»Er sagt vieles, wenn der Tag lang ist.«

Der Freund ließ sich nicht beirren.

»Wenn alle Völker eins sind – seine große Hoffnung –, wenn es keine Staaten und Grenzen mehr gibt, braucht es auch keinen Staat für uns Juden. Wir gehen in den Völkern auf wie jedes andere Volk. Das wäre der erste Gedanke.«

»Ich habe das gehört, aber nicht ernst genommen. Diesen ersten Gedanken.«

»Vielleicht wäre es besser, du tätest es.«

Sie ging an den Samowar und ließ erneut Tee in die Tasse laufen.

»Letztlich misstraut David dem Staat und dem Begriff der Nation.«

»Ich habe nur festgestellt, dass er im Kern den Menschen misstraut. Und doch jedes einzelne Exemplar dieser

Spezies, das ihm über den Weg läuft, sehr schnell mag. Oft mit einer Arglosigkeit, die mir Sorgen macht.«

»Das gehört zusammen. Und hier trifft er sich mit seinem Freund. Auch Adenauer misstraut den Menschen und seinen Deutschen allemal. Ich habe alles noch einmal nachgelesen. Er konnte nur einen Staat gründen, der tief eingebunden in die anderen Staaten Europas ist, der zwar wieder eine Armee hat, aber eine, die er sogleich einem Kommando europäischer Partner unterstellen wollte. Nur eine gebändigte deutsche Nation war für ihn vorstellbar. Die Nation ist ein notwendiges Konstrukt, aber mit Umsicht zu verwenden. Eine deutsche Nation allemal. Trauen sollte man ihr nie. Darüber wären die beiden sich schnell einig, und im Tiefsten spüren sie diese Verwandtschaft.«

»Dafür, dass sie beide dem Staat und der Nation misstrauen, wie du sagst, haben sie eine ganz Menge für diese getan. Oft mit Härte und einer gewissen Rücksichtslosigkeit.«

»Stimme dir zu, nur dass aus ihrer Sicht allein ein starker Staat in der Lage sein wird, sich selbst zu überholen und irgendwann entbehrlich zu sein.«

»Willst du mir sagen, dass ich mit meiner Staatsskepsis nur ein wenig Geduld haben soll?«

»Ein wenig wird nicht reichen. Bei uns sind auch ganz andere Kräfte im Spiel, die nicht einen Staat für die Juden, sondern einen jüdischen Staat haben wollen. Ich fürchte, sie werden sich irgendwann durchsetzen. Sie legen dann fest, was jüdisch ist, was zu diesem Land gehört und wer als Fremder zu betrachten ist. Aber wir wollen mehr sein als ein sicherer Ort für die Juden, immer auch eine verlässliche Demokratie, für alle Menschen, egal welcher Herkunft, mit den gleichen Regeln und Rechten.«

»Und du denkst, die beiden alten Freunde sehen das in gleicher Weise?«

»Ich denke, es ist ein Grund, warum sie sich im Tiefsten so gut verstehen. Sie sind keine Ideologen, sondern pragmatische Skeptiker. Sie halten den Begriff der Nation bereits für überholt, in jedem Fall auch für gefährlich, und das in dem Moment, in dem sie selber eine schaffen oder geschaffen haben. Aber sie wollen, dass sich die Bürger ihres Landes das Leben in einem demokratischen, starken Staat aneignen sollen. Ben-Gurion, weil er der Auffassung ist, dass die Juden es nach so langer Zeit des Lebens ohne Verantwortung für einen Staat erst noch lernen müssen. Und Adenauer, weil die Deutschen ihre Demokratie verraten haben und nach den Hitler-Jahren gänzlich neu lernen müssen.«

»Irgendwo tun sie mir auch leid.«

»Wieso das?«

»Sie werden es nicht mehr erleben, dass ihre Staatsgebilde sich auflösen.«

»Wir beide auch nicht, Paula. Aber wir müssen ja auch den Nachkommenden noch ein paar Aufgaben lassen.«

Joseph Livni erhob sich. Auch sie stand auf.

»Und wie geht es dir, Paula?«

»Es geht.«

»Kommende Woche will ich es genauer wissen. Wenn unsere beiden verkappten Anarchisten sich wieder getrennt haben.«

»Dann bleibt immer noch eine richtige«, sagte sie und geleitete ihn zu Tür.

»Eine mit großem Herz«, sagte Livni, und mit einem Quietscher und Wumms schloss sich hinter ihm die Tür.

Sie blieb eine Weile im Flur stehen, unschlüssig, was jetzt noch zu tun war. Das Gespräch mit Livni wollte sie nicht loslassen. Irgendetwas hatte sich nach dem Gespräch geändert. Sie fühlte sich leichter, freier, ja irgendwie (sie musste nach einem passenden Wort suchen) – aufgehoben.

Dann kam ihr ein Gedanke, der sonnengleich in ihr zu strahlen begann.

Vielleicht war es so und nicht anders (nur dass sie es bislang nicht zu denken gewagt hatte), und vielleicht war es das, was Joseph gemeint hatte, als er sagte, sie sei gar nicht so anders als Adenauer und Ben-Gurion. So wie der Staat Israel das Lebensprojekt ihres Mannes war, so war sein Leben ihr Projekt. Er war ihr Staat Israel. Dieser Staat, den nur sie möglich gemacht hatte, nur sie möglich machen konnte, den sie hegte, verteidigte, umsorgte, schützte, umgrenzte und nährte, dem sie ihr ganzes Leben gewidmet hatte, hieß David Ben-Gurion.

Nur weil sie an seiner Seite war, konnte er der werden, der er war. Nur weil sie sich ihm ganz hingegeben hatte, konnte er sich ganz seinem Staat hingeben.

Sie hatte diesen Staat nicht haben wollen, und die Skepsis diesem Konstrukt gegenüber hatte sie nie verlassen. Und doch: Im Stillen war sie seine größte Unterstützerin geworden. Sie, nicht weniger als David Ben-Gurion, war Israel.

Ihr lief ein Schauer über den Rücken, als sie dies dachte. Aber es fühlte sich gut an.

Am Abend nach dem Essen würde sie Shoshana aufsuchen, ihr von ihrem neuen Gedanken erzählen. Sie musste ihn loswerden und war sich sicher, dass die Amerikanerin sie verstehen würde. Nach all dem, was sie sich gegenseitig erzählt hatten. Nach all der Erfahrung, wie Shoshana lauschen und zuhören konnte.

Am Morgen hatte sie nicht einmal mehr Sehnsucht nach der Sehnsucht verspürt, hatte es als das gedeutet, was es war: eine Katastrophe. Vielleicht der Anfang vom Ende ihrer Zeit auf Erden. Wenn nicht gar Schlimmeres, denn vielleicht konnte sie nicht einmal ein Ende finden, hatte sie gedacht. Und jetzt, am Abend desselben Tages, erschien ihr alles in einem hellen Licht.

Sie trat vor die Tür, hörte kein Quietschen und keinen Wumms, sah hoch hinauf in den sich dem Abend zuneigenden Himmel, und etwas Warmes, nicht Beschreibbares erfüllte ihre Seele.

Es würde doch noch ein guter Tag werden.

4

Nach dem Abendessen brach sie auf. Hinter dem Horizont brannte ein fernes Feuer. Die Berge trugen eine Krone aus Gold. Kein Wind war zu spüren, das wenige Gras rührte sich nicht. Die Hitze des Tages war verflogen, ein Hauch von Kühle berührte ihre Haut.

Sie war zuvor noch einmal ins Haus gegangen, hatte ein Bad genommen, sich das Haar gerichtet und ein frisches, helles Kleid angezogen. Wenn nur diese blöde Brille nicht wäre, hatte sie wieder gedacht und sich vom Spiegel abgewandt. Es ist nur eine Brille, hatte sie sich gesagt, das Leben kann trotzdem schön sein.

Jeder sollte sie sehen. Warum auch nicht? Sie grüßte, wen immer sie traf, winkte den Menschen hinter den Fenstern zu, tätschelte Danas Kinder, die für den Abend und die Nacht nach Hause entlassen wurden und über den Hof stürmten, in die Arme ihrer Eltern.

Es machte sie glücklich, ihnen zuzusehen, ihnen etwas nachzurufen, und doch verspürte sie auch Wehmut (oder gar Trauer?), dass ihre Kinder, anders als diese hier, von all den Vorgaben, Zwängen, Erwartungen, dem ganzen Überbau eines Staatenlenkerpaares, umgeben gewesen waren. Vielleicht ist deswegen keiner von ihnen in die Politik gegangen, weder Geula, Amos noch Renana, dachte sie. Sie wollten in diesem Land leben wie andere auch, es war ihr gutes Recht. Hatte sie doch, anders als ihr Mann, versucht, für ihre Kinder dieses alltägliche, möglichst unbeschwerte, von keinen großpolitischen Vorgaben und dem ganzen Sicherheitsbrimborium getrübte Leben zu verkörpern.

Der Weg war nicht mehr weit, schon sah sie in der Ferne Shoshanas Hütte und die der anderen Pioniere. Sie war schäbig, gewiss, aber für sie war sie schön. Nach der ersten Begegnung noch hatte sie Nissim ermahnen wollen, das Haus zu streichen, das Rohr zu flicken und das Unkraut auf der kümmerlich dürren kleinen Wiese zu jäten. Jetzt sollte alles so bleiben, wie es war.

Die Fenster der Hütte waren geschlossen. Sie versuchte, einen Blick hinein zu erhaschen. Stets hatte sie nur leise rufen müssen, und Shoshana war, meist mit einem Lächeln, in der Tür erschienen. Wie lachhaft, dass sie in den ersten Tagen noch gedacht hatte, niemand dürfe sie hier bei den jungen, unausgegorenen Freiwilligen sehen.

Auch die Tür, sonst immer offen, schien verschlossen. Sie bog die Finger und klopfte. Keine Reaktion. Vielleicht war Shoshana noch im Gemeinschaftssaal und beendete ihr Essen? Es war ein Fehler, dass sie nicht zunächst dort den Kopf hineingesteckt hatte. Sie hätten von dort aus gemeinsam in diesen Teil des Kibbuz aufbrechen können.

Sie klopfte erneut. Tatsächlich, jetzt vernahm sie Schritte hinter der Tür. Mit einem Knarzen öffnete sie sich.

Eine junge Frau, leicht bekleidet und ein Handtuch um den Kopf gewickelt, sah sie prüfend an.

Kurz wusste sie nicht, was sie sagen sollte.

»Ich möchte mit Shoshana sprechen«, brachte sie dann heraus.

Die Frau lachte:

»Da müssen Sie mich verwechseln. Ich bin Ayelet. Entschuldigen Sie meine Aufmachung, ich bin gerade erst angekommen.«

»Aber hier wohnt Shoshana«, wollte sie antworten, merkte aber noch rechtzeitig, wie unsinnig dieser Satz war.

»Shoshana«, sagte die junge Frau und richtete das Handtuch auf ihrem Kopf, »sagt mir nichts. Ich bin aber, wie gesagt, die Neue hier.«

Vielleicht hatte sich Shoshana entschieden, endgültig zu bleiben, hatte es Deborah gesagt, die ihr sogleich ein richtiges Haus zugewiesen hatte. Sie spürte, wie sie sich an diesen Gedanken klammerte. Und doch war das wenig wahrscheinlich. Shoshana hätte ihr doch davon berichtet, außerdem wurde keiner so ohne Weiteres in Sde Boker aufgenommen, da musste schon der Kibbuzrat zustimmen. Und die nächste Sitzung des Rates war, das hat sie einem Anschlag im Gemeinschaftssaal entnehmen können, erst in der kommenden Woche.

Sie spürte, wie sich ihr Herz zusammenzog. Hatte Shoshana den Kibbuz verlassen? Ihn verlassen, ohne ein Wort des Abschieds und der Erklärung?

Sie dankte der jungen Frau und ging.

Wieder vor ihrem Haus angekommen, hatte sie keine Erinnerung mehr an den Weg hierher. Nur dass sich die Angst, die Sorge und Beklemmung in eine sie fast ängstigende Wut verwandelt hatten. Wut auf die ihr so nahe, wortlos verschwundene Frau.

»Sie ist gegangen. Einfach gegangen. Dieses gemeine

Stück. Diese Verräterin«, dachte sie, oder hatte sie es etwa laut gesagt? Erst jetzt bemerkte sie, dass Jehoshua sie von seiner Bank vor dem Wachhaus aus betrachtete, das Gewehr über den Beinen.

Es war ihr egal. Alles war ihr egal. Jehoshua hätte ruhig auf sie schießen können.

Jetzt stand er auf. »Deborah war hier. Sie sollte für dich etwas abgeben«, sagte er.

Als sie nicht gleich reagierte, schob er nach: »Sah aus wie ein Brief. Aber dafür war der Umschlag eigentlich zu groß.«

Ohne ihm zu danken, ging sie ins Haus. Drinnen war es still. Ben-Gurion würde vielleicht noch einmal zu Ruben gegangen sein. Die Ankündigung eines Films über die erste El-AL-Boeing 707 vom Flughafen Lod nach New York hatte ihn vielleicht doch mehr interessiert, als er zuzugeben bereit war. Vielleicht suchte er auch nur ein wenig Ablenkung vor dem morgigen Tag. Schließlich wollte er, Arm in Arm mit diesem Adenauer, noch einmal Geschichte schreiben. Hier in seiner Wüste.

Noch immer zitternd, betrat sie die Küche.

Auf dem Tisch lag ein großer, unfrankierter Umschlag. Darauf in großen, geschwungenen Lettern: *Die sieben Farben der Einsamkeit und der Hoffnung.*

Sollte sie ihn öffnen? Warum ihn lesen, wo sie doch wusste, was darin stand. Shoshana war gegangen und wollte nun blumig und wortreich erklären (einen noch größeren Umschlag hatte sie wohl nicht finden können), was sie bewogen hatte, den Kibbuz zu verlassen. Warum sollte sie sich das antun? Wollte sie das wissen? War nicht vergangen, was vergangen war?

Sie schaltete den Samowar ein, nach kurzer Zeit begann

das Wasser im Kessel zu blubbern. Auf die Dinge war immerhin Verlass, sagte sie sich, ließ sich wenig später mit einer heißen Tasse Tee in der Hand auf einem Stuhl nieder.

Der Umschlag schien sie anzustarren. Dann starre ich eben zurück, sagte sie sich. Sie konnte nicht fassen, dass sie eben noch beschwingt, erfüllt, ja, obgleich sie dieses Wort stets gescheut hatte, glücklich gewesen war. Wenn auch auf ihre, für andere so wenig lesbare Weise.

Sie konnte später nicht sagen, warum, aber ganz plötzlich erhob sie sich, zog ein Messer aus der Küchenschublade und öffnete den Umschlag.

Sie stülpte ihn um, heraus segelten ein zusammengefaltetes, beschriebenes Blatt und ein kleiner, frankierter Umschlag, adressiert an Suzanna Levinson, im Kibbuz Sde Boker, Israel.

Hatte Shoshana nicht bei ihrer ersten Begegnung gesagt, dass sie Suzanna heiße und sich fortan Shoshana nennen lassen wolle? Sie hatte sie nie nach ihrem Nachnamen gefragt, nun stand er dort.

Aber warum hinterließ sie ihr einen Brief, der an sie gerichtet war? Zudem ganz offenbar ungeöffnet.

Sie faltete das Papier auseinander, schob die Brille auf die Nasenspitze und begann zu lesen.

Paula,
ich weiß, du wirst mir kaum vergeben können …

Sie legte den Brief auf den Tisch, schob ihn von sich. Hatte sie nicht eben noch beschlossen, diese Jammerzeilen nicht zu lesen? Weil sie, was immer jetzt kam, nicht hören wollte.

Aber sie hatte ihn doch wider besseres Wissen geöffnet. »Also dann durch«, sagte sie sich und zog ihn wieder zu sich heran.

Ich habe Sde Boker verlassen. Ohne Dir ein Wort zu sagen. Ohne einen Abschied. Nun soll dies mein Abschied sein.

Warum ich gehe, ist schnell gesagt. Das Leben auf den Feldern in der Wüste ist nichts für mich. Ich habe es probiert, und es war richtig so. Aber ich bin noch nicht fertig mit dem, was ich vorhabe, vielleicht zu leisten vermag. Ich möchte mein Studium – unbeschwert, ganz und gar auf mich gestellt – wieder aufnehmen. In New York, dort, wo ich wohl hingehöre …

Noch einmal musste sie absetzen, nahm die Brille ab und tupfte sich mit einem Taschentuch die Augen.

Meine Eltern haben mir ein wenig Geld geschickt, wollen mir in New York alles möglich machen und mich unterstützen. (Manchmal denke ich, sie sind so froh, dass ich mich von Seth und seiner engen Welt getrennt habe, nun gar zurückkehre, dass sie vor Glück übergehen und sich für mich sogleich verschulden werden.)

Nur einen Grund hätte es gegeben, nicht zu gehen (und dieser Gedanke hat mich viele schlaflose Nächte gekostet): Du, Paula.

Ich hatte nicht die Kraft, Dir zu sagen, was in mir gärte. Das alte Muster: Ich konnte nur etwas tun, wenn ich es schnell hinter mich brachte. Über Nacht und ohne weiter darüber nachzudenken (immerhin bin ich diesmal nicht wortlos gegangen).

Vielleicht warst Du mir auch irgendwann zu nah, zu groß, dabei so bestimmt und klar. Ich hätte das nicht erwidern können.

Aber es bleibt: Du hast mich aufgenommen, mir Dein Herz geöffnet; hast mir zugehört, mich erzählen lassen (mein Gott, wie ungeordnet der Kram da manchmal aus mir herauskam), Du hast Dein großes Leben vor mir ausgebreitet. Du bist für mich, obwohl uns viele Jahre trennen und selbst Deine Kinder älter sind als ich, die jüngste Freundin, die ich je hatte.

Wollen wir Freundinnen bleiben?

Ich schreibe Dir wieder aus New York, wenn ich angekommen bin. Ich habe mich entschlossen, mit dem Schiff zu fahren. So wie Du einst nach Amerika gefahren bist.

Vielleicht magst Du mir antworten? Wenn nicht, werde ich wissen, warum. Vergessen werde ich Dich nie.

Shoshana

PS: Ich habe Dir immer sagen wollen, was es mit der Sonnenuhr auf sich hat, die ich vor unserer Hütte gebaut habe. Nichts. Jetzt denke ich, dass ich vielleicht nur wollte, dass etwas von mir bleibt. In diesem hellen Sand. Ganz nah bei Dir.

Shoshana hatte nicht geschrieben, was es mit diesem zweiten Brief auf sich hatte. Dass er ihr irrtümlich in diesen Umschlag geraten war, konnte sie ausschließen. Er enthielt keinen Absender und war nicht an sie gerichtet. Aber sie war sich sicher, dass Shoshana nichts anderes gewollt hatte, als dass sie ihn öffnete und las.

Das Messer lag noch zur Hand. Sie zog einen großzügig beschriebenen Bogen aus dem geöffneten Umschlag und faltete ihn auseinander.

Ist es nicht komisch, wir beide, Paula …

So begann der Brief und machte ihn für sie noch rätselhafter.

… erst musste Dir das Schicksal diese junge Frau vor die Tür pusten, damit wir uns wiederfinden konnten. Und ich den Mut aufbringe, Dir zu schreiben.

Sie hatte nicht aufgeben wollen und mich schließlich nach langer Suche ausgebuddelt, in Brooklyn, wo ich seit Menschengedenken wohne.

Mein Mann ist vor vielen Jahren gestorben, meine beiden Kinder, obwohl in diesem großen Land verteilt, kümmern sich rührend um mich.

Wenn Du jetzt 74 Jahre alt bist, wie Suzanna mir in ihren Briefen berichtet hat, muss ich 75 sein. Ich habe irgendwann aufgehört, mir über mein Alter oder das Älterwerden Gedanken zu machen. Wer hätte gedacht, dass wir beiden Kämpferinnen so lange durchhalten würden!

Deinen Weg und den von David habe ich (natürlich) verfolgt, habe mich (ich gebe es zu) gewundert und auch gestaunt, was aus diesem Mann aus Plonsk geworden ist, was er zustande gebracht hat. Habe mich auch immer wieder gefragt, ob er der Richtige für Dich war. Damals meinte ich es zu wissen, nein, das stand für mich fest. Ich habe Dir damit ordentlich zugesetzt. Habe mich gar von Dir verraten gefühlt, oder unsere Sache, für die ich gelebt und gekämpft habe. Ich habe es Dir so auch gesagt. Verrat. Heute denke ich, was für ein schreckliches, unangemessenes Wort. Dann bist Du gegangen, und wir haben uns nie wieder gesehen.

Suzanna (ja, die wunderbare Shoshana) hat mir von Eurem Leben da draußen berichtet. Und dass Du nicht mehr von Davids Seite weichen wirst und er, so alt er auch ist, nicht von der Politik lassen kann. Ich verstehe ihn.

Ich bin nicht so wild geblieben. Jom Kippur feiere ich immer noch nicht, aber schon gar nicht mehr als keine Grenzen kennendes Tanzfest, aus dem mich eine starke Frau vor der Polizei retten muss.

Ich habe viele Jahre als Übersetzerin für die UNO gearbeitet (Spanisch und Griechisch), habe die ganze Welt gesehen, was mich einst noch wilder, dann aber milder gemacht hat. Wir leben politisch zwischen zwei Eisblöcken, und egal, an welchen man sich lehnt, es ist kalt. Sehr kalt.

Eure Sorgen werden sicherlich ganz andere sein in diesem kleinen Land, aber ich will nicht spekulieren. Nach all dem, was den Juden angetan wurde, war ein rettender Staat unausweichlich. Das hat damals keiner von uns gewusst.

Du bist gesund, schreibt mir Suzanna. Wie gut, ich bin es auch. Du hast drei Kinder, die selber schon lange im Leben stehen. Und auch Enkel? Bei mir sind es drei.

Ich bin mir oft nicht sicher, ob diese Phase im Leben ein Epilog oder noch einmal ein ganz anderer Aufbruch ist. Wie gern würde ich mich mit Dir darüber austauschen, vielleicht gar, ein Kissen wurfbereit in der Hand, noch einmal streiten! Nun könnten wir es wieder.

Oder wollen wir einfach festlegen, dass wir ab jetzt nicht mehr älter werden, nur noch jünger? Bis wir wieder in der Ludlow Street hausen, das Leben als ein großes Abenteuer vor uns?

Suzanna hat geschrieben, sie möchte Dich nach New York einladen, sobald sie dort wieder Fuß gefasst hat (oder bist Du ihr auf immer böse?). Wenn es so weit ist, sag mir, in welchem von Child's Restaurants ich Dich treffen kann. Ich werde da sein. Und Dich umarmen und nicht wieder loslassen. Wie Du mich findest? Auf der Rückseite steht meine Adresse.

Deine Lena

9. Mai 1966

Es mussten mehrere Wagen sein.

Eine sandhelle, sich vom Boden lösende und wie ein Umhang etwas verbergende Wolke, die sich, noch fern, ihrem Haus näherte, kündigte das Kommen des alten Kanzlers an. Noch konnte sie nicht das Häckseln der Motoren, das Quietschen der Federn, das Schlagen der Achsen und Radlager hören.

Am Morgen waren weitere Polizisten in Zivil in Sde Boker eingetroffen, ebenso Fotografen, Journalisten und ein Militärarzt mit zwei uniformierten Assistentinnen. Am Abend sollte ein Hubschrauber den alten Mann nach Tel Aviv zurückbringen.

Ruben, Dov, Nissim, Ruti, Shimon und Aaron, vielleicht auch Deborah würden es sich nicht nehmen lassen, bald in einiger Entfernung vom erwarteten Halteplatz, einen ersten Blick auf den rätselhaften Besucher zu werfen. Sogar Dana hatte angekündigt, die Kinder an dem Spektakel teilhaben zu lassen. Jetzt hockten sie in einem Halbkreis auf dem Boden, die Kibbuzkäppis tief in die Stirn gezogen, und warteten, als sei das Auftauchen eines mit dem gestreiften Fell eines Zebras bedeckten Elefanten zu bestaunen.

Ben-Gurion war unruhig und schon vor ihr vor das Haus gegangen.

Jetzt stand er da, eine Hand über den Augen, und suchte

den Horizont ab. Jehoshua, keine zwei Meter hinter ihm, eine Maschinenpistole vor dem Bauch, ließ seinen Blick nach links und nach rechts schweifen. Noch nie hatte sie ihn, der doch stets die Ruhe selbst war, so angespannt gesehen. Vielleicht hatte sich auch nur die Anspannung (und schlecht verborgene Ungeduld) des für seine Untaten blinden Meisters auf ihn übertragen.

Die Nacht war keine gewesen. Sie hatte es nicht anders erwartet.

Die Briefe hatten sie aufgewühlt – hatte sie die eine Freundin verloren, um die andere wiederzufinden? –, vor allem die Tatsache, dass Lena wieder da war, ganz offensichtlich nichts von ihrer Klugheit und Kraft eingebüßt hatte. Dass sie – wie oft hatte sie sich das gefragt – noch am Leben war. Und doch, der Verlust von Shoshana schmerzte, aber ihre Wut war mit den Stunden (und nachdem sie beide Briefe in der Nacht immer wieder gelesen hatte) der Wehmut gewichen.

Ben-Gurion hatte von all dem nichts bemerkt, und sie wunderte sich wieder einmal, was für Welten Vertraute, Eheleute, Paare allein durchreisen konnten, ohne dass der andere es bemerkte. Hatte auch Ben-Gurion an ihrer Seite gelitten, und sie hatte es nicht bemerkt? Sie hatte sich immer eingebildet, ein Sensorium für alle seine Stimmungen zu haben. Vielleicht lag sie damit falsch.

Es war Zeit, aus dem Schatten des Hauses zu treten, an die Seite ihres Mannes.

Jetzt stand sie neben ihm und blickte mit ihm in die Ferne.

Plötzlich streckte er seine Hand zur Seite aus, nahm die ihre. Drückte sie sanft und fest. Als wollte er sie nicht wieder loslassen.

»Ich weiß«, sagte er. »Sie hätte bleiben können.«

Bevor ihr die Stimme versagte, musste sie etwas loswerden.

»Er ist dein Freund. Dann ist es auch meiner«, sagte sie.

Noch einmal drückte er ihre Hand. Ließ sie, als sei sie ein kostbarer Stein, aus der seinen gleiten.

Mit Deborah hatte sie gewettet, dass sie dem Kanzler aus Deutschland am Mittag ihr Bett anbieten, er das ungewöhnliche Angebot annehmen würde.

»Hast du dir eigentlich überlegt, was wir machen, wenn der alte Mann heute Mittag ruhen will?«, sagte sie.

Diese Frage kam für Ben-Gurion überraschend. Er wandte sich ihr zu.

»Wir werden wohl kein Bett für ihn haben«, sagte er.

»Doch«, sagte sie.

»Was hast du mit ihm vor?«

»Wirst schon sehen«, sagte sie.

Dank

Wunderbare Menschen und große Bücher haben mich beim Schreiben, Suchen, Finden, Verwerfen und Immer-wieder-neu-Ansetzen begleitet.

Ihnen gilt mein Dank.

Mitka Golub hat mich in Israel bei der Recherche begleitet, ebenso bei Übersetzungen, hat mit Rat und Umsicht Material gesichtet (und mich mit ihrer wachsenden Neugier noch einmal mehr angesteckt).

Yariv Mozer, der große Filmemacher in Tel Aviv, hat mir mit seinem Wissen über die Ben-Gurions und die Geschichte des Landes neue Wege gewiesen, ebenso mit seinen Anregungen und seiner rückhaltlosen Bereitschaft, mir verschlossene Türen zu öffnen und neues Material zu erschließen.

Ein ganz besonderer Dank gilt Clinton und Maya Bailey in Jerusalem. Sie beide haben lange Zeit nicht fern von den Ben-Gurions in Sde Boker gewohnt, waren ihnen freundschaftlich verbunden und bereit, für mich die Kammern ihrer Erinnerungen zu öffnen. Zudem hat Clinton Bailey das sechsstündige – und mit Abstand längste – Interview mit David Ben-Gurion geführt, für den Film, nur wenige Jahre nach Paula Ben-Gurions Tod. Ein Dokument, das Yariv Mozer für die Nachwelt gerettet und wieder zugänglich gemacht hat.

Auch Clinton und Maya Bailey ist dieses Buch gewidmet.

Auf dem Weg von der Idee zum Buch habe ich in Deutschland wichtige Anregungen erhalten, genannt seien hier stellvertretend Hettie Berg und Frederic Brenner, die mich mit ihrem Wissen im Gepäck nach Israel reisen ließen.

Mein Dank gilt Melanie Eckert und dem umsichtigen, so aufgeschlossenen Team des Archivs der Stiftung Bundeskanzler-Konrad-Adenauer-Haus in Rhöndorf.

Ebenso dem Ben-Gurion-Archiv in Sde Boker und seinem für alle Fragen stets antwortbereiten Leiter Adi Portugues.

Katrin Sorko verdanke ich maßgebliche Impulse bei der Erarbeitung des Konzeptes, seiner Ausrichtung und endgültigen Fassung.

Ebenso Anke Göbel, verantwortlich für die Heyne Gruppe bei Penguin Random House. Ihr gilt zugleich der Dank für ihre Ermutigung, ihre Anregungen und das Vertrauen in das Projekt.

Die ersten LeserInnen des Textes sind für mich stets unersetzlich:

Bettina Abarbanell, meine Frau, hat auch hier den Auftakt gemacht. Ohne ihren klaren Blick, ihre Kritik und Ermutigung gibt es keinen nächsten Schritt.

Jan-Philipp Sendker hat mich erneut von der ersten Idee bis zum fertigen Text begleitet, als Freund und als Kritiker, als unbestechlicher Leser und kluger Berater.

Jan Schütte, dem Freund, verdanke ich ebenso erhellende Anregungen, dicht am Text orientierte Einwürfe und nicht nachlassende Ermutigung.

Mein ganz besonderer Dank gilt Nora Boeckl, meiner Lektorin beim Blessing Verlag. Sie war mir in jeder Phase eine wichtige Begleiterin und Ratgeberin. Mit ihr konnte ich den Weg von der Idee zum Buch gehen, gelassen, zweifelnd, zuversichtlich, ruhelos und hoffnungsvoll.

Von den zahlreichen Büchern, die dankend zu nennen sind, hier ein paar wenige, deren Ideen und Wissen auf die eine oder andere Weise ihren Weg in den Text gefunden haben.

Da ist das Viergestirn der wichtigen Biografien David-Ben-Gurions: Shabtai Teveth, »Ben-Gurion – The Burning Ground 1886–1948«; Michael Bar-Zohar, »David Ben Gurion« und die beiden jüngeren Werke von Anita Shapira, »Ben-Gurion – Father of Modern Israel«, und Tom Segev, »David Ben-Gurion – Ein Staat um jeden Preis«.

Ebenso zu nennen ist das Neuland erschließende, umfassend recherchierte (und überaus lesenswerte) Buch von

Michael Borchard, »Eine unmögliche Freundschaft – David Ben-Gurion und Konrad Adenauer«.

Erhellend ferner Shabtai Teveth, »Ben-Gurion and the Holocaust«; Avi Shilon, »Ben-Gurion – His later Years in the Political Wilderness«; Dan Diner, »Rituelle Distanz – Israels deutsche Frage«; Jenny Hestermann, »Inszenierte Versöhnung – Reisediplomatie und die deutsch-israelischen Beziehungen 1957–1984«.

Ferner Vivian Gornick, »Emma Goldman – Revolution as a Way of Life«, sowie Christian Buckard, »Moshe Feldenkrais – Der Mensch hinter der Methode«.

Allen danke ich, dass ihre Werke (und die vieler anderer, hier nicht Genannter) Lichtstrahlen in das vorliegende Buch gesandt haben.

Ein Buch hingegen oder gar eine umfassende Biografie über Paula Ben-Gurion selbst sucht man vergeblich.

Umso bemerkenswerter, dass die israelische Journalistin Mira Avrech ihr 1966 eine Sammlung von Anekdoten und Begegnungen gewidmet hat, damals nur in Israel erschienen, längst vergriffen, vergessen und doch wieder gefunden: Mira Avrech, »Pola«. (Ein altes Foto zeigt, wie Mira Avrech Paula das Buch einst übergeben hat.)

Der vorliegende Roman markiert also auch eine Lücke. Er allein vermag sie nicht zu schließen.